FLÁVIO CARNEIRO UM ROMANCE PERIGOSO

FLÁVIO CARNEIRO **UM ROMANCE PERIGOSO**

Rocco

Copyright © 2017 *by* Flávio Carneiro

Direitos desta edição reservados à
EDITORA ROCCO LTDA.
Av. Presidente Wilson, 231 – 8º andar
20030-021 – Rio de Janeiro, RJ
Tel.: (21) 3525-2000 – Fax: (21) 3525-2001
rocco@rocco.com.br
www.rocco.com.br

*Printed in Brazil/*Impresso no Brasil

Preparação de originais
DENISE SCHITTINE

CIP-Brasil. Catalogação na fonte.
Sindicato Nacional dos Editores de Livros, RJ.

C288r	Carneiro, Flávio
	Um romance perigoso / Flávio Carneiro. – 1ª ed. – Rio de Janeiro: Rocco, 2017.
	ISBN: 978-85-325-3065-3 (brochura)
	ISBN: 978-85-8122-690-3 (e-book)
	1. Romance brasileiro. I. Título.
17-40074	CDD-869.3
	CDU-821.134.3(81)-3

"Você esperou um longo tempo."
"Sei ser paciente."

Raymond Chandler. *A irmãzinha*.

PARTE UM

1

Não posso dizer que tenha ficado feliz com a morte do Epifânio de Moraes Netto. Mas triste também não fiquei.

Li a notícia nos jornais, numa banca de revista perto de casa, em Copacabana. Foi encontrado no quarto de um hotel de luxo em São Conrado, estirado no chão, de bruços, ao lado de um copo caído, com resto de bebida. Sobre a mesa do quarto, uma garrafa de uísque, quase vazia.

Depois da perícia, o delegado afirmou, em entrevista coletiva, que a morte foi causada por envenenamento. Estricnina. Alta dose de estricnina, injetada no pescoço da vítima.

Não é todo dia que um famoso escritor de livros de autoajuda é assassinado. A imprensa não falava de outra coisa. Sou apenas um detetive particular, com um escritório na rua do Lavradio montado de improviso na sala da casa de um velho amigo, e é claro que ninguém veio me entrevistar sobre o caso. Se viessem, eu diria a verdade: Epifânio era um canalha.

Eu o conheci pessoalmente, faz um bom tempo. Há onze anos, para ser exato. Eu tinha vinte e seis na época e namorava uma garota chamada Raquel. Foi ela quem me apresentou ao Epifânio, que acabara de lançar o primeiro dos seus vários best-sellers, uma porcaria com um título mais porcaria ainda: *As flores do bem*. Canastrão de marca maior, completo e absoluto enrolador. E muita gente ia na onda do cara, inclusive minha namorada.

Além de escritor, Epifânio era psicólogo (desconfio que falsificara o diploma). Por sugestão da Raquel, meu irmão me pagou uma consulta com o sujeito, que cobrava caríssimo. Meu irmão era rico.

Naqueles tempos eu tinha, digamos, um problema: se começasse a ler um romance policial, só fechava o livro ao final da história. Eu era um leitor compulsivo de romances policiais. Vivia sendo demitido do emprego por ler durante o expediente. Eu não era como um leitor comum, que consegue interromper a leitura, fechar o livro e voltar mais tarde, não, eu só deixava o maldito livro quando acabasse a maldita história. Raquel chegou a sugerir que eu seguisse o conselho dos Alcoólicos Anônimos, ligeiramente adaptado: evite a primeira página. Hoje estou curado.

Nem preciso dizer que odiei a consulta. Não sabia em que ramo de atividades o Epifânio era mais picareta, se como escritor de livros de autoajuda ou como analista. E não foi só isso, ele andou aprontando coisas piores, embora esta seja uma outra longa história.

Onze anos depois, o cara é assassinado. De manhã havia faltado a um programa na televisão e seus assessores ficaram preocupados porque ele não atendia o celular. Por volta de meio-dia decidiram entrar no quarto e lá encontraram o corpo, vestido num roupão de seda.

Sobre a cama, a polícia encontrou um exemplar usado de *A irmãzinha*, de Raymond Chandler. E na parede do quarto o assassino grafitou, com spray vermelho-escuro, num tom que lembrava cor de sangue: X-9.

⁓

"Cinquenta mil. Nada mal se a gente pudesse colocar a mão nessa grana. Bem que estamos precisando", o Gordo disse, jogando um jornal sobre a minha mesa.

Eu estava ao telefone, com uma cliente, e não dei atenção. Assim que terminei a ligação ele insistiu.

"Já leu? A viúva do Epifânio está oferecendo cinquenta mil reais pra quem fornecer alguma informação que leve ao criminoso."

O Gordo era dono de um sebo, que funcionava na parte de baixo do sobrado na rua do Lavradio. A parte de cima, onde estávamos, era a casa dele. Quando decidi deixar de ser guia turístico pelos bares da cidade e partir de vez para o ramo das investigações, o Gordo ofereceu a sala da própria casa para funcionar como meu escritório. Condição: ele seria meu assistente nas horas vagas.

"Mas a polícia não disse que já tinha um suspeito?"

"Tem nada. Os caras estão perdidos."

"Não temos a menor chance, Gordo. Só a polícia tem acesso às informações, a gente fica de fora, vendo o que sai na televisão e nos jornais, pegamos tudo de segunda mão, é complicado."

"Você me decepciona, André, francamente."

Não respondi, fiquei esperando que ele continuasse. O Gordo se levantou, foi até a estante e voltou com um livro.

"Toma", ele disse, colocando o livro à minha frente, "pra refrescar sua memória."

Era um exemplar surrado de *Histórias extraordinárias*, de Poe. Eu sabia o que ele queria dizer, mas fingi que não. Fiquei quieto, olhando para o livro e caprichando na minha cara de idiota.

Ele riu.

"Péssimo ator, isso é o que você é", falou, pegando de volta o Poe.

"Gordo, meu amigo, você não está na sua livraria, afundado nas aventuras do cavalheiro Dupin pelas ruas de Paris. Aqui é o escritório de um detetive particular de verdade, dá pra entender?"

"Você é que não está entendendo. Vou clarear suas ideias. Ouve bem: Dupin, o primeiro detetive da história da ficção policial, o primeiro, que vai servir de modelo pra ninguém menos que Holmes, Sherlock Holmes, não precisava ir ao local do crime pra desvendar o enigma. Ele mal precisava sair de casa! Cruzava as informações que chegavam até ele, era um cara esperto, trabalhava com o que estivesse à mão."

"É diferente. Dupin era um personagem. E viveu, se é que posso dizer assim, no século XIX. Estamos no XXI!"

"Não interessa. As pessoas continuam matando pelos mesmos motivos que matavam antes: dinheiro, poder, vingança. E os assassinos continuam cometendo os mesmos erros. E a polícia também."

Respirei fundo.

"O que você propõe?"

"Antes de mais nada, um chope no Bar Brasil."

༄

O garçom trouxe dois chopes, com colarinho.

"Bom, o que sabemos é que o Epifânio foi envenenado no seu quarto de hotel, com estricnina injetada na veia", eu disse.

"Morte horrível, sabia? O cara começa a ter espasmos, o corpo se contrai todo, fica mais duro do que o *rigor mortis* usual, e o rosto fica distorcido, com um riso que lembra o do Coringa. É o chamado *risus sardonicus*."

"Onde você descobriu isso? Andou pesquisando?"

"Não foi necessário. Bastou recorrer à minha prodigiosa memória. Em *O signo dos quatro* um sujeito é assassinado com um dardo envenenado e fica assim, o corpo todo travado e um sorriso no rosto. Watson dá logo o diagnóstico: estricnina ou alguma substância semelhante."

Fiquei imaginando a cara do Epifânio, morto. Ele sempre saía nas fotos com um sorriso posado, completamente artificial. Teria morrido com o mesmo sorriso?

"A garrafa de uísque, quase vazia, isso te diz alguma coisa?", perguntei.

"Diz que ele estava bêbado quando foi envenenado. O que ele fez naquela noite, antes de chegar ao hotel?"

"Pelo que li no jornal, ficou horas numa sessão de autógrafos. Tinha acabado de lançar um livro novo. Ficou na livraria até tarde, depois saiu pra jantar com amigos. Dizem que chegou ao hotel de madrugada."

"Então, ele já chegou tonto no hotel. E resolveu tomar a saideira no quarto."

"Saideira mesmo."

"Se foi isso que aconteceu, o assassino pode ter entrado no quarto quando o Epifânio já tinha tomado todas."

"Questão número um: quem poderia ter acesso ao quarto da vítima?"

"Um funcionário do hotel. O gerente, a faxineira, um garçom, qualquer um que tivesse a chave."

"Ou alguém que entrou com ele, Gordo. O cara levou alguém pro quarto e, quando já estava pra lá de não-sei-onde, o assassino injetou o veneno no pescoço dele. So pode ter sido alguém íntimo. O Epifânio estava de roupão quando a polícia o encontrou."

"Ou não. Pode ter sido uma garota de programa. Ou um garoto."

"A polícia já deve ter investigado isso. Se ele tivesse recebido alguma visita no quarto naquela noite a polícia saberia. Bastava checar as câmeras ou interrogar os recepcionistas do hotel."

"A não ser que fosse alguém que já estivesse no hotel. Um outro hóspede, que não precisaria passar pela recepção pra chegar ao quarto do cara. Vamos supor que o assassino tenha planejado tudo antes, tenha pensado em cada detalhe. Ele fica sabendo que o Epifânio vai fazer o lançamento do novo livro tal dia, no Rio, fica sabendo hora e local. E de alguma maneira descobre onde o Epifânio vai estar hospedado."

"Como ele poderia saber uma coisa dessas?"

"O cara poderia ter algum contato na editora, por exemplo, alguém que tenha dito a ele onde o Epifânio ficaria hospedado. Ou uma pessoa do próprio hotel."

"Resumindo, a polícia precisaria ter interrogado todos os funcionários do hotel. E todos os hóspedes."

"Sim. E talvez tenha feito isso. Mas não conseguiram encontrar o criminoso."

"Há uma outra hipótese. Suponhamos que o assassino tenha se hospedado já com a intenção de matar o escritor, como você disse. Ele não conhecia o Epifânio, não sabia como chegar até o quarto dele e dar uma injeção de estricnina no sujeito simplesmente se apresentando e puxando assunto. Então ele observa bem o uniforme dos garçons. Aí manda fazer um igual, se disfarça de garçom e leva uma garrafa de uísque ao quarto do Epifânio."

"O Epifânio teria que ter pedido o uísque. E aí o pessoal da cozinha mandaria um garçom, não o impostor."

"A não ser que o impostor batesse à porta do quarto e dissesse que se tratava de um brinde, uma cortesia, agradecendo à celebridade Epifânio de Moraes Netto por ter escolhido aquele hotel."

"Epifânio era um poço de vaidade, todo mundo sabia disso."

"Então."

"É, pode ser."

O Gordo ficou em silêncio por um instante.

"Sabe de uma coisa, André? Pensando bem, acho que você tem razão. Precisamos de mais informações. Vou recorrer às minhas fontes."

"Era isso que eu temia."

༄

"Quem está com o caso?"

"O Almeida Salgueiro", respondi.

Ele deu um risinho cínico.

Pegou o celular, colocou no viva-voz e digitou um número.

"Fala, Gordo."

"Grande Clovis, meu ídolo."

"Já começou com sacanagem."

"Como assim? Um cara que tem a ideia genial de montar um motel-fazenda em Guapimirim tem que ser meu ídolo."

O Clovis era um velho amigo do Gordo. Quando o conheci, era motorista de táxi e tinha um projeto maluco, de transformar um sítio que recebera de herança da tia num motel-fazenda. O doido levou a coisa adiante e acabou dando certo, estava ganhando muito dinheiro. Ele dividiu o sítio em áreas menores, separadas por cercas vivas, altas. Cada uma delas tem um chalé. Ele aluga essas áreas – que chama de *Territórios do prazer selvagem* – como se fossem quartos de motel. Está sempre cheio e não é barato.

"Diga lá, Gordo."

"Sei que você é um cara ocupado e vou direto ao assunto. Lembra que você me falou uma vez que um dos seus clientes era um delegado do Rio?"

"Não tenho clientes. Tenho hóspedes."

"Lembra ou não?"

"Lembro. O Salgueiro."

"Ele tem ido aí?"

"Costumava vir com alguma frequência, mas faz um tempo que não aparece. Ele diz pra mulher que está de plantão na delegacia e vem pra cá, com a amante. Ele tem uma amante em Guapi. Mas isso é informação sigilosa, Gordo, você sabe disso."

"Sei, claro."

Silêncio.

"Não tem ninguém aí com você, tem?"

"Lógico que não, meu camarada. Sigilo absoluto."

"Você colocou no viva-voz. E o André está com você. No Bar Brasil."

"Caramba, Clovis, se o motel-fazenda falir você bem que poderia trabalhar com a gente!", o Gordo disse.

"Oi, André."

"E aí, Clovis."

"Seguinte, Gordo: não quero complicação pro meu lado. O Salgueiro é delegado. Não me bota em encrenca não!"

"Fica tranquilo, Clovis. Só queria que você arrancasse umas informaçõezinhas dele."

"Informaçõezinhas? O cara vem dos tempos da ditadura, sabe lá o que é tirar informaçõezinhas de torturador?"

"Ele não era torturador."

"Certo, não era. Mas trabalhava de delegado durante a ditadura. E, além disso, ele não vem aqui pra conversar comigo."

"Mas rola uma cervejinha de vez em quando, que eu sei."

"Você não presta, Gordo. Foi só uma vez. O Salgueiro veio aqui, depois deixou a moça em casa e voltou pra tomar umas cervejas comigo."

"Você sabe onde ela mora?"
"Sei."
"E pode levar a gente lá?"
"Não. Tenho muito apreço pela minha vida, se você quer saber."
"Tudo bem, Clovis, vê aí o que dá pra arranjar. Estamos investigando o caso do assassinato daquele escritor de autoajuda, você deve ter visto na televisão."
"O Epifânio?"
"Sim."
"Ele também é meu hóspede regular. Quer dizer, era."
"Sério? Por que não disse logo?"
"Você não perguntou."
"Podemos ir aí no sábado?"
"Tranquilo, estou esperando vocês."

∽

O Gordo desligou o celular e o colocou sobre a mesa.
"A gente ainda não conversou sobre o mais importante", falei.
Pedi mais dois chopes. O Gordo fez um sinal, e o garçom entendeu que era para trazer o de sempre: costeleta de porco defumada, com batatas cozidas. Kassler era o seu prato preferido. Pelo menos no Bar Brasil.
"O assassino quis mandar um recado."
"Mas que recado, André? E pra quem?"
Até onde sabíamos, acompanhando as notícias na imprensa, a polícia estava investigando o que parecia mais óbvio. X-9 é uma gíria conhecida para dizer que alguém é um traidor, um alcaguete. Começaram desse ponto: o assassino tinha sido traído pelo Epifânio e resolveu se vingar. E quis deixar claro que se tratava de uma vingança.
Epifânio de Moraes Netto teve ligação com os militares, na época da ditadura. Ele não gostava de falar sobre isso, mas a verdade é que duas ou três revistas andaram insinuando que o safado tinha levado muita gente ao exílio ou à morte nos anos 70, de-

nunciando outros escritores e artistas, considerados subversivos pelo regime militar.

O Almeida Salgueiro era delegado naquela época, como o Clovis comentou, e sem dúvida guardava a sete chaves uma boa lista de nomes. Deve ter corrido atrás, buscando pessoas que de algum modo pudessem ter sido prejudicadas pelas denúncias feitas pelo Epifânio. Certamente interrogou familiares e amigos de gente ligada ao Partido Comunista ou a outras entidades de esquerda. Se alguém poderia seguir bem essa pista, seria o Almeida Salgueiro.

"O Epifânio traiu muita gente, além dos comunas", o Gordo comentou, dando a primeira garfada na costeleta.

"Eu sei."

"O sujeito era um mau-caráter, fazia qualquer coisa por grana, passava a perna em todo mundo."

"Mas é preciso começar por algum lugar. Acho que o Salgueiro agiu certo, Gordo. Eu faria a mesma coisa, começaria investigando a relação do Epifânio com os militares."

"E será que ele descobriu alguma coisa?"

"Se descobriu, não contou pra ninguém."

"Isso é o que nós vamos ver. Vou acionar uma outra fonte."

"Outra fonte. E você por acaso tem outra fonte além do Clovis?"

Ele comeu um pouco da costeleta, bebeu um gole do chope e depois disse, piscando um olho:

"Você sabe que sim."

Levei alguns segundos para entender.

"Não, Gordo. Você não está querendo dizer o que acho que está querendo dizer, está?"

Ele não respondeu.

"Putz!"

2

"Você não sabe o assistente que tem, André."
"Pior é que sei."
"Se soubesse não faria essa cara."
Respirei fundo.
"Achei que o Heleno estivesse aposentado."
"O Heleno *nasceu* aposentado. Cada um tem uma vocação na vida, a dele é ser aposentado. Qual o problema?"
"Eu não quis dizer aposentado de um emprego, como uma pessoa comum, quis dizer aposentado dessa coisa que você inventou pra ele."
"André, meu camarada, você não entendeu. Quando conheci o Heleno ele era um homem triste, amargurado, parecia um velho."
"Parecia não, Gordo, ele já *era* um velho."
"Não exagera."
"Quantos anos ele tem?"
"Acho que oitenta."
"Acha?"
"Oitenta e quatro. Pronto, o cara tem oitenta e quatro anos. Mas não parece, não mesmo."
"Ele ainda bebe?
"Socialmente. Não seja preconceituoso, André. O Rubem Fonseca publicou um livro novo aos noventa anos de idade."
"Sabe o que eu acho? O Heleno já nasceu meio gagá e foi piorando com o tempo."
"Vou provar que você está errado."
"Pago pra ver."

"Paga quanto?"

"Todos os chopes que você conseguir beber numa noite."

"Não seja leviano, André, aposta só o que você tem condições de pagar."

∽

Heleno era delegado, aposentado. Começou cedo. Pelo que o Gordo disse, foi um bom profissional e encerrou a carreira sem nenhuma mancha no currículo. E também sem nenhuma ação digna de nota. Foi um delegado correto, eficiente, que ao longo da carreira fez um trabalho digno.

Depois de se aposentar, continuou a amizade com vários colegas dos seus tempos de ativa. E através dos colegas acabou conhecendo outros policiais, mais jovens. Na verdade, era um velhinho simpático.

Eles se conheceram na livraria. Heleno costumava perambular pelos sebos do Centro. Gostava de romances vagabundos, desses de banca de revista. Lia de todos os gêneros: espionagem, ficção científica, policial, mas seus preferidos eram os eróticos.

Apareceu na livraria quase na mesma época em que montei meu escritório na sala da casa do Gordo, há três anos. Ficaram amigos e logo o Gordo lhe propôs uma espécie de sociedade. Heleno leva os livros que quiser. Em troca faz um favorzinho ao Gordo, de vez em quando.

"Você transformou o velhote num informante. Isso não se faz."

"Você não entendeu a dimensão do meu gesto, André."

"Diga lá, qual foi a dimensão do seu gesto?"

"Quando chegou à minha livraria, Heleno não estava muito bem. A mulher dele tinha morrido fazia pouco tempo, não tiveram filhos, nenhum parente próximo."

"Você disse que ele tinha muitos amigos."

"Sim, e ainda tem. Mas naquele momento da vida o Heleno sentia saudade do tempo em que era jovem, com uma mulher bonita, companheira, com um trabalho que ele adorava, sentia falta de alguma coisa que lhe desse motivação pra encarar o dia a dia. E eu podia ajudar nisso, podia dar essa coisa a ele."

"Sim, e essa coisa foi transformar o cara num informante. Um espião. Um X-9, pra não fugirmos do tema."

"Nada a ver, você está exagerando. Eu só quis arranjar alguma coisa que devolvesse a ele o gosto de viver."

"Isso está quase virando um livro de autoajuda. Daqui a pouco vou desconfiar de que você quer ocupar o lugar do Epifânio."

Chamei o garçom.

"Vou ligar pro Heleno."

⁂

Fui ao banheiro, enquanto meu amigo tentava falar com seu informante.

Quando voltei o garçom havia levado o prato do Gordo e trazido mais chopes.

"Tudo certo. Vamos tomar um café amanhã à tarde."

"E você vai dizer a ele qual é sua nova missão."

"Tudo bem, André, pode continuar zoando. Eu pelo menos estou fazendo alguma coisa pra colocarmos a mão nos cinquenta mil."

"Ainda tem o livro. Não falamos disso."

"Que livro?"

"A polícia encontrou um exemplar do romance do Chandler sobre a cama do Epifânio. *A irmãzinha*. Você acha que era dele?"

"Duvido. O Epifânio não tem cara, ou não tinha cara, de quem lê Raymond Chandler. Sofisticado demais pra ele."

"Será que encontraram digitais?"

"Se foi o assassino que colocou o livro lá – e tudo indica que foi –, não deixou digitais."

"E por que o maluco teria deixado um livro, e por que *esse* livro, na cama do Epifânio?"

"Um livro usado."

"Pois é, sua especialidade. Por que você acha que o assassino teria feito isso, Gordo?"

"Pelo mesmo motivo que grafitou X-9 na parede do quarto."

"Faz parte do recado."

Ele não disse nada, apenas balançou a cabeça devagar, concordando.

೨

Lá fora o movimento na rua era intenso. Tinha anoitecido e nem reparei.

Pedi a conta.

"Já vai?"

"Preciso acordar cedo amanhã. Tenho uma reunião com um cliente novo. Marquei com ele às oito horas, no Santos Dumont."

"Santos Dumont? Por que não marcou no seu escritório?"

"Era muito cedo. Não quis te incomodar."

"Não foi por isso, fala a verdade."

"Ele pediu pra ser no aeroporto. Vai viajar amanhã e só tinha esse horário."

"É tão urgente assim?"

"Foi o que perguntei, se não dava pra ser quando ele voltasse de viagem. O cara só vai ficar uma noite fora do Rio, viaja amanhã e volta no sábado. Ele respondeu que não, era justamente na noite em que vai ficar fora de casa que ele vai precisar dos meus serviços."

"Adultério. O sujeito vai viajar e quer que você vigie a mulher dele."

"Deve ser."

"Então ele já desconfia de que vai virar corno nessa noite. Se já não virou."

"Provavelmente já virou. Ele deve estar precisando de um flagrante. Talvez tenha planejado essa viagem justamente pra montar a armadilha. A mulher vai se encontrar com o amante, aproveitando que o marido está fora, e eu registro tudo."

"Molezinha."

"Espero que sim."

"Agora, André, depois desse vê se não pega mais trabalho por enquanto. É melhor a gente se concentrar no caso do Epifânio."

"Não sei, Gordo, esse caso é um tiro no escuro. Tenho minhas contas pra pagar, não sou um grande empresário do ramo livreiro como você."

Ele deu uma gargalhada, batendo com as duas mãos na mesa. Ao lado, um casal olhou na nossa direção.

༄

Andar à noite pela Mem de Sá e arredores pode ser uma experiência traumática, dependendo de quem você seja. E não só pela possibilidade de assalto, mas pelas figuras exóticas que vai encontrar pela frente. Eu já estou acostumado com os travestis performáticos, prostitutas equilibristas e malucos de todas as linhagens. Gosto deles, se me cumprimentam respondo com um sorriso, um aceno de mão. Alguns devem me conhecer também, de vista, como um frequentador da área.

Não era muito tarde, umas nove e meia talvez. Segui caminhando na direção do Circo Voador, atravessei os Arcos e parei no início da ladeira que sobe para Santa Teresa. Fazia tempos eu não subia por ali. Não se deve ficar muito tempo sem ir a Santa Teresa, o Gordo costuma dizer, e tem razão. Fiquei tentado, era só uma ladeira e poderia estar com alguns amigos tomando umas cervejas, fazia tempo não encontrava a rapaziada.

Ter conseguido resistir, bravamente, à tentação de esticar a noite em Santa Teresa me deu uma sensação boa, de que eu tinha controle sobre a minha vontade, era um cara responsável e tal, mas ao mesmo tempo confesso que me senti meio velho. E o que era mais preocupante: não foi a primeira vez que tive essa sensação.

Na Cinelândia peguei o metrô, e no caminho tirei da bolsa o romance que estava relendo: *A lua na sarjeta*, do David Goodis. Há pessoas que não gostam de reler romance policial. Eu gosto, às vezes. Esse é um dos meus preferidos. Tem alguma coisa no livro que me incomoda e comove ao mesmo tempo. Não sei direito, algo a ver com a impossibilidade de fugir do seu mundo, ou do seu destino, sei lá. Algo assim.

Nem vi quando cheguei à estação Cantagalo. Peguei a saída que dá na Xavier da Silveira e segui pela Barata Ribeiro até o meu prédio. Dez minutos depois eu entrava em casa. Mal fechei a porta e o telefone tocou. Era a Ana.

"Você e o Gordo estão investigando a morte do Epifânio de Moraes Netto", ela foi logo dizendo.

Não respondi.

"Acertei ou não?"

Silêncio.

"Eu sabia. Quando li que a viúva estava oferecendo cinquenta mil pra descobrirem o assassino foi fácil deduzir: o André e o Gordo vão entrar nessa."

"Você acha que eu só penso em dinheiro, não é?"

"Não, você pensa em cerveja também. E no Botafogo, quando o time está ganhando. E vez ou outra, quando sobra um tempinho, acho que pensa em mim."

"Não é verdade. Penso em tudo isso, mas a ordem de prioridades não é essa."

"Sei."

"Quando é que você vem pro Rio?"

"No outro final de semana. Nesse agora tenho uma reunião na editora, no sábado."

"Reunião num sábado?"

"O dono da editora vai estar em São Paulo no final de semana e marcou essa reunião. Ele mora em Nova York, eu já te falei."

"Não, não falou."

"Falei sim, André. Não lembra?"

Minha memória estava ótima e ela sabia disso. E sabia também que não havia me falado nada sobre esse tal chefe que mora em Nova York.

Ana é minha namorada. É formada em História, mas acabou aceitando um convite de uma amiga para ser preparadora de originais numa pequena editora, aqui no Rio. Seu trabalho era receber os originais do livro e sugerir alterações ao autor, quando fosse o caso. Nem sempre era fácil, alguns autores consideram seus textos intocáveis, mas, além de excelente leitora, Ana também tem um jeito especial de lidar com as pessoas. Acabava dando tudo certo no final, e ela começou a gostar do que fazia.

Com o tempo, foi se destacando e chamou a atenção de editoras maiores. Uma delas, de São Paulo, lhe fez uma bela proposta. Seria uma assistente editorial, com um bom salário. Ela aceitou.

"E você se comporte direitinho aí, viu? Nunca te falei, mas fique sabendo que não é só você que tem informantes na cidade."

"Fica tranquila. O máximo que posso fazer é ir a um motel com o Gordo."

"Motel?"

Expliquei tudo, com uma voz que não disfarçava meu sono. Eu estava exausto e já deprimido com a ideia de que precisaria acordar cedo no dia seguinte.

"E como está indo a investigação?"

"Não avançamos muito. Temos poucas informações, é difícil."

"Aposto que o Gordo vai lançar mão da sua arma secreta."

"Sim, uma arma meio enferrujada, convenhamos."

"Não fala assim."

Ana gostava do Heleno. Simpatizou com ele desde a primeira vez que o viu, numa tarde de sábado, na livraria do Gordo. A simpatia foi recíproca e, num gesto galante, Heleno foi até uma prateleira, pegou um livro e deu a ela, de presente. Era uma edição quase nova de *Estrela da manhã*, do Bandeira.

Conversamos um pouco mais, amenidades – eu adorava conversar com a Ana, não importava o assunto –, e desliguei.

Agendei o táxi para o dia seguinte, às sete e meia. Coloquei o despertador para as sete e quinze. Eu sabia que teria que levantar da cama às pressas e em quinze minutos estar lá embaixo e pedir ao motorista que não desse mole se quisesse estar no Santos Dumont às oito. Não é muito longe, mas o trânsito é sempre ruim, mesmo a essa hora. Uma pessoa mais precavida colocaria o despertador para as seis e meia e agendaria o táxi para as sete. Eu preferia trocar a precaução por um pouco mais de sono.

Fui dormir pensando no Epifânio. Eu sabia o quanto ele tinha sido um mau-caráter, um falso, que arrasou com a vida de muita gente e teve um fim merecido. Mas me lembrei do Gordo dizendo como era horrível a morte por estricnina. Preciso parar com isso, ficar sentindo pena de malandro, ainda por cima malandro morto, pensei comigo, antes de fechar os olhos.

3

Não gosto de dirigir. E se gostasse, um Chevette caindo aos pedaços não seria exatamente meu sonho de consumo.

Aquele carro foi parar nas minhas mãos como pagamento por um trabalho complicado, que me tomou bastante tempo, seis meses. Na hora de pagar, o cliente me disse, na maior cara de pau, que não tinha dinheiro. Inventou uma história muito mal contada, da doença da mãe e não-sei-mais-o-quê, e ofereceu o carro como pagamento. Para não ficar no prejuízo, aceitei.

Quando fui tirar o Chevette da garagem, notei teias de aranha no espelho retrovisor. Deixei lá. Entrei, dei partida e levei horas para manobrar na garagem minúscula e labiríntica do meu prédio. (O único labirinto minúsculo de que se tem notícia na história da humanidade.)

Era um sábado, dez da manhã, e o Gordo me esperava na calçada, como combinado. Minha camisa já estava empapada de suor.

"Dá pra ligar o ar?", ele pediu, fechando a porta do carro.

Nem respondi.

"Tudo bem, vou imaginar que já estamos no friozinho da serra."

Seguimos pela Barata Ribeiro e fomos pegando o caminho para o Rebouças.

"Grande Guapimirim, aqui vamos nós", o Gordo disse, quando entramos no túnel.

"Grande e Guap*imirim* são palavras que não combinam!", falei, quase gritando. O barulho dos carros e as buzinas insuportáveis das motos, com os vidros do Chevette abertos por causa do calor, impediam qualquer conversa civilizada.

"Grande no sentido figurado", o Gordo gritou de volta. "É por lá que começaremos a decifrar nosso enigma."

Esperei que saíssemos do túnel.

"Você acha mesmo que o Clovis pode ajudar?"

"Minha intuição me diz que sim."

Seguimos viagem ouvindo a Rádio Relógio. A coisa mais "moderninha" do meu Chevette é um rádio com entrada para CD. Eu tinha pedido ao Gordo que baixasse alguma coisa na internet, para a gente ouvir no caminho, e ele me apareceu com uma hora de programa da antiga Rádio Relógio.

"Onde você achou isso?"

"Sabia que você ia gostar."

Eu adorava a Rádio Relógio. Fiquei triste quando acabou. Quer dizer, ainda existe, mas não do mesmo jeito. Ouvi dizer que foi comprada por uma igreja.

A voz do locutor soou nostálgica:

Você sabia que o coração da baleia da Groenlândia pode pesar até cinco toneladas? E que a palavra maricá tem origem no Tupi, e significa capim de espinhos? Você... sabia?

E uma inconfundível voz feminina entrava em seguida:

23 horas, zero minuto, zero segundo.

De volta o locutor:

Você sabia que rir durante o dia faz com que você durma melhor à noite? E que é impossível espirrar com os olhos abertos? Você... sabia?

Depois do Sol, quem ilumina o seu lar é a Galeria Silvestre, a galeria da luz.

De novo a mulher:

Rádio Relógio. 23 horas, 2 minutos, zero segundo.

Enquanto dirigia lembrei que a Macabéa, da Clarice Lispector, em *A hora da estrela*, ouvia a Rádio Relógio de madrugada, no seu quarto de pensão. Ela dizia para o namorado que gostava de ouvir os pingos de minutos do tempo: tic-tac-tic-tac-tic-tac.

A própria Clarice gostava da Rádio Relógio. Colocava a máquina de escrever no colo, acendia um cigarro e ficava escrevendo, ao som do tic-tac sempre igual. Não sei se foi numa dessas vezes que aconteceu aquele incêndio que quase a matou (ela dormiu, deixando o cigarro aceso, e o apartamento pegou fogo).

∽

"E como foi ontem, com o novo cliente?"
"Se eu contar você não vai acreditar, Gordo."
"Já ouvi muita coisa estranha nessa vida.
"O cara me disse que conseguiu interceptar uma troca de e-mails entre a esposa e o amante, um amigo do casal."
"Caso típico. O marido traído pelo melhor amigo. Era o melhor amigo dele?"
"Não sei se o melhor, sei que era amigo."
"E como ele conseguiu ter acesso a essa troca de e-mails?"
"Sei lá, não perguntei."
"Ok, continua."
"Ele me disse também que, pelo que conhecia da mulher e do amigo, os dois deviam estar morrendo de culpa pelo que estavam fazendo."
"Mas continuaram fazendo."
"Claro, ou eu não teria sido contratado. O cara descobriu que eles estavam planejando um encontro na casa dele, do meu cliente, no dia em que estaria viajando. Ou seja, ontem à noite."
"Mesmo se sentindo culpados eles resolveram cornear o seu cliente na cama dele."
"Foi o que eu comentei com o cliente. Ele ficou quieto, meio aéreo, como se não tivesse me ouvido. Depois disse: três coisas são difíceis de entender e uma quarta eu ignoro completamente. Fez uma pausa dramática e completou: o caminho da águia no ar, o caminho da cobra sobre a pedra, o caminho da nau em pleno mar e o caminho do homem na sua mocidade."
"Uau."
"É da Bíblia. Quer dizer, ele me falou que é um trecho da Bíblia."

"A mulher e o amante são jovens, então."

"Sim, na faixa dos vinte e poucos."

"E o seu cliente?"

"Uns quarenta, mais ou menos. Posso continuar ou você vai ficar me interrompendo?"

"Sou todo ouvidos."

"Ele me pediu pra ir à casa dele à noite, com dois quilos de carne crua."

"O quê?"

"Pro cachorro. A carne era pro cachorro. Quando eu pulasse o muro."

"Meu Deus."

"Ele tinha deixado o alarme desligado. Eu precisava pular o muro e dar metade da carne pro cachorro. A outra metade ficava pra saída. Ele me deu uma cópia da chave da entrada dos fundos da casa. O amante chegaria às oito. Eu devia entrar às oito e meia e filmar o que fosse possível."

"Você não bate bem da bola, André. É o meu diagnóstico definitivo."

"Eu faria a filmagem, com uma câmera que ele me deu. Depois deixaria a câmera dentro do carro dele, na garagem, junto com a chave do portão."

"Onde é essa casa?"

"Gávea. Uma ruazinha ali perto da PUC."

"O cara é rico."

"O que você acha?"

"Prossiga."

"Agora vem a coisa mais doida dessa história. Eu tinha que filmar os dois transando, flagrante mesmo, sem deixar dúvidas, e quando eles estivessem completamente nus, no bem-bom, e eu já tivesse filmado o suficiente, eu deveria chegar na frente deles, com a câmera na mão, e dizer, com a maior naturalidade do mundo: olá, tudo bem aí?"

"Não acredito, você está inventando."

"Juro que não."

O Gordo não parava de rir.

"E você topou uma coisa dessas?"

"Topei. Ele estava pagando bem. Topei e fiz exatamente como ele pediu."

"Inclusive com o olá, tudo bem aí?"

"Tudo incluído, pacote completo."

"O que o seu cliente queria? Matar a mulher e o amante de susto?"

"Eles levaram um susto mesmo, Gordo. O cara ficou até com falta de ar. Achei que fosse ter um troço."

"E você não socorreu ele?"

"Não era pra tanto. E se a história já era maluca demais daquele jeito, imagina se eu tivesse que parar tudo e levar o amante pro hospital."

"É verdade."

"Não fiquei pra ver o resto. Fiz a minha parte, saí pela porta dos fundos, deixei a câmera e a chave no carro, dei a carne pro cachorro e pulei o muro de volta."

"Esse cara deve ser uma figuraça."

"Você entendeu qual foi a vingança dele, não entendeu?"

O Gordo deu um tempo, respirou.

"Ele quis ferrar a mulher e o amante acabando com a festinha deles. Além do susto, eles devem ter passado a noite pensando: quem era aquele cara?"

"Eles podem ter imaginado que eu fosse alguém a mando do marido, mas não podiam ter certeza. Além disso, podem ter pensado: e se ele voltar? Se ele entrou na casa com tanta facilidade, pode voltar outra vez."

"Não devem ter tido uma noite muito tranquila."

"Nem um pouco. E ainda tem outra coisa: como iriam encarar o meu cliente, no dia seguinte? O que a mulher iria dizer a ele? E o amigo, quando o encontrasse? Deve ter batido o velho sentimento de culpa."

"Já estou ficando com pena da mulher e do amante. Esse seu cliente é muito cruel."

"A dúvida, Gordo, a dúvida foi a arma que ele usou pra se vingar da mulher e do amigo. Se ele mesmo desse o flagrante a história seria outra. Ele teria que tomar uma atitude. E o cara não parece o tipo violento, não imagino ele dando porrada ou atirando em alguém. Não é um sujeito passional. O que ele fez foi proporcionar aos dois uma noite horrível, justamente quando eles planejavam ter uma noite maravilhosa."

"E ele pode ser mais sádico ainda, sabia? Pode voltar da viagem, dar um beijo na esposa e agir como se nada tivesse acontecido. A mulher vai ficar completamente perdida: se não foi o marido que mandou o cara com a câmera, quem foi então?"

"É o que estou dizendo, Gordo. A dúvida, meu amigo, a dúvida. Arma poderosa."

4

Chegamos à entrada de Guapimirim pouco depois do meio-dia.

Almoçamos num restaurante qualquer, coisa rápida, e seguimos logo para o motel-fazenda do Clovis, que fica um pouco afastado do centro da cidade, numa região muito bonita, com a Serra dos Órgãos ao fundo. A entrada, em arco, trazia no alto, gravado em madeira rústica, o nome do motel: Shangri-La.

Parei o carro, apertei o interfone. O próprio Clovis abriu o portão.

Seguimos por uma rua de pedras, com jeito de muito antiga. Ao final do caminho ele nos esperava, na frente de um sobrado que deveria ter sido a sede da fazenda.

Ele nos recebeu e entramos num salão imenso, muito bem mobiliado, com ambientes diversos.

"Se deu bem, esse lugar é lindo", o Gordo disse, sentando-se num sofá.

"Essa era a casa onde minha tia morava. Tem uma parte em cima, com alguns quartos."

"Você aluga esses quartos também?"

"Não. Eu moro aqui, é a minha casa agora. Depois mostro pra vocês onde ficam os territórios, com os chalés."

Ele foi até um pequeno bar, num dos cantos do salão, e nos ofereceu uma bebida.

"Cerveja pra mim. O André não pode porque está dirigindo."

"Mas vocês já vão voltar hoje pro Rio?"

"Voltamos hoje", falei.

Ele trouxe a cerveja do Gordo. Aceitei um copo d'água.

"Você poderia ter pensado num nome mais original pro seu motel. Deve haver um milhão de hotéis e motéis chamados Shangri-La."

"Eu não quis ser original, André. Quis ganhar dinheiro."

"Você pelo menos sabe de onde vem esse nome, Shangri-La?"

"Não faço ideia. Um amigo me disse que significa paraíso na Terra. Gostei disso."

O Gordo interrompeu:

"John Milton, poeta inglês do século XVII. Autor de *Paradise Lost*. É um longo poema épico, em doze cantos, inspirado no Gênesis. Conta a história da expulsão de Adão e Eva do paraíso, depois de caírem em tentação. *Paradise Lost* se passa numa cidade inventada, Shangri-La."

"Caraca! Adão e Eva, serpente, tentação, perfeito! Você pode colocar no papel isso que falou agora? Vou mandar fazer uma placa e colocar nos chalés. O que acha?"

"Acho que a gente poderia ir direto ao assunto. Epifânio de Moraes Netto. O que você sabe do sujeito?"

∽

"Venham comigo", ele disse, se levantando.

Saímos da casa e entramos num carro, Clovis ao volante.

"Vou mostrar a vocês o paraíso na Terra."

Percorremos uma estradinha, no meio da mata. Alguns minutos depois ele parou e apontou para uma entrada em arco, aberta numa cerca viva de uns três metros de altura, com um portão de ferro.

"Senhores, eis aí o primeiro *Território do Prazer* de Shangri-La."

Achei que fosse nos mostrar por dentro o tal território, mas seguiu adiante. Continuamos pela estrada e vez ou outra apareciam arcos semelhantes ao primeiro.

"Chegamos."

Clovis acionou o controle e entramos.

"Bem-vindos ao quinto *Território do Prazer*. O preferido do nosso saudoso amigo Epifânio de Moraes Netto."

Estacionou o carro, descemos.

Sempre morei em apartamento. Para ser mais exato, na minha vida toda morei em dois apartamentos, ambos pequenos, ambos no coração acelerado de Copacabana. Em nenhum dia da minha existência abri a janela e dei de cara com o mar ou pelo menos com uma mísera árvore. O que via eram sempre outros apartamentos, pequenos, que davam para outros, numa quase infinita variação de caixotes de concreto. Minha relação com a natureza é a mais formal possível, dessas de apertar a mão e chamar de senhora, respeitosamente.

Então aquilo para mim era uma paisagem de filme. Um gramado imenso, que ia dar numa mata fechada, tendo ao fundo o recorte das montanhas. Aqui e ali alguns recantos, com árvores menores, duas delas com uma rede armada na sombra. Um riacho com pedras e pequenas quedas-d'água atravessava o terreno e seguia pelo meio da mata.

"E o chalé, onde fica?"

"Não dá pra ver daqui, Gordo. Estamos apenas na entrada do território."

"É tão grande assim?"

"O triplo do tamanho dos outros."

"E o triplo do preço, imagino", falei.

Ele se virou para mim e abriu os braços, como se dissesse: fazer o quê?

Entramos pela mata e logo adiante avistamos um sobrado rústico, de dois andares, com uma grande varanda ao redor de todo o térreo. No andar de cima, duas janelas laterais, com sacadas.

Clovis nos levou para conhecer o chalé por dentro. Na sacada de um dos quartos, diante da vista deslumbrante, o Gordo sentenciou:

"O sacana do Epifânio tinha bom gosto, devo admitir."

"E dinheiro", completei.

Descemos. Reparei na decoração, com móveis pesados, parecendo uma casa de fazenda, ou o que suponho ser uma casa de fazenda. Na sala, uma lareira lembrava que no inverno devia fazer muito frio naquele lugar.

"Ele vinha sempre aqui?", o Gordo perguntou, quando nos sentamos na varanda.

"Veio algumas vezes. Ficava três, quatro dias."

"E vinha com quem?"

O Clovis se ajeitou na cadeira.

"Olha só, Gordo, precisamos combinar uma coisa."

"Diga."

"Todo estabelecimento desse tipo tem que preservar o sigilo dos frequentadores, você sabe. Com o meu não seria diferente. Os hóspedes não podem ter a sensação de que estão sendo vigiados, imagina, eles vêm aqui justamente porque estão a fim de um pouco de liberdade, contato com a natureza, uma fuga do estresse e da falta de privacidade do dia a dia."

"Você não diz a eles que tem câmeras espalhadas pelos territórios."

"As câmeras são muito bem disfarçadas e não as coloco nos quartos."

"E coloca onde?"

"Em pontos estratégicos. Só pra saber quem está entrando no meu motel-fazenda e se estão fazendo algo perigoso pra segurança do território ou dos outros hóspedes."

"Eles fingem que não estão sendo filmados e você finge que não está filmando."

"Mais ou menos isso."

"E o que você precisa combinar comigo?"

"Você quer saber quem o Epifânio trazia pra cá. Antes de te responder, preciso que me garantam que essa conversa vai ficar apenas entre nós três. Ninguém mais pode saber. Se a notícia vaza minha casa vai à falência, entenderam?"

"Não se preocupe, Clovis, eu garanto que ninguém vai ficar sabendo", falei.

Ele esperou um pouco. Depois abriu o jogo:

"O Epifânio gostava de meninas. E meninos."

"Crianças? Ele trazia crianças pra cá?"

"Não, de forma alguma. Não permito pedofilia no meu motel. Foi só um modo de dizer que o Epifânio gostava de homens e mulheres. Jovens, mas nenhum com cara de menor de idade."

"E ele bebia muito?"

"Bastante."

"Drogas?"

"Não que eu tenha filmado."

Entrei na conversa:

"Tem uma coisa que eu queria te perguntar, Clovis. Como você resolveu a questão da acústica? Lembra que esse era um problema quando você teve a ideia de transformar a fazenda da sua tia num motel?"

"Lembro. Pensei em várias coisas, mas nada me parecia bom. Então, optei apenas por separar os territórios com cercas vivas, só mesmo para preservar a privacidade dos hóspedes. E estabeleci algumas normas aqui dentro. Quando o hóspede chega recebe um livreto, onde explico que a filosofia do Shangri-La é a de um contato mais puro com a natureza, sem deixar de lado os prazeres da carne, a animalidade que ainda existe em cada um de nós. Podem fazer o que quiserem aqui dentro, só peço que não façam barulho excessivo nas áreas próximas às cercas vivas que dividem os territórios."

"E funcionou?"

"Até o momento sim. Não recebi nenhuma reclamação. Os territórios são grandes, e a própria mata ajuda a abafar o barulho."

"O Epifânio seguia as normas da casa?"

"Seguia."

Me levantei e fiquei admirando a paisagem. Será que a Ana gostaria de passar uns dias ali, comigo? Será que eu gostaria? Talvez o contato com a natureza tivesse efeito contrário em mim e eu ficasse broxa.

"Clovis, podemos ver essas filmagens?"

"Que filmagens, Gordo?"

"As do Epifânio."

"Por mim tudo bem, mas vai levar um tempão pra localizar e selecionar as imagens em que ele aparece. Não dá pra fazer isso hoje. E, sinceramente, não sei se valeria a pena. Acho que seria perda de tempo."

⁂

Prevaleceu o bom senso, e o Gordo desistiu da ideia.

"Mas tem uma outra coisa que você gostaria de ver."

Clovis tirou a carteira do bolso e de dentro dela um cartão. Deu para o Gordo.

"Vale mais que duas horas de filmagem", disse, enquanto líamos o que estava escrito no cartão.

"Investigador Particular", o Gordo leu em voz alta. Logo abaixo do nome do detetive, vinham endereço e telefone. É de São Paulo."

"A faxineira encontrou esse cartão aqui mesmo, no quinto território, depois da última visita do Epifânio."

"Não dá pra ter certeza se o cartão estava com ele ou com um dos garotos ou garotas que ele trouxe", o Gordo disse.

"Só tem um jeito de saber", falei, digitando um número no celular.

"Vai ligar pro cara? Pensa bem no que vai dizer, não pode dar mole, seu número vai ficar gravado no aparelho dele."

"Não é pra ele que estou ligando."

"É pra quem então?"

"Ana. Ela pode investigar o sujeito."

"Não tem sinal aqui, André", o Clovis disse.

"Droga!"

"Calma, meu amigo, esse é o preço que se paga por estar em Shangri-La. E olha que é um precinho bem em conta."

"Não tenho tanta certeza assim. Tem algum lugar de onde eu possa ligar?"

"No meu escritório."

Entramos no carro.

No caminho o Gordo perguntou pelo Almeida Salgueiro.

"Você não acha que já me explorou demais?"

"Subimos do Rio só pra conversar com você, camarada. Seja compreensivo."

"Mais do que estou sendo? Mostrei o território do Epifânio, falei das suas preferências sexuais, te dei uma pista quente com esse cartão aí, ainda quer mais?"

"Naquele dia, no telefone, você disse que o Salgueiro vem aqui com alguma frequência."

"É, mas também te falei que ele não tem aparecido ultimamente. Deve estar ocupado com o caso do assassinato do Epifânio."

"Tudo bem, vou te pedir uma coisa. A última, juro."

"Você quer o endereço da amante dele."

"Não, desisti dessa ideia. Não vamos atrás da amante. Ela pode falar qualquer coisa com ele e aí vai ser pior."

"Então o que é?"

"Simples. Se ele aparecer por aqui, dá um jeito de falar com o cara e ver se ele sabe alguma coisa sobre o caso que ainda não foi dita à imprensa."

"Só isso que você quer?"

"É, só isso."

"Gordo, se ele vier aqui, vai ser com a amante. E não acho que vai preferir deixar aquele mulherão no chalé pra vir bater papo comigo."

"É um mulherão?"

"Mulherãozaço."

"Pode ser que ele deixe a mulher em casa e volte pra beber com você."

"Tudo bem. Se ele aparecer aqui e se quiser encher a cara comigo, prometo que tento tirar alguma informação."

☙

Chegamos à sede. Liguei para a Ana de um telefone fixo. Caiu na caixa postal. Pedi que me ligasse de volta, assim que recebesse o recado.

O Clovis quis que ficássemos um pouco mais, para conhecer melhor o seu paraíso. Eu já tinha visto o bastante. E não queria descer para o Rio à noite, no meu Chevette nada confiável.

Na estrada, não sei por que, comecei a pensar no meu irmão. Onde estaria agora? Fazia tempo que o Augusto tinha saído do Brasil. Da última vez que me ligou, faz uns seis meses, estava em alguma cidade no interior de um desses países cujo nome não sei pronunciar. Me perguntou se eu estava bem, como andava a vida, se não tinha me metido em nenhuma encrenca. Engraçado, era ele que se metia em encrenca, não eu. Falou coisas assim, banais. Respondi laconicamente.

Às vezes sentia um pouco de saudade do meu irmão. Nunca nos demos bem e uma vez tivemos uma briga feia. Mesmo assim, vez ou outra sentia falta dele, dos tempos em que meus pais ainda eram vivos e a gente morava no conjugado em Copacabana, todo mundo junto, num aperto danado. Naquela época eu achava a minha vida uma droga, mas confesso que ali, dirigindo na estrada para o Rio, me bateu uma pontinha de saudade.

"A viúva."

"Hã?"

"A viúva do Epifânio. Precisamos conversar com ela."

"Pra quê?"

"Acorda, André. Onde você estava, meu amigo, nos braços da formosa Ana?"

"Não, já tinha saído dessa parte."

"Vai ser difícil saber por que o Epifânio teria contratado um detetive particular."

"Nem sabemos se o cartão é mesmo dele."

"Deve ser. O Epifânio morava em São Paulo, esqueceu?"

"Assim que conseguir falar com a Ana vou pedir pra ela descobrir alguma coisa."

"Vai ser difícil, André. O que a Ana vai fazer? Pode até inventar uma história, como se fosse uma cliente, ir até o escritório do detetive e tal e tentar tirar alguma informação dele, mas o cara é um profissional, e deve ser dos bons. O Epifânio, com a grana que tinha, não iria contratar um qualquer."

"Não custa tentar."

"Cuidado pra não colocar sua namorada em perigo."

"Eu jamais faria uma coisa dessas. E a Ana sabe se cuidar."

"Precisamos dar um jeito de falar com a viúva. Será que ela sabia das escapadas do Epifânio?"

"Que importância tem isso? Se sabia e fingia que não, ou se não sabia, tanto faz."

"Não é bem assim. Já pensou na hipótese de ela saber de tudo e ter querido se vingar do marido? Ela pode ter contratado um assassino profissional, que se fez passar por garoto de programa e deu em cima do Epifânio quando ele chegou ao hotel naquela noite, já chapado. Aí foi com ele pro quarto e envenenou a vítima."

"Nesse caso, por que a viúva estaria oferecendo uma recompensa pela captura do assassino?"

"Que pergunta. Ela pode estar fazendo isso justamente pra afastar qualquer suspeita sobre ela. É milionária, cinquenta mil não fazem a menor diferença na sua conta."

"A polícia deve estar investigando isso também, sabia? O testamento do Epifânio."

O celular do Gordo tocou.

"Diga lá, meu comandante. Novidades? Oba, claro que posso. Quer dizer, podemos. Sim, ele está comigo. Beleza, combinado. Abração!"

"Nem precisa dizer quem era."

"Marquei com ele às sete horas, no Bip Bip."

"Pelo menos é perto de casa."

O Heleno não era exatamente a pessoa que eu gostaria de encontrar naquele dia.

⁂

Entrei na garagem do meu prédio às seis e meia. Deixei o Chevette entregue às aranhas.

"Divirtam-se", eu disse, fechando a porta.

"Falando sozinho?"

"Não estava falando sozinho. Estava conversando com as aranhas da garagem."

"Entendi."

Fomos direto para o Bip Bip.

No meio do caminho Ana ligou. Disse que tinha deixado o celular desligado durante a reunião com o editor, o tal que viera de Nova York. Eu tinha me esquecido desse encontro com o poderoso chefão.

Contei toda a história. Ela estaria muito ocupada ate o meio da semana, mas iria tentar descobrir algo na quinta ou sexta. Só não sabia como faria isso, iria pensar em alguma coisa. E na sexta mesmo pegaria a ponte aérea para o Rio. Pedi que tomasse muito cuidado, se o detetive estava a serviço do Epifânio poderia ser perigoso. Ela me pediu que a esperasse no Santos Dumont.

⁂

Dei um abraço no Alfredinho, dono do Bip Bip. Eu, ele e o Gordo jogamos um pouco de conversa fora, em pé mesmo, até percebermos que o Heleno já havia chegado e estava sentado mais adiante, numa mesa na calçada.

Pegamos três cervejas no freezer do bar, o Gordo pediu para o Alfredinho anotar e fomos até a mesa do Heleno.

Ele se levantou quando nos aproximamos, apertando primeiro a minha mão, com alguma formalidade, e depois dando no Gordo aquele abraço de lado, em que os dois caras olham para baixo.

O Gordo abriu a cerveja do Heleno, servindo seu copo. Ele agradeceu com um aceno de cabeça. Eu implicava com o Gordo sobre a real utilidade do Heleno como informante, mas não podia negar que era um velhinho de uma elegância que não sei definir direito, uma elegância muito natural. Magro, de estatura mediana, calvície acentuada, cabelos brancos penteados para trás, com cuidado. Cada gesto seu era suave, comedido. Parecia o Paulinho da Viola, tinha a leveza e a elegância do Paulinho da Viola.

Ele e o Gordo ficaram algum tempo conversando sobre o nada. Fazia parte do ritual, eles nunca começavam uma conversa indo direto ao assunto, eu havia presenciado e participado de algumas delas e sabia o meu papel – fingir um interesse real nas histórias e ponderações do Heleno, com comentários de pé de página do Gordo, até chegarmos ao que realmente interessava. Isso poderia levar mais tempo do que uma pessoa normal podia esperar.

Ao fim da primeira rodada de cervejas fui ao freezer e peguei outras três.

"A vida não tem muita lógica, meu amigo, eis a verdade."

Levei um susto com a frase do Heleno. É uma tese que sempre defendi!

"Por que você acha isso?", perguntei.

"Isso o quê?"

"Isso que acabou de dizer, que a vida não tem lógica."

"Ah, sim. É, não tem mesmo."

Esperei. Ele nada, como se já tivesse me respondido.

O Gordo entendeu que era a hora.

"Heleno, meu caro, como foi a conversa com o Salgueiro?"

"Salgueiro, Almeida Salgueiro. Um dia vou te apresentar, você vai gostar muito dele, é uma ótima pessoa, a pessoa mais generosa que já conheci, a mais amável, um grande amigo, um irmão mesmo. Falam coisas dele, daquela época, você sabe, mas nada é verdade, foram tempos difíceis, Salgueiro e eu ajudamos muita gente, ninguém sabe disso, você sabe?"

O Gordo fez que não.

"Nem tudo é o que parece. Gente boa, gente má, vocês são muito meninos, jovens, não entendem direito ainda."

"O Salgueiro falou alguma coisa sobre o caso do Epifânio com você?", o Gordo perguntou, finalmente.

"Epifânio, o escritor de livros de autoajuda, o famoso escritor. Morreu envenenado com estricnina, veneno de ratos, vejam só, ainda hoje veneno de ratos matando gente, como nos tempos da rainha Vitória, era a rainha Vitória?"

"Era. Sherlock e tudo o mais", falei.

"Epifânio estava em apuros", Heleno disse, matando sua cerveja.

Redobrei minha atenção.

"Apuros?"

"Sabe, Gordo, o Epifânio de Moraes Netto não me parecia uma boa pessoa. Não gosto de julgar ninguém, a gente nunca tem dados suficientes pra julgar alguém, sempre escapa alguma coisa, algum detalhe que poderia ter mudado nosso julgamento. No fundo, não sabemos nada, é o que penso, não sabemos nada. O que sei de vocês, por exemplo? E o que sabem de mim? Nada, meu amigo, ninguém sabe nada."

"O Epifânio era um mau-caráter", afirmei.

"Talvez, André, talvez fosse mesmo. Uma má pessoa."

"Em que apuros ele estava metido, Heleno?"

"Gordo, meu fraterno amigo, espero que eu possa ser útil à investigação de vocês. Já sou um velho, tenho poucos prazeres nessa vida, a amizade de vocês é um deles, quem sabe o mais valioso, existe algo mais valioso do que a amizade? Acho que não. O amor, talvez, mas a amizade também é uma forma de amor. Sou muito amigo do Salgueiro, um grande amigo, eu não seria amigo do Epifânio, não, não era uma boa pessoa, não era."

Me levantei e fui até a rua, olhando na direção da praia, mais ao fundo. Precisava ter paciência, muita paciência. O Gordo me fez um sinal para voltar.

"Chantagem", ouvi Heleno dizer, assim que me sentei à mesa. "Epifânio estava sendo chantageado."

"Por quem?"

"Um outro escritor, um ghost-writer. O Salgueiro descobriu que o primeiro livro do Epifânio, não consigo agora me lembrar do título, acho que é algo como *As flores do bem*, é isso?"

"Isso, *As flores do bem*."

"Obrigado, André, minha memória às vezes me surpreende, não sei como guardei algo tão sem importância como o título do primeiro livro do Epifânio, a memória e seus truques, vai entender."

"E o ghost-writer, Heleno?"

"Ah, sim, claro, já ia me esquecendo. O Salgueiro descobriu que o primeiro livro do Epifânio não foi escrito por ele. Foi um escritor fantasma, vocês sabem, essas pessoas que escrevem livros sob encomenda, vem alguém e diz: escreve esse livro pra mim, assim e assado. O cidadão vai, escreve, e o cliente publica como se fosse dele. É muito comum isso, sabiam? A ideia deve ter nascido nos Estados Unidos, tem a cara dos Estados Unidos."

"Como foi que o Salgueiro descobriu?"

"A viúva do Epifânio, ela contou tudo ao Salgueiro."

"Eu sabia", o Gordo falou, batendo na mesa. "Não te falei, André, não te falei que a gente precisava conversar com a viúva?"

"Acho que agora não precisamos mais. Você vai nos contar tudo, não é, Heleno?"

"Foi pra isso que vim aqui, não foi?"

"O que mais a viúva disse?", perguntei.

"Quando Epifânio contratou o ghost-writer, ainda era um autor inédito. Ele pagou pelo livro o valor de mercado. Acertaram tudo direitinho, o profissional escreveu o livro e combinaram de ele nunca revelar que era o verdadeiro autor. Vocês sabem, às vezes a pessoa diz claramente que pagou a outra pra escrever por ela, acontece também, mas na maioria dos casos o *writer* continua *ghost* mesmo", ele disse, rindo.

Continuou:

"O Epifânio nunca revelou seu segredo, só a esposa e o tal escritor sabiam disso. E estava tudo muito bem, a carreira do Epifânio indo de vento em popa, como sabemos, tudo bem. Só que, pelo que a viúva disse, de uns tempos pra cá o Epifânio começou a ser chantageado pelo escritor fantasma, que ameaçava revelar tudo."

"Estranho o Epifânio ficar tão preocupado com isso", o Gordo falou, "é uma prática muito comum hoje em dia. As editoras pensam num tema, numa ideia, contratam um ghost-writer pra escrever o livro e um desses autores best-sellers de autoajuda vem e assina."

"Nesse caso é diferente, Gordo", comentei. "O Epifânio sempre se achou o cara mais criativo do universo. O mais vaidoso ele talvez fosse mesmo. De criativo não tinha nada, mas era assim que ele se mostrava nas entrevistas, nas consultas. Acho até que escreveu um livro sobre isso. Qualquer coisa como *Os 7 passos da criatividade*. Ou 7 degraus, 7 pilares, sei lá, alguma coisa com 7."

"É verdade. Pegaria muito mal se todo mundo soubesse que o primeiro livro dele tinha sido comprado."

"A credibilidade iria pro ralo."

Pedi ao Heleno que continuasse.

"Bom, o Epifânio não sabia como o tal escritor poderia provar que era o verdadeiro autor do livro, mas por via das dúvidas resolveu pagar o que ele pedia. Mas não ficou nisso, a chantagem continuou. Epifânio até contratou um detetive particular pra tentar saber o paradeiro do chantagista, e o Salgueiro não tem dúvida de que, se tivesse oportunidade, o Epifânio liquidaria ele."

"Esse detetive é de São Paulo?"

"Sim, um detetive de São Paulo."

Um trabalho e um risco a menos para a Ana, pensei comigo, aliviado.

"Genial, meu caro", o Gordo disse, apertando com as duas mãos a mão do Heleno. "Você foi brilhante!"

Fui pegar mais cervejas. O Bip Bip não tem garçom, você mesmo se serve das bebidas, e o Alfredinho vai anotando.

"Isso não explica o X-9 gravado na parede do quarto do hotel", eu disse, puxando uma cadeira.

"A não ser que o ghost-writer tenha se sentido traído. Ele pode ter combinado alguma coisa com o Epifânio e o Epifânio passou a perna no cara", o Gordo falou.

"X-9 não tem esse sentido. É mais o de delator, alcaguete."

"O que você acha, Heleno?"

"Tem gente que usa X-9 nesse sentido, de traidor, não é só no sentido de espião, alcaguete. Pode ser que seja isso mesmo."

"E tem outra coisa", completei. "Por que o assassino deixaria uma pista que poderia levar a ele mesmo? Se o cara só queria vingança, bastava matar e pronto. Não ia ficar dando mole."

"Isso é."

"Tem razão, André, o X-9 é uma ponta solta nesse novelo."

"E o livro do Chandler também."

"Mas tenham paciência, meninos, as peças vão começar a se encaixar, tenham paciência. E podem contar comigo, estarei alerta."

∽

Nos despedimos do Heleno com um abraço apertado. Ele se espantou um pouco com a intimidade exagerada, sobretudo da minha parte, mas pareceu ter gostado. Eu precisava lhe dar aquele abraço, o velhote tinha sido muito bacana com a gente, não estava ganhando nada com aquilo – a não ser os livros que vez ou outra garimpava na livraria do Gordo. Fazia mesmo por amizade.

Bebemos mais um pouco e fui embora. Estava exausto. Dirigir me cansa, ainda mais quando se trata de um Chevette do século passado.

No caminho para casa pensei: foi um dia bastante produtivo. Clovis e Heleno ajudaram muito, e cheguei a me imaginar com as mãos na grana da recompensa oferecida pela viúva do Epifânio.

Fui para a cama com a certeza de que teria um dos sonos mais tranquilos das últimas semanas. Era uma sensação boa, de dever cumprido. Mesmo sem saber o que X-9 e um romance de Raymond Chandler tinham a ver com a história, sentia que estava no caminho certo.

O domingo passou molengo, como só os domingos sabem passar.

E na segunda de manhã as manchetes dos jornais acordaram rindo da minha cara.

5

Não costumo comprar jornal. Fico a par das novidades lendo a primeira página dos diferentes tabloides estampados na banca de revista perto da minha casa. Na verdade, a única coisa que me interessa no jornal é a página de esportes com as notícias do Botafogo.

Naquela manhã precisei comprar. Estava lá, com todas as letras, o anúncio da morte de P.D. Amaranto.

Fui até a padaria. Eram duas da tarde e aquele seria meu café da manhã. Pedi pão na chapa, suco de laranja e café duplo, sem açúcar. E rosquinhas Lamego, que há tempos não comia.

Há duas semanas o novo livro de P.D. Amaranto ocupava o topo da lista dos mais vendidos. Título: *Não casei mas sou feliz*.

Era o seu quarto livro, escrito a partir de um ponto de vista que ele considerava feminino. Ele e muita gente. Era uma mistura de autoajuda com romance, narrado por uma mulher de meia-idade.

Todo ano o cara lançava um novo sucesso absoluto de vendas. Uma máquina de ganhar dinheiro, o P.D. Amaranto. Lançado fazia pouco mais de um mês, *Não casei mas sou feliz* atingira a marca de duzentos mil exemplares vendidos.

Não sei se esse tal Amaranto era o melhor dos escritores brasileiros de autoajuda, mas posso dizer, com certeza, que era o mais animado. Estava sempre na mídia, ou pelos livros ou pelas festas que realizava, algumas durante dias, em sítios, fazendas, praias particulares. Nem dá para saber quando é que o cara escrevia (se é que escrevia mesmo).

Ele costumava dizer que sua vida era um retrato da sua obra, ou vice-versa. E se seus livros valorizavam, sobretudo, a alegria de viver, era natural que sua vida fosse também bastante alegre. Diga-se de passagem, seu primeiro livro, que já foi um sucesso retumbante, se chamava *A vida é uma festa e você foi convidado*. Argh!

Para comemorar a ótima recepção do novo livro, P.D. Amaranto deu uma festa à fantasia para duzentas pessoas, em sua mansão no Alto da Boa Vista. Foi a última.

Segundo as testemunhas – um arlequim, uma colombina e um mágico sem cartola (disse ter perdido na confusão) –, o famoso escritor estava com eles num canto do jardim, conversando animadamente.

Os três tentavam tirar do anfitrião alguma confidência sobre o cardápio da ceia que seria servida dali a pouco. Segundo a colombina, Amaranto adorava fazer mistério sobre o menu principal das festas que organizava. Ele chamava chefs de renome e os pratos sempre viravam assunto das colunas sociais no dia seguinte.

No meio da conversa, P.D. Amaranto pediu licença, dizendo que precisava ir à cozinha, checar se estava tudo em ordem. Cerca de uma hora e meia depois, a notícia se espalhou pela festa: o escritor tinha sido encontrado morto, na sua biblioteca.

Amaranto usava uma fantasia de Carlitos, com bigodinho e tudo. Um amigo do anfitrião contou ao delegado que houve um momento da festa em que ele procurou o escritor. Não encontrando, foi ver se estava na biblioteca. A porta estava trancada. Voltou a procurá-lo pelos salões e outros cantos da casa e mais tarde retornou à biblioteca. Já não estava mais trancada. Ele entrou e lá estava Amaranto, estendido no chão, o corpo contraído e no rosto um *risus sardonicus*.

A perícia constatou que P.D. Amaranto foi envenenado com estricnina, aplicada com uma seringa no pescoço. Dentro do paletó, junto ao peito do cadáver, foi encontrado um exemplar do romance do Chandler. O mesmo que encontraram sobre a cama no assassinato do Epifânio: *A irmãzinha*.

E dentro do livro, um pequeno pedaço de papel, com duas palavras datilografadas: A CEIA.

Cheguei ao escritório pouco antes das nove da manhã, na segunda-feira. Passei pela livraria e fiz um sinal para o Gordo. Ele respondeu com outro, estava com um cliente, subiria depois.

Era um dia nublado, com promessa de chuva forte. Cheguei até a varandinha do sobrado e fiquei vendo pela janela o movimento da rua, pensando comigo por que as pessoas compravam livros com o título *Não casei mas sou feliz*. Não eram todas, certamente não era a maioria, mas muitos daqueles homens e mulheres que eu via da sacada do meu escritório, ou da sala da casa do Gordo, muitas daquelas pessoas compravam livros, de gêneros diferentes, e não seria absurdo supor que pelo menos uma daquelas que passavam lá embaixo tivesse comprado a obra-prima de P.D. Amaranto.

Eu não tinha a mínima vontade, paciência ou competência para responder à minha própria pergunta, pensei só por pensar mesmo. E agora ficava olhando as pessoas na rua do Lavradio e imaginando: essa comprou, aquele não, aquele com certeza, aquela mocinha ali talvez.

"Fudeu", o Gordo falou, entrando de repente.

Me virei e fiquei de frente para ele, ainda de pé. Começava a chover. Fechei a porta da varanda e me sentei na poltrona velha, com furos e remendos disfarçados por uma colcha xadrez, presente da Ana.

"Mais um escritor de autoajuda", disse.

"Envenenado com estricnina."

"Será que foi algum convidado?"

"Também pode ter sido um dos empregados da casa, Gordo. Ou um segurança. E tem ainda todo o pessoal contratado pra fazer e servir o jantar. É gente à beça."

"É pouco provável que algum empregado ou segurança tivesse entrado com o Amaranto na biblioteca."

"Pode ter entrado com o pretexto de perguntar ao patrão se ele desejava alguma coisa. E aí ter aplicado a injeção no pescoço do cara."

"Não acredito. Seria arriscado demais. O Amaranto poderia reagir, ou gritar. Foi algum convidado. Minha hipótese é que ele marcou um encontro com algum convidado na biblioteca. Um encontro importante, que não poderia ser interrompido. Por isso ele trancou a porta."

"Você acha que pode ter sido um encontro amoroso?"

"Talvez. Ou alguma conversa particular, alguma falcatrua que ele estivesse armando com alguém."

"O assassino pode ter trancado a porta, não ele."

"Também pode ser. O que eu acho é que foi algum convidado, alguém que entrou na biblioteca com o consentimento da vítima. Então o assassino colocou um adereço no lindo pescocinho do P.D., esperou que o veneno fizesse efeito e depois saiu, deixando a porta destrancada."

"Por que deixou destrancada? Por que correu o risco de ser visto por alguém? Não seria melhor trancar a porta por fora e dar no pé?"

"Não havia tanto risco assim. Ele estava fantasiado, no meio de duzentas outras pessoas fantasiadas também."

"Certo, mas não era melhor ter trancado?"

"Já estou começando a traçar um perfil do assassino, André. Ele é do tipo que gosta do perigo, gosta de jogar com o perigo. Sou capaz de apostar que ele deve ter esperado na festa, pra ver o efeito do que tinha acabado de fazer. A confusão, o susto, o medo dos convidados quando souberam o que aconteceu. O cara deve ter adorado isso."

"Será?"

"Eu acho. Fazia parte da festinha *dele*."

∽

"Eram muitos convidados. E se colocarmos todos os funcionários que estavam trabalhando na festa como suspeitos, a coisa fica mais complicada ainda. Nunca vão descobrir o assassino, Gordo."

"Eles não. Mas nós vamos. Pode anotar aí."

"Admiro seu otimismo."

"Digamos que seja um sexto sentido."

"E desde quando você tem sexto sentido?"

"Não sei. Ninguém sabe essas coisas, ou tem ou não tem, e pronto."

"E você tem."

"Tenho."

"Ah."

⁌

O Gordo andava pela sala, agitado.

"Será que o P.D. tinha mordomo?"

"Não, chega de mordomos."

Ele foi até a janela e ficou encostado no parapeito, vendo a rua.

Depois voltou e disse:

"Você não está pensando a mesma coisa que eu, está?"

"Um chope com costeleta no Bar Brasil?"

"Não, André. Você acha que eu só penso em comida?"

"É pra responder?"

"Minha massa cinzenta está trabalhando, meu amigo."

"Trabalhando em quê?"

"Agatha Christie."

⁌

Não foi difícil entender o que ele estava querendo dizer.

"Também pensei nisso. Foi a primeira coisa que pensei, logo depois de ler a matéria no jornal. *Um corpo na biblioteca*."

No romance da Agatha Christie, a história começa com a descoberta do corpo de uma mulher, no chão de uma biblioteca particular. Miss Marple vai investigar o caso.

"Mas a verdade, Gordo, é que o romance não tem nada a ver com esse caso. São situações completamente diferentes. E há muitos outros romances policiais com assassinatos em biblioteca. A própria Agatha Christie diz isso, na introdução do romance. Ela diz que esse tipo de coisa é quase um clichê do gênero e que ela propôs a si mesma um desafio: escrever uma história com assassinato na biblioteca que tivesse algo de original."

"E não conseguiu, diga-se de passagem."

"Não é tão ruim assim, Gordo. Eu gostei."

"O que eu acho é que esse canalha está nos dando mais uma pista, André. Como se estivesse enviando um bilhete."

"O duro é entender a letra dele."

"E minhas fontes não podem ajudar nesse caso. O crime aconteceu fora da jurisdição do Almeida Salgueiro."

"Quem sabe, Gordo. A polícia já deve ter deduzido que um assassinato teve a ver com o outro. E os encarregados devem estar trocando informações a essa altura. O Salgueiro pode estar, sim, com uma cópia da lista dos convidados."

Ele se sentou na poltrona, esticou as pernas e fechou os olhos. Tentei adivinhar, ou melhor, deduzir o que ele estava pensando.

"A ceia", falei, aparentando displicência.

Ele abriu os olhos de repente, surpreso.

"É, quer dizer, eu estava pensando nisso mesmo, a ceia", falou, e voltou a ficar calado.

Abri minha agenda, enquanto ele se lançava a suas elucubrações. Não tinha nada muito importante para fazer naquele dia, o que era no mínimo preocupante. Se não conseguíssemos nenhum progresso no caso dos assassinatos, ficaria difícil fechar as contas no final do mês.

"Por enquanto só podemos ter certeza de uma coisa, Gordo."

"Eu sei. Temos um serial killer na cidade. Um serial killer de escritores de autoajuda."

6

Alguém tocou a campainha, lá embaixo.

"Você fechou a livraria?"

"Só encostei a porta."

"Sem deixar nenhum recado a seus clientes fiéis? Eles vão ficar deprimidos."

O Gordo tem uma pequena lousa, dessas em que se escreve com giz e se vê na porta de alguns bares e restaurantes com o cardápio do dia. Ele escreve frases diferentes, conforme a ocasião. Uma para quando fecha a livraria ao final do expediente, outra para a hora do almoço, uma outra para quando está em casa, no andar de cima do sobrado. E vive mudando as frases.

"Claro que tem recado."

"E qual é o da vez?"

"*A imaginação é um lugar dentro do qual chove.* Aguardai um instante e conhecerás o autor desta frase."

"Bem apropriado."

"Também acho."

"De quem é?"

"Italo Calvino."

"Você já usou esse truque antes. De colocar uma citação e atiçar a curiosidade do cliente."

"Eu sei."

"E funcionou?"

"Não."

"Então por que fez de novo?"

"Sou insistente."

Putz.

Ele desceu as escadas.

Passei boa parte da manhã fazendo pesquisas na internet. Comecei lendo sobre serial killers. Depois estricnina. Terminei pesquisando escritores de autoajuda no Brasil. Não consegui grandes coisas, além de páginas e páginas de cultura inútil e um princípio de dor de cabeça.

Por volta de uma da tarde o Gordo me salvou da depressão, me chamando para almoçar.

Fomos comer no Nova Capela.

O Gordo pediu um chope na pressão. Eu não pretendia beber, normalmente não bebo no almoço, me dá sono depois, mas fazia muito calor, minha manhã tinha sido chatíssima, a vida é curta. Etc.

"André, você leu com atenção a matéria do jornal, falando da morte do P.D. Amaranto?"

"Li, claro."

"Tem um detalhe importante. Ele e o Epifânio publicavam por editoras diferentes. Mas existe algo em comum entre essas editoras: fazem parte do mesmo grupo. Um grupo editorial alemão, com sede em Frankfurt. O nome é Seelenfrieden. Ou apenas Frieden, como é mais conhecido no meio. Não sei se é assim que se pronuncia. É um grupo poderoso, com editoras espalhadas por diversos países."

"Qual é a sua tese?"

"Não acredito que seja mero acaso o assassino ter escolhido escritores vinculados a esse grupo. O alvo pode ser o próprio grupo."

"Não é uma informação que ajude muito, convenhamos."

"Pode não ajudar nesse momento, mas é uma pista. Guarda aí na sua cachola, André, o assassino tem alguma coisa a ver com esse grupo: Frieden."

Quando o garçom trouxe os chopes, notei que havia alguma coisa diferente no rosto do meu amigo. Parecia um pouco tenso.

"Aconteceu alguma coisa?"

Ele não respondeu na hora. Ficou com o cardápio aberto diante dele, uma ruga desenhada na testa.

Fechou o cardápio e fez o pedido ao garçom: filé à Oswaldo Aranha.

Pedi um bife de panela com jardineira de legumes.

"Sabe, André, andei pensando. E se esse caso não for pra nós?"

"Como assim?"

"Sei lá, a gente já entrou em muita roubada nessa vida, quase morremos por conta dessa sua mania de ser detetive."

"*Minha* mania? Já esqueceu que foi você quem quis ser meu assistente? Fez questão disso, era condição pra você me deixar usar a sala da sua casa como escritório."

"Não estou falando de agora. Estou falando lá de trás, do início de tudo, lembra quando investigamos aquele campeonato maluco? Quase levamos uns bons tiros, não lembra não?"

"Aonde você quer chegar?"

"Nos últimos anos você só tem pegado caso normal, coisinha miúda, nada perigoso, um caso de adultério aqui, outro ali. Mas esse agora, André, esse caso agora não é tão simples quanto parecia no início."

"Está com medo?"

"E não é pra ficar?"

"Você por acaso é um escritor de autoajuda, Gordo?"

"Não esculacha."

"Então."

"Pra conseguir o que quer, o assassino não vai ficar só nos escritores. Vai acabar matando mais gente também, se já não matou, qualquer um que cruze seu caminho está correndo perigo. Deve ser um psicopata."

"Gordo, não temos compromisso com ninguém. Ninguém contratou a gente pra nada, estamos correndo por fora nesse caso. Se a gente sentir que não dá mais, desistimos. Qual o problema?"

Ele terminou o chope, devagar.

"Acho que você tem razão. Uma vez na vida você tinha que ter razão, acontece com qualquer pessoa, não é?"

"Obrigado."

Ele estava rindo, mas continuava preocupado. Conheço o Gordo, sei quando ele está escondendo alguma coisa.

"Do que exatamente você tem medo?"

Ele hesitou um pouco. Depois disse:

"Das coisas que não consigo ver."

Fiz cara de interrogação.

"O assassino matou dois escritores famosos, cercados de seguranças. E os recados que deixou no local do crime estão sugerindo outros crimes. O Epifânio e o Amaranto morreram quando estavam alegres, felizes."

"Desarmados."

"Isso, desarmados, não esperavam a morte. Ela chegou no meio de uma farra particular, entre quatro paredes, no caso do Epifânio. E no meio de uma farra geral, no caso do P.D. Chegou de repente, sem ninguém ver, de onde menos se espera. Não foi com tiro, facada, em algum lugar perigoso. O assassino? Ninguém viu. E essa marca na parede, X-9, mais esse papel, A CEIA, e ainda essa pista repetida – o livro do Chandler –, tudo isso são coisas visíveis, mas ninguém sabe o que significam, então é como se não víssemos nada. É disso que tenho medo, André, tem muita coisa invisível nessa história."

∽

O garçom trouxe os pratos.

Adoro aquele bife de panela. No cardápio vem com outro nome, mas nunca me lembro de consultar o cardápio. Peço bife de panela com jardineira e o garçom já entende o que é.

"Vamos ver o que temos até o momento, Gordo. Primeiro: há um assassino à solta. Um serial killer."

"De escritores de autoajuda."

"Impressionante, quando a gente pensa que já viu de tudo nessa vida, sempre aparece alguém com novidade. Parece que os caras não fazem nada, não trabalham, só ficam pensando em como podem parecer mais malucos do que os malucos da geração anterior."

"Geração?"

"É, algo assim."

"Segundo ponto. O assassino está querendo dizer alguma coisa a alguém. Primeiro foi o X-9. Tudo indicava o tal ghost-writer, traído pelo Epifânio. Mas o segundo assassinato dá uma virada na história."

"Precisamos raciocinar em duas frentes, Gordo. Uma são as pistas, ou os recados, que o cara deixou: a pichação na parede, X-9, o romance do Chandler – duas vezes – e esse papelzinho aí dentro do livro, no bolso do paletó do P.D. Amaranto."

"A CEIA."

"Outra frente é o modo como o assassino matou os escritores."

"Seu *modus operandi*."

"Ele matou os dois com estricnina. No segundo caso, dentro de uma biblioteca, como no romance da Agatha Christie."

"O romance da Agatha Christie pode ser uma pista falsa, André."

"Tudo pode ser uma pista falsa. Esse é o problema."

"A CEIA só pode ter a ver com esse hábito do Amaranto, de sempre fazer mistério sobre a ceia servida na festa, de convidar chefs famosos e tudo o mais."

"Você acha que ele fazia isso por ostentação? Pra mostrar que tinha grana?"

"Não sei por que ele fazia isso, e não importa. O importante é que, para as outras pessoas, poderia parecer isso. E ele pode ter irritado alguém."

"Um outro escritor."

"Por que não? O sujeito era rico, famoso, viajava o mundo inteiro por conta dos seus livros, devia ter um monte de escritor com inveja dele. Inveja não, raiva. Com ódio mesmo, eu diria. Um deles pode ser o assassino."

❧

Comemos em silêncio.
Meu celular tocou. Ana.
"Preciso atender."
Me levantei da mesa e fui até um canto do restaurante. Não gosto de falar ao celular na frente de ninguém, nem do Gordo. Não é só porque não gosto de incomodar as pessoas, é também porque acho esquisito, como se alguém estivesse me vendo falar sozinho, feito maluco de carteirinha.

Ana dizia que na sexta chegava ao Rio, no início da noite. Queria que eu a pegasse no Santos Dumont. Tinha uma surpresa.
"Acho que você vai gostar."
Eu gostaria de qualquer coisa que ela me desse.
"E o caso dos escritores, como está indo?"
"Devagar. Eu tinha quase certeza de que o assassino era um ghost-writer, aí de São Paulo, o verdadeiro autor do primeiro livro do Epifânio. O cara descumpriu um acordo entre eles, o Epifânio jogou pesado, ameaçou o sujeito, e se deu mal. Era o que eu pensava. Mas não foi isso, o segundo assassinato mostra que não foi nada disso."
"Claro que não. X-9 não tem nada a ver com o crime do Epifânio."
"Como?"
"Você, o Gordo, a polícia, todo mundo embarcou numa furada. X-9 não tem nada a ver com aquele crime. É uma pista para o próximo. Você nunca leu um romance com serial killer? Nunca viu um filme?"
"Calma, fala devagar. Não estou conseguindo te acompanhar."
"Francamente, André, acho que preciso ficar perto de você. Não posso te deixar sozinho muito tempo."
"Não estou sozinho, o Gordo está comigo."
"Pior ainda."

A ligação caiu. Tentei ligar de volta. Sem sinal.

Voltei para a mesa.

"Já esquentou", o Gordo disse, apontando para o meu chope.

O celular tocou de novo. Estava ansioso demais para sair e atender num outro lugar. Atendi ali mesmo, na frente do Gordo.

"André?"

"Pode falar, estou ouvindo."

O sexto sentido do Gordo o fez levantar os olhos do prato.

"Você e o Gordo não entenderam ainda? É sério ou você está de sacanagem comigo? Fala a verdade."

"É sério."

"Caramba, vocês são leitores de romance policial ou um saco de batatas? Saco duplo, bem cheio."

"Ela está dizendo que você é um saco de batatas. Dos grandes", falei pro Gordo.

"Eu?!"

Ana continuou:

"Por acaso você e seu amigo literato já ouviram falar de um sujeito chamado Dashiell Hammett?"

Não entendi. Era óbvio que eu sabia quem era Dashiell Hammett.

"Você sabe qual é o nome completo do P.D. Amaranto? Sendo mais específica: sabe o que é o *D* de P.D.?"

Eu sabia, mas não lembrava.

Ela mesma respondeu:

"Dexter. Isso não te diz nada? Dexter?"

"Não. Por que deveria?"

"É, a coisa está feia. Vou te mandar uma mensagem. Espera aí."

Em segundos pude ler a mensagem, no celular.

Dizia apenas:

Pode me chamar de Dexter. Não é meu nome, mas serve.

"Sabe quem escreveu isso, não sabe?"

Levei um tempo para entender. Quando entendi, fiquei mudo.

"André? Você está aí? Responde."

Eu devia estar com os olhos arregalados.
"O que foi?", o Gordo perguntou.
"André!", Ana repetiu.
Coloquei o celular sobre a mesa.
Eu não tinha nada a dizer.

7

"Vai falar de uma vez ou vai continuar me olhando com essa cara de pastel de rodoviária?", o Gordo disse, depois que terminei minha conversa com a Ana e desliguei o telefone.

Não sabia como era cara de pastel de rodoviária. E nem quis saber, só pensava no que tinha acabado de ouvir. Ana havia matado a charada.

"Como foi que não pensamos nisso, Gordo?"

"Nisso o quê?"

"O que pode haver em comum entre X-9 e A CEIA?"

"Era justamente o que a gente estava se perguntando."

"Pensa bem."

"Não estou com vontade. Cansei de pensar, dei folga pra minha massa cinzenta."

"Acho bom cancelar."

Ele terminou de comer e chamou o garçom, que retirou o prato da mesa, trazendo mais chopes.

"Gordo, esse tempo todo, nós e a polícia ficamos ligados apenas no sentido comum de X-9: traidor, alcaguete. Mas eu e você sabemos muito bem quem foi X-9, o X-9 original. Ou você já esqueceu?"

Ele ficou calado um tempo, sobrancelhas arqueadas.

"Vou refrescar sua memória", falei. "Estados Unidos, anos 1930. Os jornais descobrem um novo jeito de ganhar dinheiro: histórias em quadrinhos. Uma dessas histórias faz tanto sucesso que desperta a inveja dos concorrentes. Dick Tracy, é esse o nome do personagem que anda vendendo mais jornal do que hambúrguer com batata frita. Então um jornal concorrente tem uma ideia:

contratar um escritor da moda, autor de romances policiais de sucesso, sedutor, charmoso, uma das figuras mais interessantes da vida americana da época, resolvem chamar esse cara pra criar um personagem de quadrinhos que concorresse com o Dick Tracy."

"Dashiell Hammett? Não lembrava que o X-9 era personagem dele. História em quadrinhos não é minha especialidade, você sabe."

"Você não tem especialidade nenhuma, Gordo."

Ele deu uma gargalhada. A mesa balançou um pouco.

"X-9. O espião, um agente secreto que se infiltrava disfarçado entre os bandidos. Virou filme, série de TV."

"Estou me lembrando agora."

"Que bom que a massa cinzenta voltou ao trabalho."

"Eu precisava comer alguma coisinha antes."

"Coisinha? Você devorou um filé à Oswaldo Aranha e não deixou nem um restinho de alho no prato!"

"É como eu disse: uma coisinha."

"Hammett criou o X-9 sob encomenda, pra uma série em quadrinhos, com ilustração do Alex Raymond. Lembra dele?"

"Não era o cara que desenhava o Flash Gordon?"

"Imagina a dupla: Hammett e Alex Raymond. Sucesso absoluto. Hammett ganhou uma boa grana com o X-9. E, claro, bebeu tudo. Isso foi um pouco antes de ele decidir encerrar a carreira de escritor. Estava no auge quando resolveu parar. Mas isso você sabe."

Enquanto eu falava a expressão do Gordo ia mudando. Ele finalmente entendera aonde eu queria chegar.

Mostrei a ele o celular, com a mensagem da Ana.

"Puta que o pariu!", ele disse, batendo na mesa.

꙰

Quando Dashiell Hammett publicou *A ceia dos acusados*, em 1934, provavelmente não sabia que aquele seria seu último romance.

Tinha quarenta anos, era rico, famoso. O romance fez um sucesso estrondoso, ganhou prêmios, foi parar nas telas de cinema. Um belo dia, no mesmo ano de 1934, Hammett decidiu parar de escrever. Viveu ainda vinte e seis anos, sempre achando que morreria no dia seguinte. E não publicou mais nada.

Era nisso que eu pensava quando o garçom trouxe a saideira.

"E eu não pensei nisso."

"Sua massa cinzenta estava de folga, lembra?"

"Eu já poderia ter deduzido há mais tempo. O X-9 tinha vários nomes falsos. O mais usado era Dexter."

"Se não me engano, ele usou esse codinome logo no primeiro capítulo da série, 'O caso Powers'. Um velhote liga pro X-9 pedindo ajuda, está correndo risco de vida, então o herói chega lá e se apresenta com a frase que a Ana me mandou. 'Pode me chamar de Dexter. Não é meu nome, mas serve.'"

"Imagina o Humphrey Bogart dizendo essa frase, com sobretudo, chapéu, cigarro no canto da boca, uma arma no bolso."

"Bogart fez o Sam Spade, em *O falcão maltês*, não foi o X-9."

"Eu não disse que fez. Disse pra você *imaginar*."

Respirei fundo. Contei até vinte.

"A investigação da polícia, a relação do Epifânio com os militares, as ceias que o Amaranto oferecia, tudo isso desviou nossa atenção das pistas certas, Gordo."

"E também a estricnina. E a biblioteca. O caminho não é Agatha Christie, mas o seu *oposto*. Não é o detetive máquina de pensar, o herói frio, asséptico, elegante, como Poirot ou Sherlock. É o detetive particular americano dos anos 30, beberrão, mulherengo, bom de briga, o cara das ruas."

"Entendeu agora como o romance do Chandler entra na história?"

"Claro. Chandler dizia que tinha começado a escrever depois de ter lido Dashiell Hammett. Era seu mestre. Tem gente, aliás, que gosta mais de Chandler do que de Hammett. Nada a ver a comparação. Os dois eram bons."

"E por que *A irmãzinha*? Não deve ter sido por acaso, Gordo. Não acredito que o assassino olhou pra sua estante e pegou o primeiro livro do Chandler que viu na frente. Não. Se fosse assim, não teria repetido a dose no segundo assassinato. E por que Hammett? O que esse puto desse serial killer está querendo dizer com tudo isso?"

"Calma. Uma coisa de cada vez."

∽

Ele estava certo. Era preciso ter paciência. O quebra-cabeça talvez fosse mais complexo do que eu imaginava.

"O que mais a Ana te falou?"

"Que me ama e não pode viver sem mim."

"Ela deu pra mentir agora?"

"Ela disse que X-9 não era uma pista relacionada àquele crime, o do Epifânio. Era uma pista para o próximo, o do Amaranto. Pedro *Dexter* Amaranto."

"Se a inscrição na parede do quarto do Epifânio era uma pista para o crime seguinte, então o assassino, quando envenenou o Epifânio, já sabia quem seria a próxima vítima."

"Sem dúvida."

"O cara é mais perigoso do que a gente pensava, André."

"Já deu pra perceber."

∽

"E tem mais", eu disse. "Se o X-9 escrito na parede do quarto era a pista pro segundo assassinato, então o bilhete encontrado com o P.D. Amaranto é a pista pro terceiro."

O Gordo aproximou o rosto do meu e falou, sério:

"André."

"Diga."

"Por que a polícia não descobriu isso? Ou descobriu e não divulgou? Será que o Almeida Salgueiro está sabendo dessa ligação entre os crimes?"

"Por enquanto é apenas uma hipótese, esqueceu?"

"Não é uma hipótese qualquer. Seria coincidência demais o assassino escrever X-9 na parede do quarto da primeira vítima e a próxima ter o mesmo sobrenome que o X-9 usava nos quadrinhos. E aparecer com um bilhete no bolso que remete ao título de um dos romances do escritor que criou o X-9!"

"Coincidências existem, Gordo. E o Almeida Salgueiro talvez nem desconfie da existência de um escritor chamado Dashiell Hammett."

"Mas será que ninguém na equipe dele pensou nessa hipótese?"

"Nem eu, nem você, que conhecemos romance policial muito bem, que já lemos tudo do Hammett, nem a gente deduziu essa relação entre os crimes! Foi a Ana."

"É, tem razão."

"A questão agora é outra, meu amigo. A questão é: o que *A ceia dos acusados* tem a ver com a próxima vítima? Que droga de recado o assassino está querendo mandar?"

"Você se lembra bem do romance?"

"Mais ou menos. Li faz tempo. Sei que tem o Nick Charles."

"Nick, o grego."

"Não me lembro direito da história. Vou precisar reler."

"E a mulher do Nick, lembra? Nora, uma das mulheres mais atraentes dos livros do Hammett. E olha que tinha mulher atraente à beça nos livros do cara."

"Os dois bebiam muito."

"Muito. Nick era um detetive aposentado, tinha grana, não precisava mais trabalhar, ele e Nora viviam pelos bares, restaurantes, teatros de Nova York."

"Não era São Francisco?"

"Eles moravam em São Francisco. Todos os detetives do Hammett moravam lá. Hammett conhecia São Francisco como a palma da mão, era a sua cidade. Mas essa história se passa em Nova York."

"Então você lembra direitinho. Isso pode ajudar a gente."

"Nem tanto, vou reler."

Ele pediu a conta.

"Tem uma cena antológica nesse romance, André. Nick e Nora estão no quarto do hotel, em Nova York, o café na mesa. Nick pede a ela: querida, me prepara um uísque? Ela responde: toma pelo menos o café da manhã, Nick. Ele pensa um pouco. E aí diz: é muito cedo pro café da manhã."

~

O garçom trouxe a conta.

Já fazia alguns minutos que o Gordo não falava nada. Olhava distraído para algum filme na televisão. Era um sacrilégio aquilo, televisão num bar tradicional como o Nova Capela. Quando soube que tinham feito isso, resolvi parar de frequentar o lugar. O Gordo me convenceu do contrário. Relaxa, ele disse, não dá para ser radical nessas coisas. Mas aquilo ainda me incomodava, odeio televisão em bar e restaurante, preferia ficar vendo os azulejos e as fotos antigas espalhados pelas paredes, que me davam a sensação de estar em Portugal, mesmo que eu nunca tenha ido a Portugal.

"Dou um doce pelos seus pensamentos", falei.

"Sério? Eu tinha até desistido da sobremesa. Mas se você insiste", ele disse, chamando novamente o garçom.

"Não vou pagar droga de sobremesa nenhuma pra você. Já comeu demais."

"Não, não comi demais. E acabo de ter uma ideia brilhante, preciso repor minhas energias."

O garçom se aproximou. O Gordo pediu pastel de Belém.

"Vamos lá. Qual foi a ideia brilhante?"

"Minha ideia não descarta a releitura do romance do Hammett, pode tirar o cavalinho da chuva. Você vai ter que reler, sim, o livro do cara."

Achei graça. Não seria nenhum sacrifício reler um romance do Dashiell Hammett.

"Mas não precisa ser hoje à tarde. Reserve as próximas horas pra ir comigo visitar uma pessoa. Quer dizer, se ela estiver disponível."

"Ela?"

"Ela, a pessoa. Não disse que é uma mulher. Larga de ser tarado."

"Que pessoa?"

O garçom trouxe o pastel de Belém. Ele comeu devagar. Depois disse:

"Estamos diante de um caso muito sério, André, de muita responsabilidade. A vida de um escritor depende da gente. Tudo bem, é um escritor de autoajuda, mas é um ser humano."

"Hum."

"Esquece o Epifânio. Aquele era um canalha mesmo, de marca maior. Mas nem todos são assim."

"Sei."

"Resumindo: precisamos de uma assessoria."

"Assessoria?"

"Ou consultoria, se preferir."

"Consultoria?!"

"Eu e você conhecemos bem a obra do Hammett. E parte da biografia dele também. Mas não é nossa especialidade, a gente lê de tudo, quer dizer, eu leio de tudo, você tem um horizonte mais restrito, lê de tudo dentro do gênero policial."

"Vai à merda."

"Agora não, deixa eu terminar meu raciocínio."

"Termina. E depois vai à merda."

"Mesmo conhecendo bem o gênero, o policial, você viu que deixamos passar o fato, importantíssimo, de o cara ter sido o criador do X-9. Isso não pode acontecer de novo, não podemos vacilar. Então, depois de pensar profundamente por alguns minutos, tive uma ideia brilhante: precisamos de um consultor, um especialista em Dashiell Hammett."

"Do que você está falando, Gordo? Um professor, crítico, pesquisador, um troço desses?"

"Não exatamente."

"O quê, então?"

"Um alfaiate."

Fiquei olhando para ele.
Então a ficha caiu.
"Valdo Gomes. Você está falando do Valdo Gomes."
O silêncio do Gordo era uma resposta. O silêncio e aquele risinho de canto de boca.

8

O que leva um escritor a parar de escrever?

Tive uma namorada que era professora de crianças. Um dia um escritor foi visitar a escola e ela me chamou para assistir à conversa dele com os meninos. Não lembro quem era. Lembro que um garoto, um pimpolho, perguntou: quando você começou a escrever? O escritor respondeu lá com sua história de vida, o início da carreira etc. Quando acabou, o mesmo garoto levantou a mão e fez outra pergunta: e quando vai parar?

O escritor riu. Era um escritor simpático. Respondeu que não sabia ainda, nunca tinha pensado nisso.

"Por que você acha que o Hammett parou de escrever?", perguntei ao Gordo quando passávamos pela catraca do metrô na Cinelândia, rumo à estação do Flamengo. O Valdo Gomes morava no Flamengo.

Ele fingiu que não tinha ouvido. O Gordo faz isso de vez em quando. É uma estratégia para pensar melhor numa resposta. Somos amigos, irmãos, não ligo. Ele finge que não ouviu, eu finjo que não percebi que ele fingiu não ter ouvido. E vamos levando.

Valdo Gomes é um alfaiate que conheci faz muitos anos, quando precisei de um terno. Nunca tinha usado terno, mas precisava de um para ir a uma festa. Eu tinha vinte e seis anos na época e terno era a última coisa que eu pensava usar na vida. Meu irmão pagou. E até que gostei de usar, confesso.

Um dia, por acaso, o Valdo Gomes foi bater justamente na livraria do Gordo. Eu estava lá. Apresentei os dois e eles acabaram ficando amigos. Só então soube que o alfaiate era um grande leitor de romances policiais. Era mais velho que nós, devia estar beirando os sessenta. Sua especialidade eram os americanos, sobretudo os da velha-guarda: Hammett, Chandler, Goodis, Cain e companhia.

O fato de o Gordo recorrer ao Valdo Gomes para seguirmos a pista de um serial killer de escritores de autoajuda, onze anos depois de o cara ter costurado um terno para que eu pudesse ir vestido decentemente a uma festa de bacana, é mais uma comprovação da minha velha teoria: a vida não tem a mínima lógica.

∽

Quando descemos do metrô no Flamengo, o Gordo disse, do nada:

"Hammett parou de escrever porque teve a coragem de realizar o desejo reprimido de todo escritor de talento: voltar a ser apenas um leitor."

Foi minha vez de fingir que não tinha ouvido. Parei numa banca de revista, já na Marquês de Abrantes, comprei água mineral. A chuva tinha passado e o calor veio com tudo. Tínhamos ainda alguns minutos até a hora marcada para a visita ao Valdo Gomes.

Apontei para uma mureta, à sombra, e nos sentamos ali.

O Gordo continuou:

"Convenhamos, é muito mais cômodo pegar uma história já certinha, arrumada, com tudo nos seus devidos lugares, do que ficar angustiado com um personagem mal resolvido, uma cena pela metade, enredos que parecem maravilhosos e não vingam, ou jogar fora bons diálogos que não cabem em lugar nenhum. Sinceramente, é muito melhor ser leitor. Você se aborrece menos, sabia?"

"Não, não sabia. Nunca fui escritor."

"Eu também não. Mas posso imaginar como é a vida dos caras. Tem que ter uns dez parafusos a menos pra ser escritor. Hammett percebeu a tempo e caiu fora. Era por isso que ele lia tanto. Lia muito, sobre qualquer assunto, era um leitor voraz. Principalmente depois que parou de escrever. Aí é que desandou a ler de vez."

"Não acho que foi isso. Você está simplificando demais as coisas. Ele deve ter tido outro motivo, ou outros motivos."

"É, ele disse uma vez que começou a escrever pra ganhar alguma grana. Acabou ficando rico com suas histórias. E aí, como não precisava mais de dinheiro, parou."

"Ele estava sendo sarcástico. E tem mais: assim como ficou rico rapidinho, perdeu tudo da noite pro dia. Gastou com bebida, mulheres, o diabo a quatro. Ele voltou a precisar de grana e nem por isso voltou a escrever."

"Morreu pobre."

"Então."

Ficamos observando as pessoas. Há gente de todo tipo no metrô. E nem precisa ser num lugar muito cheio, movimentado. A saída da estação do Flamengo é até tranquila, e mesmo ali, se você ficar uns dez minutos parado, só observando, vai ver muitas pessoas diferentes umas das outras. Deve ser bom para um escritor ficar parado debaixo da sombra num dia de calor, sentado na mureta, vendo as pessoas que talvez um dia virem seus personagens.

"Hammett também disse outra coisa", o Gordo falou.

Terminei minha água. Procurei uma lixeira. Vi uma, mas estava longe. Tampei a garrafa e fiquei com ela no colo.

"Uma vez um jornalista perguntou por que ele tinha parado de escrever. Era o que todo mundo queria saber. Ele respondeu que só sabia escrever sobre trambiqueiros de verdade, gente do submundo, do tempo em que ainda existiam contrabandistas de bebida. Esse tempo tinha acabado, os trambiqueiros agora eram homens elegantes, frequentavam country clubs. Ele não tinha nenhuma história pra contar sobre os novos tempos."

"Pode ser. Mas ele poderia ter continuado contando sobre os anos 20, 30, mesmo que o presente fosse outro."

"Ele não teria leitores. Pelo menos não tanto quanto antes."

"Duvido. As pessoas continuam gostando desse tipo de histórias. Até hoje."

"Está difícil te convencer, meu camarada."

Vi as horas.
"Temos que ir", falei.

☙

Fomos até a Marquês de Abrantes e logo estávamos na portaria do prédio do Valdo Gomes.

Era um prédio antigo, como muitos no Flamengo. Parecia ter sido reformado, mas dava para ver que era antigo, do tempo em que se faziam apartamentos enormes, com banheira de louça, torneira de ferro maciço, piso de tábua corrida.

Subimos até o quinto andar. O Gordo tocou a campainha.

"Pode entrar", ouvimos lá de dentro.

As palavras saíram abafadas, como se a pessoa que falou estivesse comendo alguma coisa.

Entramos. Valdo Gomes estava meio ajoelhado no chão, um joelho flexionado, alfinetes na boca, tomando medidas de um senhor alto, corpulento, de barbas brancas, aparadas com cuidado.

"Já estou acabando aqui. Um momentinho."

Ficamos de pé, no meio da sala. Era uma sala grande. Tive a impressão de que uma ou duas paredes foram colocadas abaixo para abrir mais espaço. Era uma mistura de alfaiataria e biblioteca.

Numa lateral, havia duas máquinas de costura, lado a lado, com pouca distância entre elas. Manequins de madeira, desses sem cabeça e pernas, só o tronco, se espalhavam abrigando camisas, coletes, paletós inacabados. Num outro canto, cabideiros com calças de cor escura e, mais adiante, um outro cabideiro, com ternos prontos.

Duas paredes estavam ocupadas do chão ao teto por estantes de madeira, os livros dividindo espaço com tecidos, novelos de linha, caixas de agulhas, tesouras.

Gostei. Na hora me lembrei da minha velha geladeira amarela, que não funciona mais e hoje abriga parte da minha modesta biblioteca. Se eu podia guardar livros numa geladeira velha, o cara bem podia guardar panos e tesouras numa estante de livros. Tudo certo.

Valdo Gomes pediu que nos sentássemos. Olhei em volta. Onde? Achei uma cadeira, entre dois manequins. O Gordo ocupou o cantinho de um sofá, acuado por sobretudos pretos, grossos, que não combinavam nada com o clima do Rio.

Assim que o cliente se foi, Valdo Gomes abriu um sorriso e veio na nossa direção. Deu um abraço no Gordo, tirou os sobretudos do sofá e se sentou ao lado do meu amigo.

Era magro, alto, quase totalmente calvo, os poucos cabelos já grisalhos. Olhos negros, pequenos e agudos.

Contamos a ele tudo o que estava acontecendo. Ele ouvia atentamente nosso relato, interrompendo aqui e ali. Ficou claro que vinha acompanhando com interesse o caso, pelos jornais.

Quando terminamos ele ficou parado, pensando em alguma coisa. Depois nos ofereceu um café. Eu aceitei.

Ele foi até a cozinha e voltou com uma xícara. Estava horrível aquele café, pior do que o da minha casa. Ralo, frio, já adoçado. Tomo café sem açúcar. Fingi que tomei mais um gole, não se deve demonstrar desagrado com o café oferecido na casa dos outros, minha mãe me ensinou. Desfeita grave.

"Por que vocês têm tanta certeza de que o assassino está usando a obra de Hammett pra mandar uma mensagem? Não pode ter sido coincidência?"

Esperei o Gordo responder, mas ele ficou calado.

"Vocês não acham que foi coincidência."

"Por isso viemos aqui, Valdo", o Gordo disse, "você sabe tudo sobre Dashiell Hammett, se quisesse poderia escrever um tratado sobre a obra dele, e uma biografia definitiva."

"Não exagera. Sou apenas um leitor curioso."

"O que você acha que o assassino quis dizer com A CEIA?", perguntei.

Ele franziu a testa.

"Difícil saber, André. Como todo mundo, primeiro entendi o X-9 como traidor, delator, e nem pensei no personagem do Hammett. Até porque o X-9 original não tinha nada a ver com o sentido que lhe deram depois. Não era o bandido, o alcaguete, esse personagem asqueroso que conhecemos, em especial dos tempos da ditadura militar. O X-9 original era o herói, o mocinho. Tinha um código de ética, como todos os detetives de Hammett. Aliás, como o próprio Hammett. Vocês sabem, ele foi interrogado pelo FBI e pressionado a entregar nomes de pessoas ligadas ao partido comunista, na época brava do macarthismo, e não entregou um nome sequer. E foi preso por isso."

"Mas ele sabia mesmo os nomes, sabia quem eram os caras procurados pelo FBI?"

Valdo Gomes riu.

"Pior é que não, André. Ele não sabia o nome de nenhum deles. E se tivesse dito a verdade, que não tinha a tal lista que o FBI procurava, teria sido liberado. Mas deu a entender que sabia quem eram os comunistas e simplesmente não queria dizer."

"Por que ele fez isso?"

"Foi exatamente essa a pergunta que seus amigos fizeram a ele: por que você não contou a verdade? Hammett respondeu que não queria que nenhum juiz ou político corrupto tentasse lhe ensinar o que era a democracia."

༄

"Você estava falando do X-9", eu disse.

"Ah, sim, claro. Não associei X-9 a Hammett, como ninguém associou, quando soube do assassinato do Epifânio de Moraes Netto. Só fiz isso quando soube que o sobrenome da segunda vítima era Dexter."

"E por que não contou pra polícia? Poderia ajudar na investigação."

"Polícia?"

"Poderia ter feito uma denúncia anônima. Quer dizer, poderia ter dado essa pista de forma anônima, por telefone."

Ele me olhou por um momento.

"André, meu filho, sou apenas um alfaiate que gosta de romance policial. Não sou detetive, como vocês. Vivo por aqui, entre meus panos e livros, a vida real tem pouco interesse pra mim."

Não era verdade. Se a vida real não interessasse, ele não estaria acompanhando tudo pelo noticiário.

Preferi não retrucar. Gostava do Valdo Gomes e a última coisa que queria era entrar numa discussão com ele, ainda mais naquele ambiente caótico e acolhedor, talvez acolhedor porque caótico, não sei.

"Você já teve ter pensado numa hipótese, Valdo. Se nos disser, pode nos ajudar muito", o Gordo falou.

Valdo Gomes se levantou, pegou um livro na estante e ficou perambulando pela sala, caminhando por entre os manequins como se caminhasse pelas ruas da cidade.

"Há um outro indício no segundo crime que aponta para *A ceia dos acusados*", ele falou, batendo com o dedo na capa do livro que tinha nas mãos.

"Se vocês se lembram bem da história", começou dizendo.

Interrompi:

"Não me lembro de quase nada. A não ser que não gostei do final. Aliás, acho fraca a maioria das tramas dos romances do Hammett. O enredo de O *falcão maltês* é confuso, estranho, se caísse nas mãos de outro autor daria um péssimo romance. O que salva o livro são os personagens, muito bons, e os diálogos. Hammett fez a diferença entre os escritores do seu tempo, e mesmo entre muitos que vieram depois, por conta do seu estilo seco, cortante, e de personagens como Spade e Continental Op. E as mulheres."

"Talvez você tenha razão", Valdo Gomes disse. "Acho que Hammett não se preocupava tanto assim com o enredo, seu forte eram os personagens. E a narração em si."

"O debate literário pode ficar para outra ocasião, suponho", o Gordo falou.

Valdo Gomes voltou a caminhar entre os manequins, o livro nas mãos.

"Uma das chaves de decifração do enigma em *A ceia dos acusados* é uma série de cartas recebidas pela vítima, ou uma das vítimas, Clyde Wynant, 'um dos homens mais magros que vi até hoje', na definição de Nick."

Ele fez uma pausa. Pela expressão do seu rosto, achei que fosse comentar alguma coisa, mas não. Voltou a caminhar.

"Ora, essas cartas foram escritas à máquina, exatamente como o bilhete encontrado no paletó do Dexter. O assassino poderia ter escrito num computador, ou montado as letras com recortes de jornais. Por que teria usado uma máquina de escrever? Ele não quis deixar dúvidas: a segunda pista apontava para o romance de Hammett."

"Mas não quis deixar dúvidas pra quem? Essa é a questão", o Gordo falou.

"A ligação que o assassino criou entre X-9 e a segunda vítima foi um tanto sutil, convenhamos", Valdo Gomes continuou.

"E muito inteligente. Ele provavelmente sabia que Epifânio tinha sido um dedo-duro nos tempos da ditadura militar e que a polícia seguiria essa pista quando visse na parede a inscrição feita com tinta cor de sangue. Dificilmente alguém poderia pensar que o recado era: a próxima vítima vai ter o mesmo nome falso usado pelo X-9 na sua primeira aventura, *O caso Power*s. Não dava pra chegar a essa conclusão, a não ser por um golpe de sorte. Só depois do segundo assassinato seria possível deduzir a relação. E a relação entre *A ceia dos acusados* e a próxima vítima também vai ser muito difícil decifrar. Pelo menos antes que aconteça o terceiro assassinato. A única coisa que podemos concluir é: o assassino está mandando um recado para alguém que conhece bem a obra de Dashiell Hammett."

"Saber disso não vai facilitar muito o nosso trabalho", concluí.

"Tem razão", o Gordo concordou. "Por um lado não precisamos mais ficar investigando as vítimas da ditadura, mas agora temos uma outra frente, bem complicada. Quem vamos investigar: professores, críticos literários, escritores de romance policial."

"Donos de sebo", Valdo Gomes disse, irônico.

O Gordo pediu um café. Não deu tempo de avisar que era uma péssima ideia.

Valdo Gomes foi à cozinha e voltou com duas xícaras, uma para mim, mesmo sem eu ter pedido. Desgraça pouca é bobagem, pensei, dando um gole na segunda xícara.

"E o romance do Chandler, *A irmãzinha*? O assassino deixou um exemplar em cada um dos assassinatos", o Gordo perguntou.

Ficamos esperando uma resposta. Valdo colocou mais açúcar no seu café. Só de pensar me deu enjoo.

"O que vocês pensaram a respeito?"

"O Gordo acha que é apenas uma pista pra se chegar ao Hammett. Chandler admirava Hammett", respondi. "Isso não explica, claro, por que o assassino escolheu esse romance e não outro."

"Não, não explica."

"E então?"

"Preciso reler *A irmãzinha*. Não tive tempo ainda."

Valdo Gomes disse isso e ficou mexendo o café com uma colherzinha, misturando o açúcar, bem devagar. Depois bebeu tudo de um gole só e colocou a xícara sobre a mesa.

"Por que Dashiell Hammett parou de escrever?", perguntei de repente.

Ele abriu os braços, como se dissesse: sei lá.

"O que *você* acha?", insisti.

Ele me olhou, sério.

"Síndrome de Pestana", respondeu.

9

Valdo Gomes voltou a sentar no sofá, ao lado do Gordo.
"Pestana, o personagem do Machado", disse.
Continuei boiando.
"Machado de Assis. Já ouviu falar dele, não?"
Aquele alfaiate metido a besta estava achando que eu só lia romance policial. Não estava completamente errado, é verdade, mas não precisava tripudiar. É claro que eu já tinha lido Machado, tradutor de Poe.
"Pestana é personagem do conto 'O homem célebre'. É aquela história do cara que queria ser um compositor de música clássica", respondi.
Ele estava pensando o quê?
"Mas só conseguia fazer polcas", continuei. "Era famoso na cidade, todo mundo cantava suas polcas, assoviavam pelas ruas e tudo, mas o sujeito não era feliz com isso. Queria ser um compositor erudito, não popular."
Valdo Gomes aplaudiu. Sacana. Depois falou:
"Pestana era um romântico, um sonhador, almejava figurar na galeria dos compositores eternos: Bach, Mozart, Beethoven. Quis o destino que fosse um compositor popular de muito sucesso. Realizou o sonho de vários compositores: cair nas graças do povo. Mas o pobre coitado preferia, como diz o conto, ser o centésimo em Roma do que o primeiro na aldeia."
"Morreu bem com os homens e mal consigo mesmo", o Gordo completou.
"Pois é."
Valdo Gomes se levantou e voltou a perambular pela sala, caminhando pelo labirinto de manequins enquanto falava.

"Dashiell Hammett foi um dos maiores escritores americanos de todos os tempos. E sem dúvida um dos mais populares da sua época. O X-9 foi um grande sucesso dos quadrinhos, quando os quadrinhos surgiram como uma febre nos Estados Unidos. Sam Spade virou série no rádio, *O falcão maltês* teve duas versões no cinema, a mais famosa com Humphrey Bogart. *A chave de vidro* também virou filme, e *A ceia dos acusados* também, com tanto sucesso que a MGM produziu mais cinco, escritos por outros roteiristas e com novos enredos, sempre com Nick e Nora. Com trinta e poucos anos, Hammett era o nome da vez na concorrida cena cultural americana."

"E resolveu parar", completei.

"As editoras, os produtores de Hollywood queriam uma nova história, mesmo que fosse apenas requentada, queriam um Hammett inédito, mas ele decidiu parar de escrever. Teve que parar de beber também, senão morria."

"Ele parou de escrever porque parou de beber."

"Tem gente que diz isso, André, mas minha teoria é outra. Hammett escreveu histórias policiais porque conhecia bem o tema e isso lhe rendia dinheiro. E algum prazer, certamente. Mas no fundo, no fundo mesmo, o que ele queria era ser um escritor, digamos, sério, um autor de obras que *ficassem*, que não fossem descartáveis, como as coisas que escrevia. Quer dizer, ele achava que eram descartáveis."

"Na verdade", o Gordo interrompeu, "ele não parou definitivamente de escrever. Foi morar numa fazenda no interior dos Estados Unidos, isolado do mundo, e ali escrevia umas coisas, de vez em quando".

Os olhinhos do Valdo Gomes brilharam.

"Exatamente! É aí que eu quero chegar. Hammett terminou a vida escrevendo uma história que nunca publicou: *Tulip*. Ele escrevia um romance em algumas semanas, meses, *A chave de vidro* foi escrito em apenas dois dias! E pra escrever esse romance inacabado, na verdade uma novela, nem era coisa muito longa, ele dedicou anos. Não se dedicou integralmente, claro, escrevia sem muita disciplina, quando dava na telha, mas minha tese é que ele acreditava que o novo livro seria a sua obra-prima. Os fragmentos que deixou de *Tulip* não têm nada a ver com os policiais que escreveu, era uma novela meio mórbida, num ritmo lento, com pouca ação e um narrador atormentado."

Valdo Gomes voltou ao sofá, sentou e descansou um pouco.

"Hammett morreu frustrado, infeliz, como o Pestana do Machado. Não conseguiu fazer 'literatura de verdade'. Teve que se contentar com essa porcaria de romance policial."

Procurei uma ponta de ironia na sua fala. Acho que encontrei.

10

Não gosto de aeroportos. Na verdade, não gosto de viajar. Saí poucas vezes do Rio e nunca viajei para o exterior. Uma cidade, por menor que seja, é suficiente para você saber tudo o que precisa saber sobre as cidades. E sobre a vida também. Se a cidade é grande, você já está no lucro. E se, além de grande, é um mosaico de peças que vêm dos tupinambás às tribos urbanas do asfalto e do morro, passando pelos tempos do Imperador, aí mesmo é que você não precisa andar muito. É só sentar num banco da Cinelândia e ficar vendo a humanidade desfilar na sua frente, com cenário e tudo.

Em poucos dias, era a segunda vez que eu precisava ir ao Santos Dumont. Na primeira, obrigação de trabalho. Agora, atendendo a pedidos do coração. Preciso tomar cuidado, pensei comigo, estou virando um detetive sentimental, o que não é nada bom para os negócios, como diria Sam Spade.

Era uma sexta-feira, final de tarde. Cheguei um pouco antes do horário do voo e aproveitei para tomar um café e comer pão de queijo. Depois caminhei até a área de desembarque.

Ana estava linda. Nos últimos dois anos ela havia adotado um critério para a cor dos cabelos. No verão, eram ruivos. No outono, castanhos. No inverno voltavam à cor original, preto, e na primavera eu ganhava uma namorada loira. Havia uma explicação para a escolha das cores, mas eu nunca conseguia lembrar qual era.

"O verão está acabando", eu disse, "você bem que podia continuar ruiva, sabia?"

Ela ficava muito bem com cabelos avermelhados. Tinha a pele bem branquinha, eu gostava do contraste.

Passamos pela fila do táxi e fiquei feliz só de pensar que não estava entre aquelas pessoas. Odeio filas. E odeio especialmente a fila do táxi do Santos Dumont.

Atravessamos a passarela e fomos andando até a estação do metrô.

"E a minha surpresa?"

"Espera chegar em casa."

"Só me dá uma pista."

"Não ia adiantar. Você não anda lá essas coisas ultimamente, acho que perdeu o jeito."

"Não é bem assim."

"Na do X-9 você comeu mosca."

"Eu, o Gordo, a polícia. Como foi que você deduziu que tinha a ver com o Hammett e nós não?"

"Na verdade, foi por acaso. Meu chefe me pediu pra fazer uma pesquisa no Google, sobre obras de ficção inspiradas no Hammett. Ele queria saber se alguém já tinha publicado algum romance baseado na vida dele. No meio da pesquisa li sobre o X-9 e me toquei que poderia haver uma relação entre X-9, Dexter e *A ceia dos acusados*."

"Por que seu chefe te pediu isso?"

"Não faço ideia."

Ana trabalhava numa editora que ficou conhecida pelos livros de autoajuda. Só publicava autores estrangeiros e vendia muito. Hammett não tinha nada a ver com autoajuda.

"Estranho ele te pedir uma coisa dessas."

"Também achei, mas preferi não falar nada. Foi uma semana tensa, muito trabalho, cobrança, reuniões. Deixei pra lá."

"Ele vai continuar em São Paulo?"

"Deve ficar mais uma semana ou duas."

"E vocês conversam muito, você e seu chefe?"

Ela fez um carinho na minha mão.

"Posso considerar isso uma cena de ciúme?"

"Imagina, eu com ciúme do seu chefe. Só porque ele ficou com você todos os dias da semana e eu não te vi um dia sequer. E porque ele é bonito e cheio da grana."

"Como você sabe que ele é bonito?"
"Saber mesmo eu só sei agora."
Ela parou e me fez ficar de frente para ela.
Depois me deu um beijo cinematográfico, em plena Cinelândia (com o perdão do trocadilho).

∽

"Conversamos um pouco sim. Tomamos um café, lá na editora mesmo. Falei pra ele que tinha namorado", ela disse, já no trem do metrô.
"Ele te perguntou isso, se você tinha namorado?"
"Não. Sei lá por que falei, não lembro qual era o assunto, mas falei. E disse que você era detetive, adorava romance policial e tudo mais. Acho que foi por isso que ele me pediu pra fazer a pesquisa sobre o Hammett. Poderia ter pedido pra outra pessoa."
Se tem uma coisa que odeio é sentir ciúme. Além de pagode, formiga e cerveja quente. E fila do táxi do Santos Dumont.
Chegamos a Copacabana. Passei na padaria e comprei pão de queijo. Adoro pão de queijo. Adoro muito pão de queijo. Ana comprou presunto de Parma, torradas caseiras e azeitonas pretas.

∽

Quando passamos pela portaria do prédio o porteiro me disse que já tinham consertado o elevador. Eu não pretendia subir de elevador. Tinha outros planos.
"Lembra quando a gente fez isso pela última vez?", falei no ouvido dela, nós dois na escada, entre o terceiro e o quarto andares.
"Faz tempo", Ana respondeu, a boca bem perto da minha.
De uma pequena abertura do alto da parede, uma janelinha de vidro, entrava um pouco de luz, criando uma penumbra que me deixava ver as sombras naquele rosto que eu conhecia tão bem. Dei um tapa no seu rosto, não muito forte. Ela gostou.
Ana vestia uma saia justa, curta, deixando à mostra suas longas, belíssimas pernas. Eu adorava aquelas pernas, que se encaixa-

ram entre as minhas ali na escada, nós dois encostados na parede, meu corpo contra o dela. Os seios, pequenos e firmes, nas minhas mãos, na minha boca.

Ela trançou as pernas na minha cintura. Eu a segurei com força, sentindo com a ponta dos dedos o tecido macio da calcinha. Me sentei num degrau, ela no meu colo. Rasguei a calcinha, ela mordeu minha nuca, e torci para que não aparecesse ninguém querendo subir pela escada naquela hora.

11

Quando entramos no apartamento eu estava empapado de suor. Tirei a camisa, guardei as compras e peguei uma cerveja na geladeira.

Ana se jogou no sofá. Pediu uma cerveja também.

"E a surpresa? Posso ver agora?"

"Na bolsa."

Peguei a bolsa e dei a ela. Não se deve abrir a bolsa de uma mulher, mesmo sendo a sua namorada e ela pedindo que você abra.

Ana tirou da bolsa uma pequena caixa de madeira, com desenhos que lembravam algo oriental. Parecia uma ilustração das *Mil e uma noites*.

Abri a caixa.

"Não acredito."

Quando eu era pequeno, meu pai um dia chegou em casa com uma boneca de madeira e a colocou sobre a mesa da sala, me perguntando se eu sabia o que era aquilo. Uma boneca, respondi. Não é uma boneca qualquer, ele falou. Ele abriu a boneca e de dentro dela surgiu uma outra, menor. Abriu a menor e havia outra, menor ainda, que se abria numa quarta boneca, e esta numa quinta, minúscula, que não se abria para nenhuma outra.

Era uma boneca russa, uma matryoshka. Eu a guardei comigo depois que meus pais morreram. Funcionava como uma espécie de alento, de conforto, quando as coisas na minha vida não iam bem. Nessas horas eu falava comigo mesmo: nem tudo é para sempre. Só a morte, a última boneca, não guarda uma outra dentro dela.

E agora Ana me dava de presente uma nova matryoshka, de madeira também, como deve ser, usando um vestido vermelho com flores, lenço cobrindo os cabelos, o rosto corado nas faces, exatamente como Ana ficava nos dias de calor.

∽

Acordamos cedo no dia seguinte e descemos até a padaria.

Estava dando a primeira mordida no meu pão na chapa, feito com bastante manteiga, no capricho, quando o celular tocou.

Era o Gordo. Sabia que eu estava com a Ana e nos convidou para almoçar no Al-Farabi, mais tarde.

"Ah, você não leu o jornal hoje, leu?", ele perguntou, antes de desligar.

Saco. Por um momento acreditei, doce ilusão, que poderia tomar o café da manhã na padaria com minha namorada, como um cidadão comum, pagador de impostos etc.

"O que foi, André?"

"Já volto."

Fui até a esquina, comprei o jornal.

"Lê as notícias do Botafogo. É melhor", ela disse, quando cheguei com o jornal debaixo do braço.

Aquilo era uma reclamação. Sutil, mas era uma reclamação.

Achei melhor obedecer: li as notícias do Botafogo. Depois fechei o jornal e tomei meu café da manhã, com pão de queijo e rosquinhas Lamego.

∽

O metrô estava quase vazio. Poderia ser sempre assim (sonho de carioca). Abri o jornal e li a matéria. Ana leu comigo.

Aparentemente não havia nenhuma relação pessoal entre Epifânio e Dexter. Eram ambos escritores de livros de autoajuda, mas a semelhança acabava aí. Tinham personalidades bem diferentes, não se conheciam – o Gordo verificou isso, com o Heleno –, e nunca estiveram juntos, em ocasião alguma.

A editora do Epifânio era brasileira, do Rio, e a do Dexter, espanhola, recém-chegada ao Brasil e ao mercado latino-americano. Tudo bem, as duas faziam parte do mesmo grupo editorial, com matriz nos Estados Unidos, mas parava por aí. A novidade era que os investigadores tinham descoberto algo que apontava para uma possível relação entre Dexter e Epifânio.

A polícia havia rastreado as ligações do celular do Dexter. Um dos números que constavam entre as ligações recentes recebidas pelo escritor, ou ex-escritor, era exatamente o que estava também no histórico do celular do Epifânio. A mesma pessoa havia ligado para o Epifânio dois dias antes da sua morte e para o Dexter, na véspera do seu assassinato. A polícia não revelou o nome da pessoa, para não atrapalhar as investigações, mas o delegado Almeida Salgueiro deixou escapar, numa entrevista coletiva, que se tratava de um editor.

"Aqui que ele deixou escapar!", falei, fechando o jornal.

"Acha que ele fez de propósito?"

"Claro. O Almeida Salgueiro é cobra criada, não ia dar um vacilo desses."

"Mas por que ele teria deixado escapar que era um editor?"

"Ele já sabe que se trata de um serial killer. E certamente deve ter algum assessor, algum desses psicólogos que trabalham pra polícia, deve ter alguém dizendo ao Salgueiro como funciona a mente de um psicopata."

"Como você sabe que é um psicopata?"

"Normalmente são. Todos os que conheço são psicopatas."

"Você está falando de personagens, André."

"Não, estou falando de assassinos na vida real também. Há muitos estudos sobre isso. Nesse caso, a ficção imita a vida."

"Mas qual seria a jogada do Almeida Salgueiro?"

"Duvido que esse tal editor seja o assassino. Teria que ser burro demais pra dar o mole de ligar pro celular da vítima, das duas vítimas, pouco antes do crime. E usando o mesmo número! Não foi ele. Mas o assassino deve saber de quem se trata, deve saber quem é esse editor. Se pesquisou a vida do Epifânio e do Dexter pra planejar os assassinatos, sem dúvida sabe quem é o editor e o que ele representa nessa trama. Quando o Almeida Salgueiro supostamente deixa escapar, numa entrevista, que o suspeito é um editor, está mandando um recado pro assassino, algo como: estamos chegando em você. Aguarde."

"Isso não iria apenas piorar as coisas? Assim o delegado só vai conseguir assustar o assassino. Ele vai ficar mais prevenido, vai tomar mais cuidado ainda."

"É o que parece à primeira vista. Agora, vamos supor que o Salgueiro já interrogou o editor e o depoimento não ajudou muito. Digamos que o cara tenha dito que ligou pros dois porque queria convidá-los a mudar de editora, queria ter os dois na editora dele. Quem poderia provar que não era isso? Os dois estão mortos e enterrados, as conversas não foram gravadas, o editor pode ter dito qualquer coisa ao delegado. E pode ser até que não esteja mentindo, que tenha sido algo assim mesmo, sem relação com os crimes. Noutras palavras, pode até ser que o editor não saiba quem é o assassino. Mas o assassino sabe quem ele é. E sabe perfeitamente se o cara tem ou não alguma coisa a ver com a história."

"O delegado está apostando que tem. Que o editor está mentindo."

"Sim. E deixou vazar a notícia pra que o assassino saiba que o editor está sob sua custódia."

"O delegado está jogando um verde. Está sugerindo ao assassino que sabe de tudo, quando na verdade não sabe de nada."

"Exato. E aí o assassino pode meter os pés pelas mãos e acabar fazendo alguma coisa que leve a polícia até ele."

"Como tentar matar o editor, por exemplo."

"Por exemplo."

⁂

Passava do meio-dia quando descemos do metrô na Uruguaiana e caminhamos até a rua do Rosário.

O Al-Farabi fica num casarão antigo e é uma mistura de bar, restaurante e sebo. O Gordo já estava lá, tomando água mineral.

"Salve a rainha da Pauliceia Desvairada", disse, dando dois beijos na Ana.

"Começou cedo", ela respondeu, de bom humor.

"Acabou a cerveja?", perguntei, apontando para o copo d'água na frente do Gordo.

Ele pediu uma.

"Estava esperando meus amigos", disse, puxando uma cadeira para a Ana, que pediu um chope artesanal.

Quando as bebidas chegaram, o Gordo propôs um brinde:

"À nossa grande assessora para assuntos de serial killer de escritores de autoajuda."

"Só dei um pouquinho de sorte. O André acha que o delegado deixou vazar de propósito a informação de que o suspeito é um editor", Ana disse, e contou para o Gordo a minha hipótese sobre o caso.

"Faz sentido. Mas aí o delegado estaria menosprezando a inteligência do assassino, que poderia ter pensado exatamente o que você pensou."

"Pode ser. E o Heleno, deu notícias?"

"Liguei pra ele hoje de manhã, André, assim que li a matéria. Ele ficou de me dar um retorno se tiver alguma novidade."

Ana estava olhando para um lugar qualquer na rua, pensativa. Eu conhecia aquele olhar.

"O que foi?"

"O que foi o quê?"

"No que você está pensando?"

Ela demorou um pouco a responder.

"Vocês confiam mesmo no Heleno?"

"O Gordo confia. É amigo dele."

"Você também confia, André, deixa de história."

"Por que você está perguntando isso?", falei.

"Tudo bem, vocês confiam nele, já entendi. Ele parece mesmo um senhorzinho confiável. Então vou mudar a pergunta: por que vocês acham que o Almeida Salgueiro conta tudo pra ele? E por que acham que ele conta pra vocês tudo o que o Almeida Salgueiro conta pra ele?"

O Gordo abaixou a cabeça.

Fui direto ao assunto:

"Você acha que o Almeida Salgueiro está dando pistas falsas pro Heleno. E o Heleno, ingênuo, caiu na armadilha."

"Se caiu, consequência lógica: vocês também caíram."

"Noutras palavras, se o Heleno é um otário, nós também somos."

"Otários de segunda mão ainda por cima", o Gordo completou, "como no mito da caverna, de Platão, somos os imitadores dos imitadores."

"Otários dos otários", reforcei.

"Vocês é que estão dizendo. Não falei nada disso."

Ana ajeitou uma mecha no cabelo, antes de dar mais um gole no chope.

"É verdade que vocês podem estar sendo um pouco inocentes nesse caso todo, mas não otários, claro que não. O Almeida Salgueiro sabe quem é o Heleno, sabe da capacidade dele, são amigos, e vocês, bom, acho que o delegado até gosta de vocês."

"Tipo: aqueles bons meninos da rua do Lavradio", falei.

"Por aí."

Percebi no Gordo um risinho contido. Ele gostava da Ana, já tinha me falado isso, e se conheço bem o meu amigo aquele era um risinho de admiração.

"Bom esse chope", ela disse, disfarçando.

Continuamos em silêncio.

"Já pensaram na hipótese de o Almeida Salgueiro estar usando vocês?"

⁂

Estávamos numa mesa na calçada do bar. Gosto de bares de calçada. São os meus preferidos, disparado.

"Você acha que o Heleno passa pra gente as informações que o Almeida Salgueiro *quer* passar. E o Heleno, parceiro dele, passa pro malandro as informações que vamos conseguindo por aqui. É isso?"

Ela abriu a boca para dizer alguma coisa, mas continuei:

"Nesse caso, o Heleno estaria jogando nos dois times, no nosso e no do Salgueiro. Ou seja, um X-9! É o que você está querendo dizer?"

Ela não respondeu.

୭

O Gordo antecipou o que eu ia falar:

"Não somos tão inocentes como parece."

"Então vocês já pensaram nisso."

"Foi o próprio André que levantou essa hipótese, assim que sugeri usarmos o Heleno como informante nesse caso."

"Eu não confiava no Heleno. Achava que, se ele era mesmo tão amigo do Salgueiro como diz, não iria ficar trazendo pra gente informações confidenciais sem que o outro soubesse."

"E agora confia?"

O Gordo respondeu:

"Falamos sobre isso com o Heleno. O delegado já conhecia o nosso trabalho antes mesmo do Heleno ter dito a ele que era nosso amigo. Ele leu aquela matéria na internet."

Um ou dois meses atrás, um site fez uma matéria sobre detetives particulares no Rio. O autor do texto soube que havia uma dupla de jovens detetives fissurados em romances policiais, com escritório num sobrado da rua do Lavradio, em cima de um sebo. Era no mínimo inusitado e fizeram uma entrevista com a gente. Foram nossos quinze minutos de fama.

"O Almeida Salgueiro leu e achou curioso. Depois o Heleno disse que conhecia a dupla, elogiou a gente e tal. Concluindo, o jogo é o seguinte: o Almeida Salgueiro nos passa as informações que acha conveniente passar. E depois recolhe com o Heleno o que achamos conveniente passar pra ele. O Heleno ajuda os dois lados, com o consentimento de ambos. Isso é bom pro delegado, bom pra gente e bom pro Heleno, que se sente na ativa outra vez. Todo mundo sai ganhando."

"Impressionante. Nunca vi uma coisa dessas."

"Nem eu. Mas não somos exatamente uma dupla comum. Você sabe disso."

"Sei. Sei muito bem."

※

"Tem uma outra coisa que liga os dois assassinatos", Ana disse. "O assassino tinha alguma relação com a vítima. Estava no quarto do Epifânio e numa festa na casa do Dexter quando os dois foram mortos."

"Não necessariamente", falei. "No primeiro caso, poderia ter sido um funcionário do hotel. No segundo, algum garçom ou o acompanhante de um convidado."

"Não, não é isso. Pode anotar aí, André: o assassino conhecia as vítimas. Podia até não ser muito íntimo, mas não entrou no hotel ou na festa como funcionário ou convidado do convidado. A vítima deixou que o assassino chegasse perto demais."

"Um erro fatal."

"Sem dúvida."

Pedimos mais cerveja. E o almoço. Ana e eu decidimos dividir o meu prato preferido: picadinho carioca. O Gordo foi de feijoada.

"Onde o Hammett entra nessa história?", Ana perguntou. "*A ceia dos acusados* fala de uma rede de mafiosos por trás de negócios aparentemente lícitos. Seria uma pista? Alguma falcatrua por trás da indústria do livro de autoajuda? Algo que esteja motivando os crimes?"

O Gordo respondeu:

"É muito difícil imaginar o que o assassino quis dizer com a referência ao romance do Hammett. Não vejo como *A ceia dos acusados* possa se relacionar com X-9 e escritores de autoajuda. O romance não tem nada a ver com os dois crimes."

"Vamos precisar esperar que aconteça um terceiro assassinato?"

"Espero que não aconteça."

"Se ninguém evitar, vai acontecer."

Ana voltou a ficar com aquele olhar distante.

"Tem uma coisa que nunca entendi", ela falou, depois de um tempo. "O romance do Hammett foi publicado no Brasil numa tradução do Monteiro Lobato. Nunca fizeram outra tradução, só foram reimprimindo a tradução do Lobato. E o que me pergunto é: por que cargas d'água o Monteiro Lobato foi arrumar um título desses em português? Não tem nada a ver com a história, é quase uma propaganda enganosa. O leitor vai ficar o tempo todo esperando até a última página qualquer cena, qualquer coisa que explique o título *A ceia dos acusados*. E não vai achar."

"É verdade", o Gordo falou.

"Qual o título original?"

"*The thin man*", ele respondeu.

12

A segunda-feira amanheceu sombria. E não era apenas pela falta que eu sentia da Ana.

No domingo à noite a levei ao Santos Dumont. Na volta do aeroporto, a chuva já se anunciava. Choveu a noite toda e a segunda-feira amanheceu nublada.

Dizem que em Londres é sempre assim, o céu cinzento. Deve ser por isso que o Sherlock gostava tanto de gastar seu tempo pensando na decifração de mistérios. Provavelmente não era por falta de grana. Devia ser por falta do que fazer. Se tivesse nascido nos trópicos duvido que fosse a máquina pensante que era, deduzi, assumidamente mal-humorado.

Tomei banho, me arrumei, fiz meu café com pão esquentado na frigideira e queijo minas derretido. Não era a porcaria de um dia nublado que iria tirar meu apetite.

Quando entrei na livraria não vi o Gordo. Ouvi sua voz, conversando com algum cliente atrás de uma das estantes. Subi para o meu escritório.

Pouco depois ele entrou na sala, esbaforido, colocando o jornal sobre a minha mesa, ignorando completamente os papéis que estavam ali.

"Descobriu agora por que o sacripanta deixou o bilhete?"

"Que sacripanta? Que bilhete?"

"Lê aí."

Li a matéria.

"Putz!"

Junito Aguilar era um jovem escritor de autoajuda, argentino. Eu não tinha ouvido falar dele, havia feito algum sucesso, mas não teve tempo de chegar a ser um top writer, se é que existe isso. De todo modo, teria leitores suficientes para viver bem, muito bem, se não o tivessem matado na noite anterior.

A matéria dizia que seu primeiro livro, muito bem vendido, foi traduzido no Brasil com o título *Só é magro quem quer*.

O cara tinha juntado a febre dos livros de autoajuda com a obsessão das pessoas por um corpo esbelto, o que, noutras palavras, ou noutra palavra, quer dizer: magro.

Como a maioria das coisas que dão dinheiro na vida, o segredo era bem simples. Aguilar defendia a ideia, explanada em páginas e páginas – que lhe renderam dólares e dólares – de que, para ser magro, bastava ter força de vontade. Bastava querer. Método que nossos tataravôs já conheciam, embora naquela época provavelmente não quisessem ser magros.

Seu sucesso vinha de juntar dois mundos que aparentemente (pelo menos para quem nunca leu os gregos antigos) não se juntam: o físico (nesse caso, um físico magro) e o mental (nesse caso, também).

Junito Aguilar estava no Brasil fazendo a turnê de lançamento do seu novo livro: *Jesus era magro. E você?*

Tinha percorrido algumas capitais, fazendo palestras e sessões de autógrafos. A turnê terminaria no Rio. E terminou mesmo.

O evento foi no domingo à tarde e, logo depois, Aguilar fechou uma boate da Zona Sul para seus convidados. A farra estava boa, sobretudo num camarim que montaram especialmente para ele, onde droga e birita rolavam, digamos, bem soltinhas. A festa azedou quando alguém descobriu, no banheiro do camarim, o escritor estirado no chão. Poderia estar simplesmente apagado, não fosse pelo fato de o corpo estar todo retesado, como se tivesse tido uma contração. Ah, claro, no rosto, um *risus sardonicus*.

❧

"A CEIA apontava para *A ceia dos acusados*, que apontava para o título original do romance: *The thin man*. O homem magro!"

"Já entendi, Gordo. Não sou burro."

"Não é burro, mas é mal-informado."

"Você também."

"Concordo. Precisamos fazer um levantamento de tudo o que está acontecendo no maravilhoso mundo dos livros de autoajuda. Aposto que você nem sabia que existia esse argentino aí. E que ele estava no Brasil, mais exatamente na nossa cidade."

"E falando mal dos gordos."

"Pois é, ainda tem isso. Filho da puta!"

"Calma, o cara está morto."

"Morto filho da puta!"

Dobrei o jornal.

"E o romance maldito estava lá, como das outras vezes", ele falou, se referindo ao exemplar de *A irmãzinha*, encontrado embaixo do corpo da vítima.

❧

"Já falou com suas fontes?"

"O Heleno está vindo pra cá. Liguei pra ele assim que li a notícia."

"E você viu? A editora do cara?"

"É do mesmo grupo das editoras do Epifânio e do Dexter, o Frieden. Eu te falei que era uma pista quente, não falei? Esse assassino tem alguma pinimba com esse grupo alemão. Não sei qual, mas tem."

Um sinal tocou lá embaixo. O Gordo tinha colocado um detector de presença, já que ficava mais no meu escritório do que na livraria.

"Deve ser ele."

"Aqui em cima", o Gordo gritou, pela porta aberta.

"Não. Aqui embaixo", Heleno respondeu.

Peguei o jornal e me levantei.

"Velhinho abusado."

"Esqueci que ele não pode subir escada, André. O joelho não deixa."

Descemos.

O Gordo trancou a porta da livraria. Não sem antes colocar atrás da vitrine a sua lousa, onde escreveu:

Todo mundo tem alguma coisa a esconder.
Quer saber quem escreveu isso? Volte amanhã e saberá.

"De quem é agora?"

"Do nosso escritor homenageado pelo serial killer. Dashiell Hammett. É uma frase de *O falcão maltês*, dita por Sam Spade."

Fomos até o balcão. Heleno pediu um copo d'água.

"Não consigo me acostumar com esse calor úmido do Rio de Janeiro", ele disse.

"Se não se acostumou até hoje..."

O velhote riu para mim, um riso amargo.

"Sabe qual será a minha vingança, André?"

"Não faço ideia."

"É que você também vai ficar velho."

"Espero que sim."

"E muito pior do que eu."

O Gordo deu uma gargalhada.

"Alguma novidade?", perguntei, colocando a mão no ombro do Heleno, num gesto de camaradagem. Ele sabia que eu estava brincando. E ele também estava (eu acho).

"Algumas. Vocês conheciam o Junito Aguilar?"

Fizemos que não, com a cabeça.

"Quer dizer, vi uma foto dele no jornal", falei.

"Então sabem que o cara era do tipo bonitão. Trinta e cinco anos, rosto bem-feito, sorriso largo."

"E magro."

"É. Magro."

"O típico amante latino, pelo que vi na foto."

"Certo. Só que com uma pequena diferença."

"Qual?"

"Era gay. Isso, claro, não teria importância nenhuma, cada um com seu cada qual, como diz o ditado, não sou eu que vou dizer o contrário. Vivi noutros tempos, vocês sabem, em épocas mais conservadoras, mas nunca deixei de respeitar as diferenças, quaisquer que fossem."

"Pode deixar o discurso politicamente correto pra depois, Heleno. O cara era gay. Foi só o que você descobriu?"

"Não."

Fiquei esperando. Ele terminou de beber sua água.

"O Almeida Salgueiro me contou o que não está na mídia. Vocês sabem, ele não pode sair por aí falando toda a verdade. Ainda mais num caso como esse, de um assassino em série. Ou serial killer, como querem os americanos."

Ele olhou de repente para uma caixa de livros, sobre uma cadeira atrás do balcão.

"Hum, é a minha vez de perguntar: novidades?"

"Sim, das boas. Vieram da casa de um bibliófilo, um antigo fornecedor."

"Um bibliófilo que vende seus livros? Estranho."

"Ele não vende. Me dá os livros. São exemplares repetidos, que ele ganha de amigos ou as editoras mandam, como propaganda. Mas esses não são raros, claro."

"Claro."

Silêncio.

"Mas devem ser preciosos."

"Alguns são."

Silêncio.

"Interessante."

Eu já estava no meu limite.

"Vou na esquina tomar um café. Sei quando estou sobrando."

"Desculpe, onde é que eu estava mesmo?"

"Nos revelando a orientação sexual da nova vítima do serial killer de escritores de autoajuda."

"Exato, exato. O que aconteceu foi o seguinte. Aguilar estava comemorando com amigos o final da turnê brasileira de lançamento do seu livro. Estava no seu espaço reservado, com meia dúzia de convidados. A perícia comprovou que a vítima fez uso de álcool e cocaína naquela noite. E que alguém injetou a estricnina usando uma seringa, no pescoço dele. Exatamente como o assassino fez com o Epifânio e o Dexter. As testemunhas ouvidas pelo Almeida Salgueiro estavam completamente drogadas quando chegaram à delegacia."

"Mas conseguiram dizer alguma coisa?"

"Uma das testemunhas, um amigo da vítima, mantinha ainda alguma lucidez. Ele disse que estavam todos ali quando Aguilar saiu e voltou meia hora depois com um rapaz, muito bonito. Eles ficaram se beijando no sofá mesmo e logo foram para o banheiro. A testemunha não sabe dizer quanto tempo os dois ficaram trancados lá dentro, ele acha que uns quinze minutos talvez, mas não tem certeza. O que ele sabe é que o rapaz saiu sozinho do banheiro, fechando a porta. Saiu com uma expressão maliciosa no rosto, dizendo que o Aguilar queria mais companhia. Ele iria buscar e voltaria em breve."

"A essa hora o argentino já tinha ido pro beleléu."

"Sim, já tinha sido assassinado. Pelo homem que acabara de sair, ao que tudo indica. Um tempo depois, como o rapaz não voltava, o amigo bateu à porta do banheiro, pra saber se estava tudo bem. Ninguém respondeu, ele entrou. E encontrou o corpo."

"Não dá pra saber quem era o cara que estava com ele."

"A polícia conseguiu algumas fotos do celular de um dos convidados. Tem uma em que o suspeito aparece abraçado à vítima, de frente pra câmera."

"Ele estava disfarçado", o Gordo disse.

Eu tinha deduzido a mesma coisa.

"O assassino não estava nem aí de aparecer na foto", falei. "Só podia estar disfarçado. Fingiu que não tinha nada a esconder, pra ganhar a confiança de todos, principalmente do Aguilar."

"Como era o rosto dele?"

"Cabelos longos, loiros, presos num rabo de cavalo. Tinha barba. Estava usando óculos escuros."

"Penduricalhos. Se tirar os óculos, a peruca e a barba postiça, niguém o reconhece", comentei.

"Nenhum outro detalhe, na foto?"

"Não. Pelo menos até agora."

O Gordo fez uma cara de desânimo.

"Ah, ainda tem mais uma coisinha."

Fiquei atento. Raposa matreira, Heleno deixou o melhor para o final.

"No espelho do banheiro, escrito com batom carmim, tinha uma frase."

Heleno olhou para o alto da escada.

"Escada é muito perigoso. Ainda bem que não tem criança por aqui."

Contei até dez. Acho que o sacana acompanhou minha contagem. No dez, ele disse:

"Estava escrito: SÃO TODOS ASSIM."

13

O Gordo ligou para o Valdo Gomes, colocou no viva-voz e repassou a ele as novidades.

"Pode deixar. Vou pesquisar aqui", foi a resposta.

Passava do meio-dia. Convidei o Heleno para almoçar com a gente. Ele aceitou, agradecendo com uma reverência. Eu nunca sabia ao certo quando ele estava falando sério ou apenas curtindo com a minha cara. Naquele caso, se eu tivesse que arriscar, marcaria a segunda opção.

Fomos a um pé-sujo ali perto, que o Gordo conhecia de outros carnavais e serve um prato feito de tirar o chapéu.

"Você descobriu alguma coisa sobre o tal editor, que ligou pro Epifânio e pro Dexter na véspera dos crimes?"

"Não vai dar em nada, Gordo. O homem não sabe de nada, disse que ligou pra fazer um convite, obra de encomenda. Vocês sabem, eles costumam fazer isso, propor um livro pra esse pessoal de autoajuda. Não conseguiu dessa vez."

"Nem poderia. A não ser que os caras escrevessem debaixo de sete palmos de terra."

"Não, não é isso. Nem o Epifânio nem o Dexter toparam a proposta do editor."

"O Almeida Salgueiro estava blefando, como imaginávamos."

"Provavelmente sim."

O garçom anotou os pedidos.

Enquanto o Heleno e o Gordo conversavam sobre livros – Heleno estava obcecado pela caixa que viu atrás do balcão, na livraria –, liguei para a Ana.

Ela me disse que tinha uma coisa importante para me dizer, mas não poderia ser naquela hora. Me ligaria mais tarde. Enviei uma mensagem de voz, com as novidades do dia sobre o caso do serial killer.

"Vocês não acham estranho o assassino ter escolhido um escritor do médio escalão dessa vez? E estrangeiro?", perguntei.

"Argentino, pra ser mais exato", o Gordo completou.

"Será que ele era amigo do Maradona?", Heleno disse, sério. "Será que o Maradona leu os livros dele?"

Levamos alguns segundos para entender que era uma piada. E outros para entender a piada: o Maradona tinha emagrecido etc.

O Gordo fingiu uma gargalhada. Ignorei.

"Talvez porque fosse mais fácil", o Gordo respondeu. "O Junito não era tão conhecido assim, nem devia ter seguranças, como o Epifânio e o Dexter."

"Mas seria só isso? Esses caras pensam em cada detalhe. O assassino pensou em tudo. Cada crime veio com uma pista para o crime seguinte. E sempre com referência ao Hammett e um exemplar do romance do Chandler. Será que o fato mesmo de escolher um estrangeiro, e iniciante, já não seria uma pista?"

"Não vamos descartar essa hipótese, André. Mas por enquanto o que podemos deduzir é que ele escolheu o Aguilar porque os outros, do primeiro escalão, já estão atentos e devem ter reforçado a segurança."

"A essa hora todo escritor de autoajuda desse país deve estar trancado no quarto."

"Aliás, você leu a entrevista do Paulo Coelho?"

Fiz que não.

"Saiu ontem, num site aí. O jornalista quis saber do Paulo Coelho se ele estava acompanhando o noticiário, se estava sabendo da morte dos escritores de autoajuda. Ele respondeu que sim, estava a par dos assassinatos. Então o jornalista perguntou se ele não tinha medo de ser a próxima vítima."

"Boa."

"O Paulo Coelho respondeu que não tinha medo nenhum."

"Nem é pra ter. Ele mora na Suíça."
"Não é por isso."
"Não?"
"Ele respondeu que não precisava se preocupar com essa história por um motivo muito simples: ele não é escritor de autoajuda."
"Ah, bom."

∽

"E esse bilhete: SÃO TODOS ASSIM. Todos quem? Todos os gays?", perguntei.
"Será que o assassino é homofóbico? Um psicopata que odeia os gays?", o Gordo arriscou.
"É uma hipótese. Há casos assim."
"Um cara que talvez seja gay também, não assumido, e o fato de não conseguir assumir tenha despertado nele a ira contra os gays assumidos, que, pra ele, são todos iguais."
"Ele não está matando só os gays."
"Certo. Então quem sabe não é a próxima pista? A próxima vítima será um gay."
"Ou um argentino. Ele pode estar querendo dizer que os argentinos são todos assim."
"Menos, André. Menos."

∽

Ana no celular. Pedi licença e fui falar com ela, na calçada.
"Essa noite você vai receber a visita de um cliente."
"A que horas?"
"Não sei."
"Não sabe?"
"Vai ser no seu apartamento. E o Gordo tem que estar junto. Não posso te dizer mais do que isso. Só faz o seguinte: leva o Gordo pra dormir na sua casa hoje e fica alerta. A qualquer hora um cara vai te ligar dizendo que está chegando. Entendido?"
"Você não pode me dizer quem é?"

"Não. Ele pediu sigilo absoluto."
"E qual o assunto?"
"Os assassinatos, claro. Preciso desligar agora, André."
Desligou. Depois ligou de novo.
"Só mais uma coisa."
"Diga."
"Não é um assassino."
"Como?"
"Não é um assassino que está matando os escritores de autoajuda. É uma mulher."

14

A ligação caiu. Tentei ligar de volta. Nada. Por que inventam coisas que podem não funcionar quando a gente mais precisa delas?
"Merda!", gritei, no meio da calçada.
Voltei para a mesa do bar.
"O que aconteceu? Você está pálido", o Gordo falou.
"Não estou pálido. Estou puto."
"Puto e pálido."
"Me empresta seu celular. Preciso falar com a Ana."
Caiu na caixa postal. Joguei o celular na mesa.
"Devagar, meu camarada. Esse brinquedinho custou caro."
"Ana me disse que não temos *um* assassino à solta."
"É mais de um?"
"Não, a questão não é de número. É de gênero."
Pausa de alguns segundos. Olhares voltados para mim.
"Uma mulher? Você está dizendo que é uma mulher que anda matando os escritores?"
"Não sou eu que estou dizendo. É a Ana."
"Por que ela acha isso?"
"É o que eu estava tentando perguntar a ela."
"O batom no espelho", Heleno disse. "É coisa de mulher escrever bilhetes com batom no espelho."
"Gay não faz isso?"
"Pode fazer, André. Qualquer um pode fazer. Mas é coisa de mulher."
"É muito pouco. Não dá pra afirmar que é uma mulher só por causa disso."

"Não é só isso. Vocês não perceberam que havia outra coisa em comum entre Epifânio, Dexter e Aguilar, além do fato de serem, ou terem sido, escritores de autoajuda?"

Heleno fez um sinal, chamando o garçom. Pediu água mineral.

"É sempre bom ser moderado, sabia? Se for tomar cerveja, beba sempre uma água também. Ajuda a diminuir o efeito do álcool."

"Isso é lenda", falei. "A água não corta o efeito do álcool."

"Não corta, mas ajuda. O álcool desidrata. A água vai compensando o efeito da desidratação. Aprende com quem entende, meu filho."

Putz.

"O que havia de comum entre Epifânio, Dexter e Aguilar, Heleno?"

"Ah, sim. Eram galinhas."

∽

O garçom trouxe a água e um copo com gelo. O Gordo pediu uma também.

"Por via das dúvidas...", falou.

Heleno continuou seu raciocínio:

"Epifânio foi morto dentro de um quarto de hotel. Dexter, numa festa na sua casa. O assassino, ou a assassina, pode ter seduzido ambos, como seduziu Aguilar, na boate."

"Quem o seduziu foi um gay", eu disse, e logo depois me dei conta de que estava falando besteira. "Tudo bem, poderia ser uma mulher disfarçada de gay."

"Mas poderia mesmo ser um gay", Heleno falou. "Não importa. O importante é que foi seduzido. Homens vaidosos são presas fáceis para uma mulher sedutora. E um gay vaidoso será presa fácil para um gay sedutor. Mesmo que seja um falso gay."

"E tem o batom no espelho", o Gordo completou.

"Pois é. E tem o batom no espelho. Sua namorada está certa, André. Mais uma vez."

"Deixa eu tentar ligar pra ela de novo."

O Gordo me passou o celular. Quando eu ia ligar, o aparelho tocou. Devolvi.

"É o Valdo Gomes", ele disse, colocando no viva-voz.

"Diga lá, mestre."

"Gordo, meu amigo. Ouve essa, se prepara porque é quente."

"Você encontrou de onde é a citação?"

"O assassino não fez a citação completa. Lembra que ele deixou um bilhete onde estava escrito apenas A CEIA? E depois vocês descobriram que se tratava de uma referência ao romance *A ceia dos acusados*? Então. Ele repetiu a mesma estratégia, ou pelo menos fez algo parecido. Não tem essa frase, 'São todos assim', em nenhum livro do Hammett. Mas tem uma outra, onde essas palavras se encaixam, não exatamente nessa ordem."

Um ônibus passou na hora em que Valdo fazia sua revelação. Não deu para ouvir direito.

"Repete. Não ouvi."

"A frase é: *Todos os homens são assim*."

Flagrei um risinho de vitória no rosto do Heleno. Parecia frase de mulher.

"Em que livro está a frase, Valdo?"

"*Woman in the dark. Mulher no escuro.*"

PARTE DOIS

1

Eram sete da noite quando chegamos ao meu apartamento, eu e o Gordo, relativamente sóbrios. A cerveja não rolou o dia inteiro, mas até o meio da tarde tomamos umas boas garrafas. Depois passei no escritório, respondi e-mails e organizei algumas pastas. Coisas de rotina, enquanto o Gordo fingia que trabalhava na livraria.

Resolvi dormir um pouco. Coloquei o despertador para as dez. O Gordo ficou lendo uns contos do Chesterton, deitado no sofá da sala.

"Quando eu crescer, quero ser como o padre Brown", disse, sem tirar os olhos do livro.

"Sabia que quando o Chesterton estava sem grana escrevia um conto do padre Brown do dia pra noite e vendia?"

"Ele já esteve sem grana?"

"Acho que sim. Li isso em algum lugar."

"E você sabia que Borges se considerava devoto de Chesterton?"

"Se continuar assim, vamos virar Rádio Relógio. Você... sabia?"

"Mas é verdade. Borges achava que Chesterton era melhor do que Poe. O caso clássico de um discípulo superando o mestre."

"Continua a aula amanhã. Vou dormir."

"Quanto será que pagavam ao Chesterton por uma história do padre Brown?"

"Menos do que pagavam para canastrões como Dexter, Epifânio e Junito Aguilar, pode ter certeza."

"Pra você ver."
"Vou dormir, Gordo."

⚜

Pouco antes das dez, o celular tocou.

Acordei assustado, meio grogue ainda, sem saber direito onde estava. Tinha sonhado que eu era o Borges, em Londres, tomando cerveja num pé-sujo com o Chesterton. Poe era o garçom. Eu tentava pegar o copo, mas não acertava nunca porque era cego e o Chesterton ia tirando o copo do lugar, só de sacanagem.

"André?"

"Sim."

"Estou chegando."

"Alô. Alô!", fiquei falando sozinho.

Acordei o Gordo, que roncava no sofá, com o Padre Brown repousando sobre a sua barriga.

O interfone tocou. Era ele.

"Vai lavar o rosto. Está com a cara toda amassada", falei pro Gordo.

"Você também."

Ficamos os dois ali, esperando de pé em frente à porta, caras amassadas.

Escutei o barulho do elevador chegando ao meu andar e logo depois a campainha. Vi pelo olho mágico um sujeito alto, rosto bonito. Magro.

"Desculpe", ele disse quando abri a porta. "Não queria incomodar, sei que é tarde, mas não teve outro jeito."

Pedi que entrasse.

"Posso deixar meus amigos aqui?"

Os amigos eram dois seguranças, de terno, como nos filmes de gângster.

"Tudo bem."

Pedi licença, fechei a porta. Os seguranças ficaram no corredor. Fiquei imaginando se algum vizinho aparecesse e visse os dois brutamontes estacionados diante da porta do meu apartamento.

Apresentei o Gordo e ofereci uma cadeira. Nos sentamos à mesa, os três.

"Bebe alguma coisa? Água? Cerveja?"

"Uma cerveja, por favor."

Fui até a geladeira e peguei uma latinha. O Gordo me lançou um fulminante olhar de censura. Voltei e peguei outra para ele. Eu não estava a fim de beber, não naquela hora.

"Meu nome é Victor Winner."

Pensei comigo, rapidamente. Victor, de vitória. Winner, vencedor em inglês. Os pais dele deviam ser bem otimistas.

"Vim aqui por indicação da sua namorada, Ana. Ela trabalha na minha editora."

৩

Levei alguns segundos para entender o que estava acontecendo. Aquele era o patrão da Ana? O tal editor que morava nos Estados Unidos?

"Ela me falou que vocês estão investigando o caso do serial killer de escritores de autoajuda."

Encarei o sujeito, olhos nos olhos.

"Eu sei quem é a assassina", ele disse, com frieza.

"Assassina?"

"Sim. É uma mulher."

Ele bebeu a cerveja, devagar.

"Uma ex-namorada."

O Gordo olhou para mim.

"Acho que também preciso de uma", falei, me levantando. "Uma cerveja, não uma namorada", tentei brincar. O riso saiu forçado. Eu estava tenso.

৩

"Tenho uma história pra vocês. É um pouco longa. Estão com tempo pra ouvir?"

"Todo o tempo do mundo", o Gordo respondeu, se recostando na cadeira.

"Faz oito anos, conheci uma mulher belíssima. Uma escritora. Na verdade, quando nos conhecemos ela não tinha publicado nada ainda, nem sei se publicou depois, acho que não, mas era uma escritora. Quando a conheci, tinha acabado de escrever seu primeiro romance. Meio romance, meio autoajuda."

"Quantos anos?"

"Era bem jovem. Vinte e um."

"E você?"

"Eu tinha quarenta e dois. Acabo de fazer cinquenta."

Parecia ter menos, pensei comigo, embora alguns cabelos brancos apontassem aqui e ali.

"Beatriz era muito bonita. Nos conhecemos numa dessas festas de abertura da Bienal do Livro. No Parque Lage. Ela se aproximou, puxou assunto, bebemos um pouco e no final da noite, na minha cama, descobri que estava perdidamente apaixonado. Infelizmente, não dava pra saber ainda que era uma louca."

"Quem não é?", falei.

"Você não entendeu. Ela não era meio louca, como todo mundo, era doida mesmo, de pedra!"

"O que ela fez pra você achar isso? Rasgou dinheiro na sua frente?"

"Pior, muito pior. Vocês vão entender."

"Mais?", o Gordo ofereceu, apontando para a cerveja.

"Não, obrigado."

"Continua. Estamos ouvindo", eu disse.

"O sonho de Beatriz, como de todo escritor iniciante, era publicar o primeiro livro. Ela falava disso o tempo inteiro, era quase, aliás, era de fato uma obsessão!"

"Você chegou a ler o que ela escreveu?"

"Sim. Tecnicamente falando era um romance. Uma reunião de cartas fictícias."

Ele olhou para mim e depois para o Gordo, antes de continuar.

"Escritas por Dashiell Hammett."

2

Busquei mais cervejas. Dei uma para o Gordo.

"Cartas de Hammett escritas para Lillian Hellmann. Vocês sabem, Hammett publicou seu último livro, *A ceia dos acusados*, em 1934, poucos anos depois de ter começado uma relação com Lillian Hellmann, que iria durar até o final da sua vida. Beatriz pesquisou a fundo a vida e a obra de Hammett, foi duas vezes a São Francisco, visitou os lugares em que ele morou, e bibliotecas, museus, entrevistou especialistas na sua obra, fez um trabalho de pesquisa brilhante."

"No romance, ela diz por que Hammett parou de escrever?", perguntei.

"Diz. É só uma hipótese, claro, mas é exatamente isso o que ela quis fazer, criar uma hipótese convincente, que explicasse a decisão de Hammett. Ela então imaginou o escritor nos seus últimos meses de vida, aos sessenta e sete anos, recluso na fazenda de uns amigos, escrevendo as cartas para Lillian, que nunca foram enviadas. Foram entregues à filha caçula de Hammett, Josephine. Ele pediu à filha que as guardasse num cofre de banco e só as publicasse trinta anos depois que ele morresse. Ela fez isso e, quando venceu esse prazo, Josephine entregou as cartas a um editor, amigo da família, que as reuniu em livro."

"Interessante."

"A ideia não era ruim. E Beatriz ainda era muito jovem, poderia ter seguido carreira, se tivesse dedicado seu tempo a escrever livros e não a sair por aí matando meus autores."

"Seus autores?!", o Gordo perguntou.

"Desculpem. Estou me antecipando. Melhor contar tudo na sequência. Desculpem."

"Dexter, Epifânio e Aguilar publicavam por editoras do grupo Frieden", falei. "A sua editora não faz parte desse grupo, se fizesse a Ana teria me contado. E mesmo que fizesse, isso não quer dizer que os caras eram *seus* autores."

"Sua namorada não sabe que a editora faz parte do grupo. Ninguém sabe. Quer dizer, quase ninguém, só mesmo os principais acionistas."

"A polícia também não sabe."

"Não. E não precisa ficar sabendo, se é que você me entende."

Não respondi. O Almeida Salgueiro talvez já tivesse descoberto, por suas próprias fontes. E não disse nada para o Heleno. Ou disse e Heleno escondeu de nós a informação. Parei de pensar nessas coisas, precisava me concentrar no relato do cara.

"Você pode me arranjar uma água, André?"

Fui buscar.

Ele continuou:

"Beatriz gostava de escrever à mão. Depois datilografava os originais, numa velha máquina de escrever que tínhamos em casa."

Me lembrei do bilhete deixado no casaco do Dexter, quando foi assassinado. Tinha sido escrito a máquina.

"Em casa? Vocês chegaram a ser casados?"

"Moramos juntos por pouco tempo, algumas semanas, na casa dela. Uma bela casa, pra dizer a verdade."

"Ela era rica?"

"Sim. Não chegava a ser milionária, mas tinha herdado dos pais uma casa no Jardim Botânico e três salas comerciais num shopping da Zona Sul, que ela alugava. Era da renda desses aluguéis que vivia. Não trabalhava, quer dizer, seu trabalho era escrever."

Ele fez uma pausa. Parecia estar tomando fôlego.

"Me lembro do dia em que Beatriz me mostrou os originais do livro. Eu era assistente editorial naquela época. Trabalhava numa editora de porte médio, aqui no Rio mesmo. Publicávamos ficção e outros gêneros, mas o forte da editora eram os livros de autoajuda. Uma noite, fomos a um restaurante. Assim que terminamos o jantar, ela colocou na minha frente o volume encadernado. Foi um momento solene, aquilo era o resultado de alguns anos de dedicação, de viagens, de horas e horas na máquina de escrever."

"Victor, vou te fazer a pergunta que não quer calar", o Gordo disse.

"Por que ela se tornou uma serial killer de escritores de autoajuda?"

"Não. Por que Dashiell Hammett parou de escrever."

Putz.

"Quer dizer, qual a versão dela, no romance?"

"Voltamos a isso mais tarde, se você não se incomodar. Não quero perder o fio da meada."

"Prossiga", o Gordo falou, a contragosto.

"Ela queria que eu apresentasse os originais ao meu chefe, na editora. Estava toda animada, acreditava que ele iria gostar. Eu também me animei, claro, estava apaixonado e torcia pra que ela conseguisse publicar seu romance."

O Gordo foi direto ao ponto, sem nenhuma sutileza:

"Não te passou pela cabeça que ela tenha se aproximado de você apenas pra conseguir publicar o livro?"

Ele sorriu, discretamente.

"Pensei. Mas ela me chamou pra morar com ela, quis se casar comigo! Não precisaria de tanto se o plano fosse apenas conseguir um editor."

Victor Winner fez uma pausa.

Depois disse:

"No entanto, a verdade é que era isso mesmo. Ela não estava apaixonada por mim, foi tudo um embuste. Beatriz era uma falsa. E louca, como já disse."

Ele levantou a cabeça e voltou a falar como antes, com aquele jeito de quem tem pleno domínio da situação e não está para chorumelas.

"Um amigo meu, editor também, chegou a me alertar. Naquela noite, no restaurante, esse editor me viu com Beatriz. No dia seguinte ele me ligou, dizendo pra eu tomar cuidado. Essa mulher é completamente maluca, ele disse. Os originais que ela te deu ontem, eu vi no restaurante, em cima da mesa, é um livro sobre o Hammett, não é?, ele disse. Fiquei surpreso. Como ele poderia saber? Ele então me contou que Beatriz também o procurou, que tentou seduzi-lo etc. Ela é uma mulher linda, você sabe, ele falou, e acabei aceitando ler o romance. Mas não quis publicar, é muito ruim. E a sua namorada quase quebra o meu escritório inteiro, apareceu aqui de repente e saiu quebrando tudo, por pouco não precisei chamar a polícia!"

"E ainda assim você continuou com ela", eu disse.

"Fiquei abalado com aquele telefonema. Mas esse editor não era um amigo tão íntimo assim, nos falávamos pouco e o meio editorial está cheio de intrigas, você não imagina o quanto."

"Você achou que o cara estava aprontando pra cima de você. Por que ele faria isso?"

"Não sei. Talvez a história não tivesse sido bem assim. Talvez ele é que tivesse dado em cima dela. Beatriz podia apenas ter falado com ele sobre a ideia do romance e depois ter dado um fora no cara."

"E ele estaria envenenando a sua relação com ela pra se vingar, por ter sido rejeitado."

"Por que não? Se fosse um amigo antigo, de confiança, eu não pensaria isso. Mas não era. Ou acreditava nela, ou acreditava nele. Então tentei esquecer o telefonema e me concentrar na leitura dos originais. Desmarquei os compromissos do dia e me tranquei na minha sala, pra ler."

"E não gostou do livro."

"Era uma droga."

3

"Não era uma ideia ruim, como eu disse, mas o romance ficou enfadonho, pesado. Beatriz pesquisou demais e acabou não sabendo cortar, entendem? Quis enfiar naquelas páginas toda a sua pesquisa. Não podia dar certo. E tinha outra coisa."
"A mistura de ficção e autoajuda não funcionou", falei.
"Na mosca! O fato de ser um livro meio arrastado, com informações demais, a gente dava um jeito de resolver. Temos profissionais que fazem mágica num copidesque e poderiam dar um ritmo mais ágil pro livro. Mas o problema todo é que não era nem boa ficção nem boa autoajuda. Em poucas palavras, a tese que atravessava todo o livro, e que Beatriz defendia com uma obstinação raivosa, era a de que Dashiell Hammett parou de escrever porque parou de beber."
O Gordo olhou para mim. Victor percebeu nossa troca de olhares.
"Tudo bem, é uma tese como qualquer outra. Mas acho que vocês não vão gostar do desdobramento."
Alguém bateu à porta. Levei um susto.
Fui ver quem era. Um dos seguranças queria usar o banheiro. Deixei que entrasse e fiquei em pé mesmo, esperando.
Pouco depois ele voltou e no caminho fez um sinal para o Victor, como se perguntasse: está tudo bem? O chefe respondeu com um aceno de cabeça.
Fechei a porta e voltei a me sentar.
"Nos originais, Beatriz cita Nunnaly Johnson, amigo de Hammett, que depois da sua morte disse que Hammett tinha começado sua carreira de escritor apenas porque precisava de grana. Saiu

da escola com catorze anos e foi escriturário, entregador de jornal, estivador e um monte de outras coisas, até detetive de uma agência."

"Com vinte anos começou a trabalhar como detetive na Pinkerton", o Gordo completou.

"É, qualquer coisa assim. Johnson dizia que a carreira de Hammett foi dando certo e quando ele estava cheio de dinheiro não viu mais sentido em passar horas e horas na frente de uma máquina de escrever. Era melhor ficar com os amigos, as mulheres e algumas garrafas de uísque."

"Faz sentido", comentei.

"Mas não foi isso que aconteceu. O médico disse que se Hammett bebesse mais uma dose morreria. Ele então simplesmente obedeceu. Isolou-se dos amigos, das mulheres, virou um ermitão. Parou de beber. E parou de escrever."

"Então a tese da sua namorada tinha alguma lógica. Qual o problema?"

"O problema é o tom. No livro, Beatriz faz uma verdadeira cruzada contra o álcool. Legal que ela quisesse combater os malefícios do álcool, mas é tudo muito agressivo, parece uma fundamentalista, associa o álcool ao demônio, uma coisa horrorosa. Ninguém iria querer publicar aquilo. E ela esculachava o Hammett, dizia que ele nunca tinha sido um escritor de verdade, que era um embromador, um oportunista."

"Achei que ela gostava dele."

"Beatriz odiava Dashiell Hammett. No fundo, e só fui pensar nisso depois, ela sentia inveja de Hammett. Ela, que não conseguia de jeito nenhum publicar o primeiro livro, se deparou com um sujeito que decidiu simplesmente recusar vários convites de editoras. E editoras dos Estados Unidos, o que não é pouca coisa, convenhamos."

"Resumindo: você não apresentou os originais ao seu chefe."

"Não poderia fazer isso. A não ser que quisesse ser demitido. E eu não queria ser demitido, não mesmo."

"E como foi que você falou pra sua amada que o livro dela era uma porcaria?"

"Não falei. Não tive coragem. A leitura daquelas páginas me deixou bastante perturbado. Comecei a ver uma Beatriz que eu não imaginava que existisse, uma mulher movida pelo ódio, pelo ressentimento, com ideias perigosas. Nós nos conhecíamos havia um mês e pouco. Foi como eu disse, uma paixão avassaladora, logo já estávamos morando na mesma casa e jurando amor eterno."

Quando Victor falou isso me lembrei de uma passagem do romance *A filha do canibal*, da espanhola Rosa Monteiro. A certa altura a narradora diz que as paixões eternas costumam durar, em média, seis meses. E se o casal der sorte e se entender, a paixão eterna se transforma em amor para a vida toda, que dura aproximadamente mais dois anos.

"Eu não conhecia aquela mulher. Fui apresentado a ela pelos originais do seu livro. Então me lembrei do telefonema do meu amigo e comecei a acreditar que ele é que estava com a razão."

"E o que você fez, fugiu?"

"Cheguei em casa naquela noite e fingi que tinha gostado muito. Não foi fácil e acho que não fui convincente. Ela desconfiou e ficou insistindo, me martelando pra eu dizer a verdade. Mantive a encenação e falei que tinha deixado os originais do livro com meu chefe. Era só aguardar uma resposta dele. Ela queria saber extamente quando seria isso. Respondi que ele faria uma viagem no dia seguinte, mas logo estaria de volta."

"E ela acreditou."

"Não. Pela primeira vez, vi Beatriz transtornada. Andava de um lado pro outro, repetia que eu estava mentindo, pediu que eu ligasse pro celular do meu chefe naquela hora mesmo, ela iria falar direto com ele. De repente foi ao banheiro e voltou com alguns comprimidos na mão. Me falou que estava tensa demais, tomou uns calmantes e foi dormir. Na verdade desabou, apagou na cama. Xeretei suas coisas e encontrei dentro da bolsa uma receita psiquiátrica. E remédios de tarja preta numa nécessaire que ela escondia no banheiro."

"O outro editor, o tal do telefonema, estava mesmo certo."

"Você não imagina o quanto, André. Passei a noite em claro. De manhã, enquanto ela dormia, arrumei minhas coisas e fui pra casa. De lá mesmo liguei pra editora, dizendo que estava doente e precisaria me ausentar uns dias do trabalho. Arrumei a mala, peguei o carro e fui pra um hotel."

"E não teve notícias dela? Beatriz não foi atrás de você?"

"Antes de sair deixei uma carta. Tentei ser cuidadoso, delicado, pra não ferir muito os seus sentimentos, mas falei a verdade."

"Toda a verdade?"

"Falei que não tinha gostado tanto assim do romance, que tinha qualidades, mas ainda não estava pronto pra publicação. A editora não iria publicar aquele livro, não como estava escrito. Falei que isso poderia ser muito frustrante pra ela e seria melhor eu me ausentar uns dias, evitando uma briga desnecessária."

"E terminou dizendo que ainda a amava muito, só estava dando um tempo blá-blá-blá", o Gordo disse.

Victor não gostou. Tive a impressão de que iria falar alguma coisa agressiva com o Gordo, mas preferiu se controlar.

"Não, não falei que a amava. Mas você está certo: disse que precisava de um tempo e iria ligar pra ela dali a um ou dois dias."

"E não ligou."

"Não. Liguei pra minha secretária, que me contou que naquele dia mesmo Beatriz esteve lá e aprontou o maior escândalo. Disse que ela, a secretária, estava mentindo, gritou várias vezes que eu não estava atendendo o celular e só podia estar trancado na minha sala, escondido. O segurança teve que tirá-la da recepção."

"A história não acabou assim, claro", falei.

"Não. No outro dia achei que deveria ligar. Fiquei preocupado, ela não tinha amigos, nem parentes."

"Nenhum parente? Tem certeza?"

Victor esbarrou no copo com a mão e derrubou cerveja na mesa. Ficou constrangido, pediu milhões de desculpas.

"Tudo bem", falei, tirando a toalha da mesa. "Depois eu lavo."

"Outra cerveja?", ofereci.

Ele recusou.

"Beatriz não tinha parentes nem amigos. Pelo menos não me apresentou a nenhum. Ela dizia que precisou se isolar pra escrever o romance, mas acho que era mentira. Ela não tinha ninguém. Os pais morreram quando ela era adolescente. Morava sozinha naquela casa. Nem empregada tinha, apenas uma diarista, que fazia a faxina uma vez por semana. Então fiquei preocupado com ela e achei que precisava ligar."

"E aí?"

"Ela atendeu com uma voz cavernosa e demorou pra entender que era eu. Depois disse: vou me matar. Se quiser me ver com vida, vem aqui em casa, agora. E desligou."

"Você foi."

"Tive que ir. Ela devia estar blefando, mas vai que não? Eu era a única pessoa que poderia salvá-la, se Beatriz realmente tentasse o suicídio. E ela tentou."

⁂

"Desculpe te interromper, Victor. Mas Beatriz precisava de tudo isso, desse drama todo, pra publicar um livro? Não era rica? Bastava pagar uma coedição", falei.

"Conversamos sobre isso. Ela me falou que se meu chefe não topasse publicar seu livro ela tentaria ainda outras editoras. Mas se estivesse difícil, ela mesma iria bancar a publicação. Mas eu a desaconselhei a fazer isso. E você sabe por que", ele falou para o Gordo, "você é dono de livraria, sabe o que estou dizendo."

"Sou dono de um comércio de livros usados. Meu esquema é outro. Mas, sim, entendo o que você está dizendo. A grande questão do mercado não é publicar o livro. Com a tecnologia que se tem hoje, isso sai até barato. O problema é fazer o livro circular. É preciso investir muito em publicidade. E ter uma boa distribuidora, que faça o livro chegar às livrarias. Isso Beatriz não poderia pagar porque não é assim que funciona, o buraco é mais embaixo."

"Foi o que eu disse a ela. É um mercado cruel."

"Mesmo assim, não havia motivo pra tanto drama", falei.

"Sim, se ela fosse uma pessoa normal. Mas pessoas normais não matam escritores. Ela é uma psicopata, será que vocês não entendem? É perigosa, muito perigosa."

"Voltemos à cena do suicídio", o Gordo disse.

"Depois que ela me falou que ia se matar não tive dúvidas. Peguei um táxi e no caminho mesmo chamei uma ambulância. Foi o que salvou sua vida. Cheguei pouco antes da ambulância e a encontrei deitada no chão da sala, seminua, desmaiada. Havia alguns frascos de comprimido espalhados pelo chão. E uma garrafa de uísque, vazia, bem ao lado dela."

"Hammett gostava de uísque", comentei.

"E de gim", o Gordo completou. "E também de rum, e de vez em quando atacava umas cervejas. O cara bebia muito."

Ficamos esperando a continuação. Victor deu uma pausa.

"Você salvou a vida da sua algoz", o Gordo falou.

"Vou confessar uma coisa a vocês. Se eu soubesse o que ela viria a fazer depois, se pudesse adivinhar do que essa mulher é capaz, juro que a teria deixado ali até morrer."

O Gordo não retrucou. Acho que estava só provocando um pouco o cliente, talvez para conhecê-lo melhor. Aquela história toda era muito estranha.

4

"Fui com Beatriz até o hospital e quando tive certeza de que ela não corria mais perigo voltei pro meu hotel. Não sabia ainda qual seria o desdobramento do caso e por isso preferi ficar ainda alguns dias sem aparecer na editora. Nunca mais a vi."

"E não soube se ela voltou pra casa, não teve curiosidade de saber?"

"Nem um pouco, André. Deve ter voltado. No hospital devem ter cuidado dela. E quando se recuperou deve ter ligado pro seu psiquiatra, o mesmo que lhe receitou os remédios. Retomei minha rotina. Poucos meses depois, a editora em que eu trabalhava foi comprada pelo Frieden. Aquilo foi um divisor de águas na minha vida. Meu chefe foi convidado a trabalhar na matriz do grupo, em Frankfurt, e me levou como seu assistente. Depois me transferi pra Nova York. Me casei, tive filhos. Gosto de trabalhar, e confesso que dei um pouco de sorte também. As coisas foram acontecendo e em menos de dez anos consegui ser o maior acionista do Frieden."

"Por isso você disse que Epifânio, Dexter e Aguilar eram *seus* autores."

"Exato."

∽

"E nunca mais teve notícias da Beatriz?"

"Faz dois anos, eu nem me lembrava mais que Beatriz existia, há dois anos comecei a receber cartas anônimas. Eu sabia que era ela."

"Sabia como?"

"O conteúdo era sempre o mesmo. Dizia que eu iria pagar pelo que fiz, que ela iria se vingar, me ameaçava de morte, coisas assim. E as cartas eram escritas a máquina, com a mesma fonte que eu já conhecia bem. Foram datilografadas na máquina em que ela datilografou o romance."

"Você tem essas cartas?"

"Sim. Mas não aqui, estão no meu apartamento, muito bem guardadas."

"E procurou a polícia?"

"Procurei. Eles disseram que iriam investigar. Dei o nome completo de Beatriz e a descrição física. A polícia americana entrou em contato com a Polícia Federal brasileira. E descobriram que uma mulher com aquele mesmo nome, e com a descrição física que eu dei, tinha sido vista pela última vez numa praia, na Ilha Grande. Beatriz gostava de mergulhar e costumava ir pra Ilha Grande. Uns pescadores disseram que a viram entrar no mar, num dia de ressaca. Um deles se lembra de ter pedido a ela que não fosse, era muito perigoso. Ela foi. E não voltou."

"Não encontraram o corpo?"

"Não. Foi dada como desaparecida. E depois de cinco anos foi considerada morta."

"Como a polícia teve certeza de que era ela a moça na praia?"

"Antes de entrar no mar ela deixou a mochila num quiosque, pedindo ao dono que a guardasse. Como não voltou, o dono abriu a mochila, pra ver se encontrava o contato de alguém pra quem pudesse ligar. Encontrou algumas roupas, toalha e uma carteira com um pouco de dinheiro e documentos, inclusive a identidade, com foto. Eram os documentos de Beatriz."

"Então não poderia ter sido ela a autora das cartas", falei, jogando um verde.

Ele perguntou se eu tinha cachaça em casa. Precisava de algo forte.

Ana tinha me dado de presente uma garrafa de Germana, que trouxera de Minas. Peguei na estante e servi uma dose ao meu futuro cliente (talvez).

Ele tomou um gole generoso e pediu mais um pouco. Depois tirou do bolso do paletó uma barra de chocolate.

"Aceitam?"

Fiz que não. O Gordo nem respondeu.

"Sou um chocólatra. Tenho mantido o controle, mas quando bebo algo mais forte, meus amigos, a vontade é incontrolável."

Ele comeu metade da barra, antes de continuar.

෴

"Claro que foi a Beatriz, André. Eu não tinha dúvida de que ela mesma tinha escrito e postado aquelas cartas. Essa morte só pode ter sido uma simulação. Não sei como ela fez isso, mas fez. Simulou a própria morte e depois mudou de identidade. E sumiu de casa, da cidade, talvez até do país. A polícia acreditava que era de fato ela a mergulhadora que desapareceu em Ilha Grande. E devia ser mesmo. Mas ela não morreu."

"Não é uma coisa fácil de fazer, simular a própria morte. Tem que ser tudo muito bem planejado."

"Ela era muito inteligente. Era não, é. Está viva ainda, e matando meus autores. Ela certamente planejou tudo, conhece bem esse universo dos crimes, simulações etc., é uma grande leitora de romances policiais e pesquisou essas coisas quando escreveu sobre Hammett."

"E a herança?"

"Como?"

"Ela era rica. A herança ficou pra quem? A polícia não investigou?"

"Não. O que acho compreensível. Era um caso complicado, envolvendo dois países, e de fato não havia nada de substancial contra Beatriz, apenas a minha suspeita. A polícia americana entendeu que já tinha feito o suficiente ao entrar em contato com a polícia brasileira. Não iriam continuar investigando se deixou herança pra alguém. Teriam que revirar cartórios e documentos de oito anos atrás, provavelmente a troco de nada."

"De onde vinham as cartas anônimas? De que cidade?"

"A primeira veio de São Paulo. Depois, de diferentes cidades da América Latina. A última foi do México."

"Essa última, você recebeu quando?"

"A tortura foi lenta. Tortura chinesa. As cartas chegavam a cada três meses, exatamente. Eu já ficava marcando o dia no calendário. E, claro, comecei a ficar nervoso, estressado, aquilo já estava afetando meu trabalho."

"Você ainda era assistente do seu chefe nessa época?"

"Não. Tive uma carreira meteórica. Quando recebi a primeira carta já chefiava meu departamento e era acionista da empresa. E só continuei subindo."

"Então, a última carta chegou quando?"

"Há oito meses."

"E aí ela sumiu."

"Foi. As cartas pararam de chegar. Esperei o terceiro mês e não veio nenhuma. Esperei mais três meses e nada. Ainda assim fiquei preocupado, claro. A demora poderia significar que ela havia sumido, talvez até morrido. Ou que estava tramando algo mais sério, pra me matar mesmo. Eu só andava com seguranças, até hoje é assim. Minha vida continuou muito bem, em termos profissionais e financeiros, mas minha paz acabou, a qualquer momento eu achava que poderia topar com essa maluca na rua e levar um tiro."

Percebi um ligeiro tremor na sua mão quando ele entornou mais um cálice de cachaça.

Fui encher um outro cálice, mas ele fez um sinal, dizendo que não queria.

༄

Tinha um probleminha naquele estranho relato do meu estranho cliente.

Victor Winner me olhou e acho que adivinhou meu pensamento.

"Onde entra a Ana nessa história. É nisso que você está pensando."

Não dei mole.

"Não, não é isso, mas já que tocou no assunto, queria mesmo saber."

"Vou contar tudo a vocês. Posso confiar em vocês?"

Não respondemos.

"Essa editora, de São Paulo. É minha, faz parte do grupo, mas não está no meu nome. Todo mundo lá dentro sabe que eu sou o chefe, mas no papel a editora não me pertence."

"Está no nome de um laranja."

Ele não disse nada.

⁂

"Então você é amigo da Ana?", o Gordo perguntou.

"Não diria que somos exatamente amigos. Estive com ela algumas vezes, em reuniões do departamento editorial. Desde a primeira reunião percebi que Ana é muito competente, uma das melhores na sua área. Inteligente, e com uma extrema habilidade no modo de lidar com os escritores, o que é um fator importante. Escritores são muito sensíveis, principalmente quando começam a fazer sucesso."

"Sensíveis ou vaidosos?"

"As duas coisas. Na verdade, mais vaidosos do que sensíveis. *Muito* vaidosos, eu diria. Ana e eu conversamos um pouco, ali mesmo na editora. Um café, fora do horário de trabalho."

Me mexi na cadeira.

"Não se preocupe", ele disse, percebendo meu movimento. "Não aconteceu nada, garanto a você."

"Sei disso", respondi, com fingida displicência.

"Ela é uma moça encantadora. Semana passada, quando tomávamos café, ela me disse que namorava um detetive particular. Não é todo dia que converso com a namorada de um detetive. Pedi que ela falasse um pouco sobre você mas ela não se estendeu muito, apenas falou que você era competente, que apesar de não ter muita experiência já solucionou casos bem complicados, e que tem um assistente genial, brilhante."

O Gordo não se manifestou. Ficou estático, como se nem tivesse ouvido. Mas por dentro devia estar dando um sorriso nada modesto.

"Quando ela me falou que seu assistente tinha um sebo, em cima do qual ficava o escritório, e que você e ele sabiam tudo sobre romance policial, conheciam todos os clássicos do gênero e mais alguma coisa, a ideia de procurá-los começou a se formar na minha cabeça."

"Você contou pra Ana a sua história?"

"Não, não. Só falei que gostaria de conversar com vocês. Ela perguntou por que e respondi que não poderia dizer, por enquanto. E pedi que ela mantivesse sigilo sobre esse assunto, não comentasse nada com ninguém, principalmente da editora."

"Não disse que você suspeitava que o autor dos crimes era uma mulher?"

"De forma alguma. Não poderia dizer isso sem contar toda a história."

"Ela me falou ao telefone que era uma mulher."

"Deve ter deduzido sozinha. Não falei nada."

∽

"Você disse que é casado", o Gordo falou.

"Sim."

"Sua mulher sabe que você teve esse envolvimento com a Beatriz?"

"Tive que contar. Quando as primeiras cartas chegaram, achei melhor contar. Precisava proteger minha família."

"E o que ela achou?"

"Ficou muito irritada, quis saber por que não contei antes, começou a dizer que eu tinha algum outro caso escondido."

"Se escondeu um, poderia estar escondendo outro."

"Foi o que ela pensou, chegou até a falar em separação. Mas não é verdade, não tive nem tenho caso nenhum. Sou um homem fiel."

"E onde eles estão agora, sua mulher e seus filhos? Em casa?"

"Não, não. Num lugar seguro. Não se preocupem com eles."

⁂

Perguntei, já sabendo a resposta:

"Você é o tal editor que o delegado citou na entrevista, que ligou pro Epifânio e pro Dexter pouco antes dos assassinatos?"

"Eu mesmo."

Inacreditável.

"Tenho tantas perguntas que nem sei direito por onde começar."

"Começa pegando mais cerveja. E não tem de garrafa não?", o Gordo disse.

Caprichei no meu olhar de *vai te catar, folgado*.

"O que você quer saber, André?"

"Fala a verdade, Victor. Você contou essa história toda pro delegado, não contou? O Almeida Salgueiro já sabe disso faz alguns dias."

"Não. Não contei."

"Por que não?"

"Tenho certeza de que é Beatriz quem está por trás dos assassinatos. As cartas, as referências a Hammett, e agora essa última pista, apontando pro romance *Mulher no escuro*. É lógico que é ela. Eu poderia, sim, ter contado à polícia. Mas preciso dizer a vocês: não confio na polícia. Não é só a brasileira, não confio em nenhuma polícia. Não sei até que ponto eles manteriam sigilo a respeito. A polícia envolve muita gente, não é só o delegado. Fiquei com receio de alguma parte da minha história, ou ela toda, vazar pra imprensa."

"E por que acha que com a gente não vazaria?"

Ele deu um risinho, de canto de lábios.

"Dois é mais fácil controlar."

Senti um arrepio correndo pela espinha.

Esse cara é perigoso, pensei comigo. Provavelmente estava armado, devia ter uma pistola na cintura, debaixo da camisa.

"Isso é uma ameaça?"

"Não. Ainda não."

5

"Vou aceitar sua cerveja, André. Me deu sede. Pode ser em lata mesmo", brincou, piscando para o Gordo.

Entendi que ele estava querendo ser simpático, depois de sugerir que estávamos sob seu controle.

"Por que você não quer que a sua história vaze?", perguntei. "Não seria melhor todo mundo saber da existência dessa mulher? Não seria mais fácil pegá-la se o país inteiro soubesse que ela existe?"

"Pra falar de Beatriz, vou precisar dizer por que ela vem matando esses autores. Vou ter que dizer que se trata de vingança contra mim. Entendem o que isso pode acarretar?"

"Mais ou menos", falei, depois de buscar a cerveja e deixá-la diante dele, na mesa.

Ele riu. Percebi certa irritação naquele sorriso.

"Não brinca comigo, André."

O Gordo se levantou, foi até a janela, voltou, deu uns passos na direção da cozinha. Estava tenso.

"Você sabe muito bem o que iria acontecer. Em primeiro lugar, as famílias dos escritores assassinados, a começar por aquela mulher histérica, a viúva do Epifânio, iriam vir com paus e pedras pra cima de mim, me acusando de ser responsável pelas mortes deles. Afinal, foram mortos por estarem trabalhando pra mim. Não que eu concorde com isso, estou dizendo o que essas pessoas iriam dizer."

Ele bebeu um pouco.

"E o pior: imaginem o pânico que se espalharia entre meus outros autores. Já pensaram, os escritores se perguntando: quem será o próximo?"

"Já devem estar fazendo isso."

"Sim, todos os escritores de autoajuda do Brasil, ou *no* Brasil, devem estar pensando nisso, mas ainda não sabem a verdade. Se meus autores soubessem que apenas eles são o alvo daquela psicopata, a coisa seria diferente. Seria muito pior. Pra mim e pra eles."

"E pros negócios", o Gordo completou, em pé, apoiado no encosto da cadeira.

"Claro."

"Você tinha a obrigação moral de avisar aos seus autores sobre o risco que estão correndo", falei.

Ele ficou sério de repente.

"A conversa está boa, a cerveja gelada, mas está ficando tarde. Vamos ao que interessa."

O Gordo voltou a sentar-se.

"Quero contratar vocês. Beatriz não é boba, conhece o método de trabalho da polícia. Mas nunca deve ter ouvido falar de vocês."

Aquilo não era exatamente um elogio.

"Vocês vão ser uma espécie de arma secreta. Um efeito surpresa."

De canto de olho, percebi que o Gordo tinha virado o rosto na minha direção. Preferi continuar com os olhos fixos em Victor Winner.

"Se ela quer ser essa mulher à sombra, no escuro, que seja. Vocês serão meus homens no escuro. O que acham disso?"

Permanecemos calados.

"Sei que vocês são competentes, pelo jeito que a Ana falou deu pra perceber isso. E agora que os conheço pessoalmente, só confirmei a hipótese. E além de competentes, são grandes conhecedores de literatura policial e, presumo, sabem tudo da vida e da obra de Hammett."

Abaixei a cabeça. Em que história maluca fui me meter, pensei comigo. Mais uma.

"Quero que vocês antecipem o que ela vai fazer agora. E a detenham o quanto antes. De qualquer modo. Até matando."

"Não matamos ninguém", o Gordo disse.

"Não me interessa como vão fazer. O importante é que façam. Beatriz está chegando muito perto, perto demais pro meu gosto. Vocês vão pegá-la. E serão muito bem recompensados por isso."

Ele tirou do bolso da camisa um pequeno bloco de anotações e apanhou uma caneta que eu havia deixado sobre a mesa. Escreveu alguma coisa no papel e o colocou diante de nós.

"É o suficiente?"

Li o que ele escreveu. Estava lá o número, com todos os zeros. Cem mil.

∾

"Razoável", falei, disfarçando o meu espanto. Cem mil reais!

"Bastante razoável!", o Gordo falou, arrasando com o meu disfarce.

"Só trabalhamos com adiantamento", falei.

O cara não se fez de rogado. Preencheu um cheque e me deu. Dez mil.

"O restante pra quando vocês colocarem as mãos na maluca."

Guardei o cheque na carteira.

"Algum dos seus autores é mulher?"

"Sim, tenho algumas autoras no grupo. Uma delas se chama Nicolle Legrand e está no Brasil, passando férias em Pernambuco. É francesa, casada com um brasileiro. Fala português e vem sempre aqui."

"Ela está sabendo dos assassinatos?"

"Quem não está? Sai todo dia na mídia. Falei com ela por telefone. Pedi que redobrasse os cuidados e mandei alguns dos meus homens a Recife. Nicolle está segura."

Será?, pensei comigo.

"Além disso, não creio que o recado escrito no espelho tenha a ver com a próxima vítima."

"Todos tinham. Por que esse fugiria à regra?"

"Porque ela está querendo confundir a polícia. Esse recado é diferente. Beatriz está falando diretamente pra mim. Está dizendo: agora você tem certeza de que sou eu, não tem? Estou chegando. Eu sou a mulher no escuro."

Talvez ele tivesse razão, mas eu achava que não. Era um duplo recado: apontava para a identidade da assassina e, ao mesmo tempo, para a próxima vítima. Preferi não dizer nada, depois conversaria sobre isso com o Gordo.

"Você tem uma foto da Beatriz?"

"Não. E se tivesse não adiantaria grande coisa. Ela deve andar disfarçada, não sairia por aí mostrando seu rosto verdadeiro depois de ter simulado a própria morte. Talvez tenha até feito plástica."

"Algum outro detalhe sobre ela que pudesse nos ajudar?"

Ele pensou um pouco.

"Acho que não. É uma mulher inteligente, sedutora – muito sedutora –, e sem nenhum escrúpulo. É uma doente. Não conseguiu chegar até mim, como queria, e então passou a matar meus autores, pra me prejudicar e me deixar com medo."

"E está conseguindo. Você está com medo", falei, estudando sua reação.

Victor não respondeu. Apenas ficou me olhando de volta, impassível.

Depois disse:

"Bom, tem uma outra coisa. Beatriz gostava muito dessa novela, *Woman in the dark*. Era o único livro de Hammett de que ela realmente gostava. Chegou a me dizer um dia que desconfiava que não era ele o verdadeiro autor, que ele deve ter comprado de alguém os originais e colocado seu nome na capa."

"Uau! Isso daria uma bela história. Um ghost-writer do Dashiell Hammett", o Gordo falou.

"Vocês certamente se lembram de como a história começa. Uma bela mulher, Luise, está perdida num lugar deserto, fora da estrada, à noite. Torceu o tornozelo quando perdeu um dos saltos do sapato e arranhou as mãos e os braços quando caiu no cascalho. Está um trapo, mas ainda assim não perde a dignidade. Mantém a postura altiva, entra na cabana de um desconhecido como se fosse uma deusa e do alto da sua elegância diz, com voz firme: sou Luise Fischer. Acho que Beatriz queria ser como Luise."

Sem esperar nossos comentários, ele se levantou e ajeitou o paletó. Me levantei também.

"Como podemos falar com você?", perguntei.

Winner anotou alguma coisa num pedaço de papel e me deu.

"Só vocês têm esse número."

Guardei na carteira.

"Nem preciso dizer que essa conversa deve ficar entre nós. Nada de polícia. Fui claro?"

Concordei, com um movimento de cabeça.

Ele caminhou devagar, até a porta.

"Aguardo notícias", falou, antes de sair.

Andou alguns passos pelo corredor, depois parou e se voltou para mim:

"Você sabe qual é o subtítulo de *Mulher no escuro*?"

"Não."

Nem lembrava que o romance tinha um subtítulo.

"*Um romance perigoso*", ele disse, entrando no elevador logo em seguida.

6

"Pra quem você está ligando?"
"Ana."
"Ficou maluco? Não ouviu o que o cara disse?"
"Ouvi, não sou surdo."
Ela não atendeu, devia estar dormindo. Liguei outra vez.
"Seu amiguinho acaba de sair daqui."
"Não é meu amiguinho", Ana falou, bocejando.
Pausa.
"O que ele disse? Contratou vocês?"
Fiz um breve resumo da nossa conversa.
"Não te falei que era uma mulher?"
"Como você sabia?"
"Intuição."
"Foi por causa do batom no espelho?"
"Talvez."
O Gordo me fez um sinal. Queria falar com Ana. Coloquei no viva-voz e passei o celular para ele.
"Princesa, precisamos de você."
"Eu sei."
"Você acha que o Victor está falando a verdade?"
"Sobre o quê?"
"Tudo."
"A história dele é muito louca. Mas nenhuma história envolvendo serial killer é normal. Ele pode estar falando a verdade, ou meia verdade, ou pode estar mentindo. Não dá pra saber ainda."
"E por que você acha que ele veio procurar justo a gente? Com toda a grana que tem, poderia ter contratado uma agência de detetives."

"Quem disse que ele não contratou?"

"Contratou?"

"Não sei, só estou dizendo que pode ter feito isso. Ele está assustado. Se não estivesse, não teria dado um cheque de dez mil pro André. Acho que o Victor está atirando pra todos os lados. A polícia já está no caso, fazendo o trabalho dela. Ele quer se cercar, quer mais gente atrás da assassina. Pode ter contratado detetives profissionais. E não custava nada contratar vocês também."

Me segurei.

"Desculpa, meu amor. Pra mim você é o melhor de todos. Você entendeu o que eu disse, não entendeu?"

Ela sabia que eu estava ouvindo.

"Ele entendeu", o Gordo falou. "Agora só me conta uma coisa, Ana. O que a maluca vai fazer?"

"Por que você acha que ela é maluca?"

Senti que o Gordo hesitava.

"E não é?", arriscou, sem muita firmeza.

Ana não respondeu de imediato.

"Você não pode pedir uns dias de folga e vir pro Rio amanhã?"

"Eu gostaria muito, André, você sabe disso. Mas o Victor vai desconfiar. Ele pediu pra vocês não contarem a ninguém e de repente, um dia depois de ele ter visitado vocês, peço uns dias de folga e vou pro Rio. Melhor ficar por aqui. Estou acompanhando tudo, e a gente pode conversar pelo telefone. No fim de semana eu vou."

Concordei.

"O que vocês vão fazer agora?"

"Dormir", o Gordo respondeu.

Ela riu.

"Não acho uma boa ideia. Vocês estão correndo contra o tempo."

"Tudo bem, eu durmo agora e o André trabalha. Depois revezamos. Não consigo raciocinar direito quando estou com sono. Minha massa cinzenta fica confusa, mistura sonho com realidade, um horror."

"Vai lá, vai dormir", falei.

"Não sem antes saber por que a Ana deu a entender que a maluca não é maluca."

"Só estou pensando em voz alta, Gordo", Ana respondeu. "Ainda não podemos acreditar completamente no Victor, ele pode ter inventado toda essa história, ou pelo menos parte dela."

"Mas inventado pra quê? O que ele ganharia com isso?"

"Não sei."

"A história dele faz sentido. Essa Beatriz pode ser mesmo uma escritora ressentida, uma autora de autoajuda que não deu certo, que não conseguiu publicar nem o primeiro livro. Então ela mata dois coelhos com uma paulada só. Aliás, mata mesmo, literalmente."

O Gordo riu da própria piada. Eu estava cansado demais para achar graça de qualquer coisa. Ele continuou:

"A maluca se vinga do canalha que a traiu e, ao mesmo tempo, se vinga dos escritores de autoajuda que ousaram fazer sucesso enquanto ela permanecia na sombra, no anonimato."

"Pode ser", Ana falou, entre um bocejo e outro.

"Vai dormir, minha bela. Depois voltamos a conversar."

"E você vai também, André", ela disse. "O Gordo está certo, amanhã vocês pensam no que fazer."

"Prefiro ficar acordado", falei, minutos antes de desabar no sofá.

7

Acordei com o celular tocando. Fui atender e vi que não era o meu. Passei por cima do Gordo, que dormia no chão, fui até a mesa e peguei o celular dele. Li na tela: Heleno.

"Toma", falei, dando umas sacudidas no meu amigo. "Vovô com saudades."

"Fala, comandante", o Gordo disse, a voz pastosa, de sono e ressaca.

Fui ao banheiro. Tomei um banho demorado.

Quando voltei à sala o Gordo digitava alguma coisa no meu laptop, aberto sobre a mesa.

"Você precisa parar de ficar colocando foto de mulher pelada na sua área de trabalho, André. Vai que a Ana descobre. Pega mal."

"Não tem nenhuma foto de mulher pelada aí."

Cheguei mais perto. Ele tinha entrado num site pornográfico.

"Olha essa. Será que elas fazem isso mesmo, sexo com animais? Ou isso não é um cavalo de verdade?"

"Deve ser montagem."

"Deve."

Ele viu mais algumas. Eu também.

"Sabe que eu preferia o tempo das revistinhas de sacanagem, André? Será que ainda existem?"

"Boa pergunta."

"Uma vez Clovis e eu ficamos vendo revistinha de sacanagem no táxi dele enquanto você investigava aquele cara na boate, lembra?"

Como esquecer?

"Vamos descer pra tomar café."

"Não tem nada em casa?"

"Nada."

"Nem pão de queijo congelado?"

Ele estava de onda comigo. Houve uma época em que eu comprava pão de queijo pronto na padaria e congelava. O Gordo não entendia que eu não queria colocar a massa no forno e esperar assar, queria o pão de queijo quente quando eu acordasse, então esquentava no micro-ondas.

"Aquilo era uma porcaria, André. Ficava borrachudo, horroroso."

"Por isso parei de fazer. E por isso não tem nada em casa pro café da manhã."

Ele foi ao banheiro, lavou o rosto e descemos até a padaria.

༄

A moça trouxe meu pão na chapa, cem gramas de pão de queijo e café duplo, sem açúcar.

"O que o Heleno queria com você?"

"Saber das novidades", o Gordo respondeu, encarando seu pão francês com ovo e presunto.

"A essa hora da manhã?"

"Eram dez horas quando ele ligou."

Olhei o relógio na parede. Meio-dia.

"Só isso? Saber das novidades?"

"Ele está querendo me dizer alguma coisa."

"Mas antes quer saber se temos alguma coisa a dizer pra ele."

"Hum hum", o Gordo concordou, mordendo com vontade seu sanduíche.

"O que vamos fazer com o Heleno, Gordo? Vamos contar pra ele?"

"Não era pra contar pra ninguém, mas você já contou."

"É diferente, a Ana é minha namorada. E não tem ligação com a polícia. E se a gente fala e o Heleno vai correndo contar pro Almeida Salgueiro? Não conhecemos esse Victor Winner, o cara pode ser perigoso."

"Se eu pedir, o Heleno mantém sigilo."

"Não é tão simples assim. Você está sendo fiel à sua amizade com o Heleno, não está escondendo nada dele, mas não esquece que ele também é amigo do Salgueiro. Já pensou no dilema de consciência?"

Ele ficou calado por um instante.

"Não tinha pensado nisso."

"Pois é, você vai acabar colocando seu amigo numa sinuca de bico. Se ele não conta pro delegado, está sendo bacana com você, mas um canalha com o amigo dele. E se conta, está sendo legal com o outro e aí o sacaneado é você. Profundo drama existencial, meu caro, profundo."

O Gordo comeu mais um pouco, meditando.

"Vamos abrir o jogo com ele, André, não temos outra escolha. Não dá pra esconder uma coisa dessas do Heleno. Vai ficar muito esquisito, ele vai acabar descobrindo que estamos mentindo."

"Podemos dispensar os seus serviços."

"Dispensar o Heleno? Sem nenhum motivo?"

"Você consegue achar um motivo."

"Não, ele iria achar estranho. E eu não me sentiria bem fazendo isso, não seria uma coisa legal."

"É, tem razão."

"Já sei como falar com ele."

"Precisamos deixar claro o risco que estamos correndo se ele der com a língua nos dentes e a polícia ficar sabendo. É nossa segurança que está em jogo."

"Deixa comigo, André."

Pedi a conta.

"E, olha só, antes de contar pro Heleno o que sabemos, tenta descobrir o que *ele* sabe."

O Gordo pegou o celular.

Fui ao banheiro. Na volta ele me disse:

"Fechei com o Heleno. Às cinco horas, na livraria."

∽

Eu estava no meu escritório quando Heleno chegou, às cinco em ponto. Desci e dei de cara com o Gordo, em pé, atrás do balcão, no fundo da livraria. Escrevia na sua lousa, com giz branco. Heleno o observava, quieto.

"Não me interrompam, estou trabalhando", disse, estendendo a palma da mão esquerda, sem olhar para cima.

Esperamos.

"O que acham?"

Ele pegou a lousa e virou para a gente. Estava escrito:

*Há em cada adolescente um mundo encoberto,
um almirante e um sol de outubro.*

Volte amanhã. Vou lhe apresentar o autor dessa frase.

"Machado de Assis. *Dom Casmurro*", Heleno disse, de primeira.

"Caramba, como é que você sabe? Não é uma frase tão conhecida assim."

"Gordo, eu li *Dom Casmurro* várias vezes, sei alguns diálogos de cor. Essa passagem está no capítulo em que Bentinho acaba de beijar Capitu pela primeira vez e, quando se encontra sozinho no quarto, diante do espelho, diz pra si mesmo: sou homem!"

"É isso mesmo. Eles são adolescentes ainda."

"Belíssimo. 'Há em cada adolescente um mundo encoberto, um almirante e um sol de outubro.' Belíssimo!"

8

Enquanto caminhávamos pela Lavradio, na direção do Bar Brasil, conversamos amenidades. Ninguém queria tocar no assunto principal antes de estarmos os três devidamente instalados numa mesa, com três chopes tirados no capricho postados à nossa frente.

No caminho o Valdo Gomes ligou. Precisava falar comigo, com urgência. E não poderia ser por telefone. Pedi que nos encontrasse no Bar Brasil.

Não estava cheio quando chegamos. O bar tem o formato de um L, com duas entradas, uma pela Lavradio e outra pela Mem de Sá. Entramos pela primeira e nos sentamos numa mesa colada à parede.

À nossa frente, três mulheres, na faixa dos quarenta anos, conversavam, bastante animadas. Bonitas. Mais adiante um casal tomava vinho, em silêncio. Pouco depois de chegarmos, um cara sentou à mesa ao lado da nossa. Devia ter uns quarenta anos, boa aparência, de óculos. Fez o pedido ao garçom e abriu um jornal.

"Nem vou dizer que vocês não deveriam beber hoje, depois do porre de ontem", Heleno falou, enquanto os chopes eram colocados sobre a mesa.

"Você bebeu tanto quanto a gente ontem", falei.

"Não, porque vocês continuaram à noite, eu sei disso."

"Sabe como?"

"Quando liguei hoje de manhã, o Gordo me falou que estava no seu apartamento. Só pode ter dormido lá. E vocês não passaram a noite jogando xadrez, suponho."

O Gordo brindou com Heleno.

"Dedução brilhante."

Não contestei.

Fiquei esperando o Gordo começar a conversa.

"E aí, o que você tem pra gente?", o Gordo perguntou, sem a menor sutileza.

Deixa comigo, ele tinha dito naquela manhã mesmo, como se tivesse um plano infalível para tirar informações do Heleno. Tinha nada.

Heleno bebeu um gole do chope. Bebeu com vontade. Depois olhou para mim e, em seguida, para o Gordo.

"Vocês não têm nada pra me contar?"

Ele já sabia.

Mas como ficou sabendo? O olhar do Gordo me dizia que não, não tinha sido ele.

Não precisei de muito tempo para entender.

"Vou te dizer o que está acontecendo e você me interrompe se eu estiver errado", falei.

"Vamos lá", Heleno disse, matando o chope.

Estava com sede o velhinho.

"Victor procurou o delegado, contando a sua história. A tal ex-namorada, que nunca conseguiu publicar um livro etc. A traição e não sei mais o quê. Ela quer se vingar dele blá-blá-blá."

Ele levantou a mão, como que pedindo licença para me interromper.

Fiz que sim.

"Dá pra falar sem ficar pulando página? Você não lê desse jeito, lê?"

O Gordo riu.

Continuei.

"Aí a namorada fantasma-zumbi ressuscita pra matar as galinhas dos ovos de ouro do grande vilão blá-blá-blá. O grande vilão na verdade é uma vítima da ex-namorada, atual zumbi serial killer de escritores de autoajuda blá-blá-blá. O Victor procura o delegado e conta toda a história. Não satisfeito, sai contratando detetives pra cercar a zumbi fodona etc., pedindo sigilo absoluto."

Respirei, bebi um pouco. Heleno me olhava sério. Seu senso de humor se esgotara no primeiro chope.

Continuei:

"Desde que deu seu depoimento na polícia, contando toda a lenga-lenga, Victor está sendo seguido, dia e noite, sem saber, por homens do nosso herói, delegado Almeida Salgueiro. No capítulo de ontem, os asseclas do delegado ligam pra ele, informando da visita, altas horas da noite, a certo prédio em Copacabana. O delegado sabe quem mora lá, uma reles, dura, tudida dupla de detetives que nem escritório direito tem porque funciona na casa do pé-rapado Gordo, que fica em cima de uma livraria de livros usados, comércio do qual sobrevive o dito-cujo."

O Gordo fez um sinal para que eu me acalmasse. Eu não estava nervoso.

"O herói delegado Almeida Salgueiro não entende por que Victor Winner foi procurar justamente aquela dupla ridícula. Mas sabe quem eles são, onde moram, o que fazem. E pra montar o quebra-cabeça liga pro seu fiel escudeiro, Heleno, e diz: ô Heleno, descobre lá o que está acontecendo, chega junto dos caras e pergunta o que o Victor foi fazer no apartamento do pé-rapado do André. Depois vem correndo me contar que te dou dois torrões de açúcar."

"Assim você me ofende, André."

"Resumo da ópera: Victor está mentindo, você está mentindo, e o Almeida Salgueiro, se estivesse falando com a gente, estaria mentindo também."

"Não menti pra vocês."

Quando o garçom se aproximou, o Gordo pediu mais chopes.

"E por que esse joguinho de cena que você fez, agora há pouco, como se a gente estivesse escondendo alguma coisa quando você é que está escondendo coisas da gente?"

"Já disse que não estou mentindo. Não estou escondendo nada."

"Desde quando você sabia do Victor Winner?"

"Soube quando vocês souberam também, pelos jornais. Lembra da notícia de que o Salgueiro tinha interrogado um editor?

Era só isso o que eu sabia. Não sabia que era o Victor, nem desconfiava da existência desse tal de Victor. Hoje de manhã, bem cedo, o Salgueiro me ligou, me chamando na delegacia. E aí me contou toda a verdade. Só fiquei sabendo hoje. E logo depois liguei pro Gordo, fiquei preocupado com vocês."

"Por que o Victor mentiu pra gente, dizendo que não havia contado nada pra polícia? E ainda pediu sigilo absoluto!"

"Ele não quer que a história vaze. Dizer que só vocês conheciam a verdade era uma forma de pressionar vocês a não contar pra ninguém. Ele fez a mesma coisa com o Salgueiro, disse que só ele conhecia a verdade, pediu que a conversa fosse a sós, na sala do delegado. E, da mesma forma que quis assustar vocês, com ameaça velada, também ameaçou o Salgueiro."

"Ameaçou como?"

"Esse Victor é um homem poderoso. Um milionário com contatos importantes na política. Com um mero telefonema, poderia complicar a carreira do meu amigo."

∽

O Gordo pediu um petisco: frango defumado a passarinho. Me lembrei de que não tinha almoçado e de repente fiquei com fome. Acrescentei ao pedido uma porção de minissalsichas alemãs, com mostarda escura.

"Você ainda não me respondeu. Por que insinuou que estávamos escondendo alguma coisa? Agora há pouco, por que fez isso?"

"Foi uma bobagem, André, não leva as coisas tão a sério. Estamos no mesmo barco, tudo o que eu sei conto pra vocês. Foi só uma brincadeira. Senti que vocês estavam tensos, quis fazer um joguinho. Mas tem razão, foi sem propósito, fora de hora, desculpem."

Do jeito que Heleno estava bebendo, iria ficar bêbado logo, pensei comigo.

"O Salgueiro mandou mesmo alguém seguir o Victor?"

"Qualquer delegado experiente faria a mesma coisa, Gordo. Salgueiro percebeu que não adiantava pressionar o Victor. Ouviu o seu depoimento, investigou o que foi possível, a história dele na editora, a mudança pra Alemanha e depois pros Estados Unidos, investigou tudo. É verdade o que ele contou. Menos, claro, o que de fato aconteceu entre ele e a ex-namorada, isso não dá pra saber, é só a palavra dele. O Salgueiro liberou o Victor e colocou alguém pra segui-lo de perto, ver o que ele estava fazendo."

"E o que ele andou fazendo, além de ir ao meu apartamento àquela hora da noite?"

Fiquei com a impressão de estar falando alto demais. De relance pude perceber que o sujeito da mesa ao lado estava olhando para mim, quem sabe me repreendendo por não deixar que lesse em paz o seu jornal.

Bebi o chope e olhei para ele. Reparei que sobre a mesa havia também dois livros, um sobre o outro. Devia ser um daqueles solitários que andam pelos bares bebendo e lendo, apenas isso, sem o intuito de encontrar algum amigo ou paquerar uma mulher. Gosto de caras assim, não sei por que, gosto e pronto.

"O Salgueiro me ligou hoje de manhã e só me contou o que acabo de contar a vocês."

Talvez fosse a noite maldormida, o cansaço, não sei, o certo é que eu estava desconfiado do Heleno. E não conseguia esconder isso.

၍

Baixou um silêncio na mesa. Pesado.

"Vocês iam me contar do Victor, que ele visitou vocês ontem à noite e revelou essas coisas todas, da ex-namorada serial killer?"

"Claro", o Gordo respondeu.

Novo silêncio.

"Vocês são uns garotos bacanas. Muito bacanas mesmo."

Seus olhos estavam úmidos ou era impressão minha?

O Gordo pegou a mochila e de dentro retirou um livro, que colocou sobre a mesa, em frente ao Heleno.

Heleno ficou um tempinho com os olhos no livro, sem entender direito o que estava acontecendo.

"Um presente pra você. Em nome da nossa amizade."

Era um exemplar usado de *Ficções*, do Borges.

Ele pegou o livro e ficou passando a mão suavemente pela capa, como se estivesse fazendo um carinho.

"Poxa, muito obrigado, Gordo."

"Se chorar paga a conta", falei, antes que ele chorasse de verdade.

Heleno riu.

Folheando o livro, viu que tinha uma página marcada com um desses papeizinhos colantes, coloridos. Abriu nessa página.

"'O jardim de caminhos que se bifurcam'", leu.

"Gosto muito desse conto. Achei que você fosse gostar também."

Entendi que o Gordo estava mandando um recado para o Heleno. Restava saber se ele tinha entendido. Ou se entenderia mais tarde.

"É um conto policial. Quer dizer, mais ou menos."

"Não sabia que o Borges tinha escrito conto policial."

"Escreveu alguns. 'A morte e a bússola' é o meu preferido. E criou um detetive, em parceria com Bioy Casares. Dom Isidro Parodi é o nome dele. É um cara que era inocente e acabou sendo preso assim mesmo. E de dentro da cadeia ele ajuda o delegado e outras pessoas a investigar os crimes na cidade. É um detetive detento, se podemos chamar assim. Aparece no livro *Seis problemas para Dom Isidro Parodi*, assinado por Borges e Bioy Casares."

"Vou ler."

Ele pegou o livro e guardou numa bolsa de couro, bem surrada, que usava a tiracolo. Ninguém mais usava bolsas como aquela. Só mesmo o Heleno. Continuava desconfiado dele, mas no fundo gostava do velhinho. Devia ser cisma, coisas da minha cabeça.

"Também tenho um presente pra você. Pra vocês dois."

"Uma informação", o Gordo falou.

O garçom trouxe os petiscos. Ataquei as salsichas.

"Uma informação quente."

Eu e o Gordo chegamos mais perto dele. Era ridículo aquilo, como se tivéssemos que falar baixinho porque alguém no bar não pudesse ouvir. Mas foi o que fizemos, e o Heleno falou, quase sussurrando:

"O Salgueiro está apostando todas as fichas que o próximo alvo vai ser uma escritora americana, Kate Flower."

"Eu sei quem é. Está na minha lista", o Gordo sussurrou de volta.

"Você tem uma lista?", perguntei.

"Lógico. Eu trabalho."

Voltei a me recostar na cadeira e a falar normal. Eles se tocaram e fizeram o mesmo.

"Não estavam achando que era a Nicolle, a francesa que está de férias em Recife?"

"Seria um alvo muito óbvio. E ela está cercada de seguranças, inclusive do Victor. A assassina certamente sabe disso."

"E essa americana, quem é?"

O Gordo tirou do bolso um caderno, todo amassado.

"É uma feminista, que arrebentou nos Estados Unidos com o livro *Abaixa esse pau: guia de sobrevivência da mulher na selva dos homens*."

"Você não pode estar falando sério. *Abaixa esse pau*?"

"Não é brincadeira. Foi uma jogada de alto risco da editora americana, que, aliás, pertence ao grupo Frieden. Livros de autoajuda tentam agradar a todos, claro, e esse título poderia afastar o interesse dos homens. E de muitas mulheres também, suponho. Mas deu certo. Vendeu milhões de exemplares lá e foi traduzido em várias línguas. E sabe por que fez sucesso?"

"Não, mas você vai me dizer."

"Porque foi combatido tanto por entidades conservadoras, moralistas, como pelas próprias feministas, que entenderam o livro como um desserviço à causa. O livro, pelo que li, é uma banalização das conquistas do movimento feminista, um achincalhe com tudo o que elas conquistaram numa sociedade machista. E aí a galera, que não quer nem saber desse papo-cabeça, ficou foi mais curiosa ainda. A polêmica, mais uma vez, serviu de mídia poderosa. Além disso, pelos trechos que a editora divulgou, dá pra ver que o livro tem todos os chavões do gênero. No final das contas, não propõe nada de novo na velha relação entre Adão e Eva."

"E o Victor não sabia disso, que uma das suas autoras estaria no Brasil e poderia ser a próxima vítima?"

Heleno respondeu:

"Sabia sim. A viagem de lançamento do livro dela no Brasil estava agendada faz alguns meses e o Victor mandou suspender. Mas depois houve uma reunião com os diretores do Frieden e eles acharam que seria melhor não cancelar. O cancelamento só daria mais visibilidade pra serial killer e isso é tudo o que ela quer. Acharam melhor manter o lançamento e reforçar a segurança."

"Resolveram desafiar a moça", o Gordo comentou. "Isso não é nada bom."

9

"Quem será que escolhe os títulos desses livros?"

Ignoraram minha pergunta.

"Quando essa Kate Flower chega ao Brasil, Heleno?", o Gordo perguntou.

"Já chegou. Ontem. Vai fazer o lançamento em São Paulo amanhã e depois vem pro Rio."

"São Paulo? Em que hotel ela está? E onde vai ser o lançamento?"

"Não tenho a mínima ideia, André."

"A diva deu uma entrevista hoje. Querem ler?"

"Lê você."

Enquanto o Gordo lia a entrevista, mandei mensagem para a Ana, pedindo que pesquisasse onde seria o lançamento e em que hotel a escritora estava hospedada.

Ela respondeu dizendo que iria ao lançamento. Sob protesto. Ana odiava esse tipo de coisa, achava tudo falso demais.

Pedi que tomasse cuidado. Na verdade, achava pouco provável que a assassina tentasse alguma coisa numa livraria, com tanta gente em volta e a segurança reforçada. De todo modo, pedi que não se descuidasse. A moça, como disse o Gordo, era perigosa.

"Alguma coisa interessante?", perguntei a ele, que ainda lia a entrevista.

Ele terminou de ler.

"Qual o feminino de canastrão?"

"Canastrona? Canastrã? Canastriz?", Heleno disse, a voz já meio enrolada.

"Canastriz não pode ser", o Gordo continuou, "mas até que faz sentido. Toda canastrã, ou canastrona, é um pouco atriz."

"Atriz ruim", completei, dando corda.

"Sem dúvida."

"Afinal de contas, tem ou não tem alguma coisa nessa porcaria?"

"A mulher é uma canastrona, uma canastronaça!"

"Chega. A língua portuguesa agradece."

"A repórter perguntou se existiria de fato uma escrita feminina. Ela respondeu, abre aspas: 'Claro que existe. Uma mulher jamais escreve como um homem. Vocês têm uma grande escritora aqui, a Clarice Lispector. Hoje mesmo uma fã brasileira me mandou uma mensagem, uma citação de Clarice Lispector. Diz o seguinte: *valorize apenas quem te ama. Quanto ao resto, bem, ninguém nunca precisou de restos para ser feliz*. Não é maravilhoso? Algum homem escreveria algo assim, tão profundo e ao mesmo tempo tão poético?'"

"A Clarice jamais escreveria uma droga dessas."

"A tal fã brasileira recebeu isso de alguém nas redes sociais e mandou pra Kate Flower, grande entendedora da alma feminina. E de literatura brasileira. E ela saiu citando na primeira entrevista que deu. E tem mais, você não vai acreditar."

"Manda."

"Ela falou que adoraria conhecer pessoalmente a Clarice Lispector."

"Não, ela não falou isso."

"Está escrito aqui, pode ver."

Fiz um gesto, afastando o celular.

"E ninguém disse a ela que a Clarice morreu?"

"A repórter falou, logo em seguida."

"E aí?"

"Kate respondeu: 'Sério?! Que pena. Gostaria de ter conhecido a Lispector pessoalmente. Mas o que vale é a obra, não a vida.'"

"Posso vomitar na mesa?"

Heleno não parecia estar compartilhando da nossa brilhante conversa sobre a entrevista de Kate Flower. Olhava para fora do bar, com uma expressão um tanto melancólica.

O Gordo também percebeu.

"Tudo bem, meu amigo?", disse, colocando sua mão sobre a mão do Heleno.

"Tudo", ele respondeu, continuando a olhar para a rua lá fora. Depois matou o chope e pediu mais um.

"Vai devagar."

Ele deu um suspiro, profundo.

"Acho que nunca vou me acostumar com essas coisas."

"Que coisas?"

"Esse mundo de hoje, esses escritores aí. Na minha época não tinha isso."

"Tinha sim, Heleno", respondi, "você é que não via. Dia desses, pesquisando o tema, descobri que os primeiros livros de autoajuda foram publicados nos Estados Unidos nos anos 30".

"Na mesma época em que Hammett escrevia?"

"Exatamente. Pra você ver como é a vida. Dashiell Hammett e Dale Carnegie, o cara que escreveu *Como fazer amigos e influenciar pessoas*, Hammett e Carnegie fizeram sucesso na mesma época."

Heleno abaixou a cabeça.

"É, pode ser que eu não visse mesmo. Estava preocupado com o meu trabalho, minha família."

"Não é só isso", o Gordo completou. "Na sua época, se você quisesse ler livros assim, teria que ir atrás deles. Hoje, eles é que vêm atrás de você. Em caravana."

Foi quando o Valdo Gomes chegou, esbaforido e pedindo desculpas pela demora.

Havíamos combinado de não contar a ele as últimas novidades. Pelo menos não por enquanto. Era nosso parceiro, mas seria arriscado envolver mais alguém nessa história. Poderia ser perigoso para o próprio Valdo. O Almeida Salgueiro era delegado, o Heleno, ex-delegado, eu e o Gordo sabíamos nos defender, estávamos acostumados com coisas assim, mas ele não. Não seria correto da nossa parte, foi o que pensamos.

Ele e o Heleno não se conheciam. Fiz as apresentações. Valdo me pareceu um pouco constrangido, acho que não esperava encontrar ninguém além de mim e do Gordo.

"O Heleno é ex-delegado e está ajudando a gente no caso."

Só então ele se sentou. Pediu uma água, sem gás. E deu uma olhada de leve para o Heleno.

"Aqui é todo mundo de confiança."

☙

Valdo Gomes bebeu metade da água de uma vez.

"Estive pensando no recado que o assassino deixou no espelho."

"Valdo, precisamos te contar uma coisa", o Gordo começou dizendo.

Putz.

"Não, não precisamos nada", interrompi.

"Ele é nosso parceiro, André."

"O que vocês precisam me contar?"

Eu estava puto.

"Que foi que a gente combinou, Gordo?"

"Eu sei, mas mudei de ideia. Ele precisa saber. Só pode nos ajudar de verdade se souber que é uma mulher que está por trás desses crimes."

"Uma mulher? Uma assassina?"

"Uma serial killer de escritores de autoajuda."

Ele não pareceu muito surpreso.

"Eu já desconfiava."

"Como assim, desconfiava por quê? Vai me dizer que foi por causa do batom no espelho", falei.

"Não, não foi por isso. Achei estranho a pista ser *Mulher no escuro*. Não é dos livros mais conhecidos de Hammett, não chega nem perto da repercussão que teve *O falcão maltês* ou *A ceia dos acusados*, por exemplo. Não chegou a passar despercebido, virou até filme, mas permaneceu ele mesmo meio 'no escuro', dentro do conjunto da obra de Hammett. Na minha opinião, não teve a recepção que merecia."

"É verdade que esse romance tem um subtítulo?"

"Tem. *Um romance perigoso*."

"Acho que eu não sabia disso. Ou não me lembrava."

"Na versão brasileira não aparece. Sei que existe por causa da introdução, do Robert Parker. Ele faz menção ao subtítulo."

"Eu pesquisei", o Gordo disse. "Em inglês é *A novel of dangerous romance*."

"É talvez a história mais próxima de algo romântico que Hammett escreveu", continuou Valdo Gomes. "Não por acaso, foi escrita dois anos depois de ele ter começado seu relacionamento com Lillian Hellmann. Tudo bem, a pista pode apontar para a próxima vítima, pode não, aponta mesmo, mas é também uma pista sobre o autor, ou autora, dos crimes. Quando soube que a pista era essa, pensei comigo: é uma mulher."

"Não é um argumento muito convincente", rebati.

"Mas foi o que eu pensei."

"E no que mais você pensou?"

Ele virou o copo de uma vez. Estava com sede, talvez pela ansiedade.

"Vocês leram o recado que a assassina deixou do mesmo modo que eu li. É um duplo recado, aponta ao mesmo tempo para a próxima vítima e para a autoria do crime, ou dos crimes. Noutras palavras, está querendo dizer: são duas mulheres em cena, uma é a vítima, a outra, a assassina. A questão é: como saber qual a relação que essas duas mulheres podem ter com o romance do Hammett?"

"Em relação à autoria do crime, achamos que tem a ver com o fato de ser uma mulher que se esconde, que não conseguimos pegar, ou seja, não conseguimos *ver*. Uma mulher no escuro", o Gordo falou.

Fiz um sinal para que não continuasse e o Gordo entendeu. Bastava o Valdo Gomes saber que se tratava de uma mulher, e isso já era informação demais.

"Hammett deixou alguns rascunhos, histórias inacabadas. Uma delas era um romance passado no futuro", Valdo Gomes continuou.

"Ficção científica? Ele queria escrever uma ficção científica?", Heleno perguntou, e pela voz percebi que já era hora de ele parar de beber.

Pedi um guaraná e coloquei ao lado do seu chope. Ele entendeu, matou o chope e não bebeu mais até o final da noite, que não seria muito longa, pelas minhas previsões. Eu, pelo menos, estava cansado e iria para casa assim que terminasse a conversa com o Valdo Gomes.

"Não chegava a ser ficção científica. Na verdade, não fica muito claro se a história se passa no futuro, parece que sim. Sei que Hammett deixou vários projetos de livros que nunca chegou a escrever. Além desse romance, tinha um outro, de um pistoleiro, e até uma história de terror, uma espécie de reescritura do *Frankenstein*. Mas eu estava falando do tal romance, que iria se chamar *The secret emperor. O imperador secreto*. É a história de um cara de cinquenta anos, Seth Gusman, cujo sonho é ser presidente dos Estados Unidos. É poderoso, milionário, mas não pode se candidatar, por algum impedimento, não lembro qual. Então decide que vai ser nada mais, nada menos que Imperador dos Estados Unidos. E durante quinze anos vai subornando políticos e usando uma rede de agências de detetives pra conseguir transformar os Estados Unidos num Império e ser ele mesmo o primeiro Imperador."

"Meio maluca essa história", Heleno comentou.

"É só um esboço. Esse cara é o bandido. O mocinho é um detetive, de trinta e cinco anos, Elfinstone, que no romance seria algo como a maior inteligência do seu tempo, nas palavras do próprio Hammett. Mas o importante é o seguinte: a mulher do vilão se chamava Tamar Gutman."

Ele ficou com uma expressão engraçada no rosto, como se tivesse feito uma grande revelação e esperasse um oh! da sua atenta plateia.

Ficamos olhando para a cara dele, em silêncio.

"Claro, vocês não podem entender, não ainda. Desculpem, não estou sendo claro."

"Até agora estava sendo sim, só não deu pra adivinhar o que é tão importante no fato de o sujeito do romance não escrito do Hammett ter uma mulher chamada Tamar Gutman", falei.

Ele pediu outra água.

"Sempre fui fascinado por esse romance não escrito. Não sei exatamente por que, a trama talvez nem seja tão interessante assim, mas a ideia me pegou de tal maneira que de tempos em tempos pensava nessa história, de uma conspiração pra transformar os Estados Unidos num Império. Um romance detetivesco, político, romântico. E já que estamos entre amigos, confesso a vocês que durante alguns anos alimentei o sonho, ou devaneio, a aventura de um dia..."

Silêncio.

"Deixa pra lá", ele concluiu.

"De um dia escrever o romance", o Gordo disse. "Você escreveria como se fosse o Hammett escrevendo um romance que ele nunca escreveu."

"É. Foi isso. Acho que vou precisar de um chope, vodca, cachaça, qualquer coisa com álcool dentro."

Pediu um chope. Depois disse:

"Seria bom se alguém fizesse isso um dia, algum escritor de talento. Seria um projeto fascinante."

∽

"E Tamar Gutman?", perguntei, tentando trazê-lo de volta ao mundo real. Alfaiates também viajam.

"Quando soube das informações sobre o último assassinato, do escritor argentino, na boate, comecei a fazer uma investigação, ou melhor, uma pesquisa por conta própria. Encontrei na internet um site do Frieden, em alemão e inglês. Não sei bulhufas de alemão, mas leio com facilidade em inglês. No site vem a foto e um perfil biográfico dos principais autores que publicam por editoras do grupo, espalhadas mundo afora. Principais significa dizer: os que vendem mais."

"Lógico", Heleno comentou, com amarga ironia.

Eu havia descoberto um sujeito que detesta livros de autoajuda mais do que eu e o Gordo. E ele estava ali, ao meu lado, bebendo refrigerante depois de ter tomado todas.

"Entrei no perfil das escritoras. Qualquer outro, no meu lugar, teria passado batido por uma escritora brasileira, de Porto Alegre, autora de um único livro até o momento. Um livro que nem fez muito sucesso, não sei exatamente por que estava no site do Frieden."

"Jovem?", o Gordo perguntou.

"Vinte e quatro anos."

"Bonita?"

"Bastante."

"Qual o título do livro?"

"*Se você pode eu também posso e aí é que eu quero ver.*"

"Vem cá, tem algum profissional de mente brilhante, um gênio qualquer dentro das editoras contratado só pra escolher os títulos dos livros?"

"Pior é que tem, André. Não só pra isso, mas tem gente do editorial que pesquisa o assunto e muda os títulos dos originais pra ajustar melhor o livro ao mercado", o Gordo mesmo respondeu.

"Pelo que li no site, é uma espécie de guia de comportamento para o chamado leitor jovem adulto."

"Que merda é essa, jovem adulto?", Heleno resmungou.

"Um filão editorial descoberto, ou inventado, pelos americanos. O leitor YA. Young Adult. Jovem Adulto. São esses garotos, normalmente entre dezoito e vinte e cinco anos, que consomem Harry Potter, livros de vampiro, fantasia, terror, coisas assim, sempre com uma história de amor ao fundo."

"Está explicado por que estão investindo na moça e até colocando o perfil dela no site", comentei. "É um nicho importante do mercado e podem apelar para a juventude e beleza da autora. Tem tempo que foi lançado esse livro?"

"Não, algumas semanas só."

"Então, eles ainda estão investindo na garota. Esses caras raramente perdem dinheiro."

"Certo", Valdo Gomes continuou, com um brilho nos olhos. "Agora, ela ainda é uma mulher à sombra, concordam? Ainda não está sob a luz dos holofotes, é uma mulher no escuro, entenderam?"

Não precisávamos responder. Era uma pergunta retórica.

"E o que isso, afinal de contas, tem a ver com o romance não escrito do Hammett?, vocês estão se perguntando."

Eu não estava me perguntando nada. Estava era exausto e morrendo de sono.

"Pois escutem só o que vou dizer. Sabem qual é o nome da jovem escritora, jovem adulta escritora?"

Silêncio.

"Anotem aí. O nome dela é Marta. Marta Gutman."

10

Pensei ter ouvido alguém rindo na mesa ao lado. Não, o sujeito estava sério, bebendo seu chope e lendo um livro.

"Acho que já sei qual é a sua hipótese, Valdo, mas prefiro ouvir dos seus próprios lábios", o Gordo disse.

"Vocês estão curtindo comigo. Me despenquei de casa, cheio de trabalho, só pra ser motivo de chacota dos meus amigos detetives. Melhor ir embora", ele disse, fazendo um movimento para se levantar.

Peguei no seu braço e pedi que ficasse. O Gordo se desculpou.

Aos poucos Valdo Gomes foi recobrando o entusiasmo inicial.

"Se estivermos certos na nossa leitura, a próxima vítima será uma mulher. Mas não qualquer mulher. Uma mulher jovem, que ainda não alcançou a fama, que só publicou um livro, uma mulher no escuro. E que tem o mesmo sobrenome de uma personagem do Hammett que, por sua vez, nunca apareceu em livro, ficou só no rascunho, quer dizer, ficou também no escuro. Será que é muito absurda a minha hipótese?"

Pior é que não, pensei comigo, começando a achar que a hipótese do Valdo Gomes fazia algum sentido. Se essa Marta Gutman era jovem, bonita, e promissora no ramo da literatura de autoajuda, bem poderia ser uma vítima da assassina, no seu plano de ir tirando a fonte de renda de Victor Winner.

Ele continuou, agora com gestos teatrais, parecia que estava num palco.

"Enquanto a polícia, os detetives particulares, os, sei lá, caçadores de recompensas, enquanto está todo mundo fazendo a segurança da Nicolle Legrand em Recife, ou de sei-lá-mais-quem, a assassina está tramando a morte de uma ilustre desconhecida."

Ilustre desconhecida do público em geral, mas não do Victor, concluí com meus botões. O que dava mais força à suposição do Valdo Gomes.

"Alguém precisa avisar essa menina", ele falou.

"Que menina?", Heleno resmungou, meio sonado.

"Vocês têm contato com a polícia, não têm?"

"Com o delegado encarregado do caso, o Almeida Salgueiro."

"Então liguem pra ele o mais rápido possível. Marta Gutman está correndo um grande risco, precisa de proteção, urgente."

Ele se levantou e ia deixando uma grana sobre a mesa. O Gordo fez um gesto, dizendo que não precisava.

"Já vai?"

"Preciso ir, André, tenho muito trabalho no ateliê. Só vim mesmo porque achei importante falar sobre essa hipótese com vocês. A escritora está em perigo, vocês não podem perder tempo."

"Tem razão. Valeu mesmo", falei, dando um abraço nele.

ᘛ

Depois que ele saiu o Gordo disse:

"O Valdo está certo. Precisamos avisar o Almeida Salgueiro."

"Você por acaso tem o telefone dele?"

"Não."

"Nem eu."

"Podemos ir até a delegacia."

"Não acho uma boa ideia. E ele pode não estar lá a essa hora."

Olhei para o Heleno, que dormia sentado.

"O cara nem bebeu tanto assim. Achei que fosse mais forte", falei.

"Deve estar tenso. Tem gente que não pode beber quando está tenso. O álcool sobe rápido, com um mero barril de chope já fica tonto."

Achei graça. Ele riu também.

"Melhor você levar o velhote em casa."

"Claro, já ia mesmo fazer isso."

Pedi a conta. Pagamos. O Gordo acordou o Heleno, que saiu andando sozinho, sem precisar de muita ajuda. Já estava melhor.

"No caminho, pede pra ele ligar pro Almeida Salgueiro e avisar sobre a tal escritora de Porto Alegre", falei para o Gordo.

Quando passamos pela mesa ao lado vi que o cara não estava mais lá. Tinha deixado o jornal e os livros em cima da mesa. Devia estar no banheiro.

Ficamos os três na calçada da Mem de Sá, esperando um táxi. Demos sorte, chegou um rapidinho. Me despedi deles e comecei a caminhar na direção da Cinelândia, para pegar o metrô até Copacabana.

Então senti um toque no meu ombro.

Me virei. Era o homem da mesa ao nosso lado, que tinha passado a noite inteira lendo. Ele me entregou um envelope.

"Você deixou cair isso."

"Eu?"

Peguei o envelope, desses de carta, branco. Não tinha nada escrito na parte da frente. Na de trás também não. E não estava lacrado.

Quando voltei a olhar para o cara, ele tinha sumido. Como pode ter desaparecido assim?

Entrei de novo no bar, vasculhei todo o salão, fui até o outro lado, verifiquei no banheiro. Nada. Saí pela porta da Lavradio, procurei na rua. Tinha evaporado. Um fantasma.

Voltei e me sentei numa mesa qualquer. Abri o envelope. Um pequeno pedaço de papel, com algo escrito. Um bilhete. Minhas vistas se turvaram por um momento. Esperei alguns segundos, li de novo. Eu não estava bêbado, era aquilo mesmo.

Peguei o celular.

"Gordo, deixa o Heleno em casa e volta aqui no bar. Agora!"

11

Heleno mora no Estácio. Não é longe e àquela hora da noite o trânsito estava tranquilo. Em pouco tempo o Gordo estaria de volta.

Com aquele bilhete, o sono tinha ido embora num passe de mágica.

"Abre a conta de novo, camarada", pedi ao garçom.

Ele trouxe um chope.

Peguei o celular, tirei uma foto do bilhete e mandei para a Ana.

Pouco depois ela me ligou, assustada. Foi uma conversa meio tensa e acabamos discutindo no final.

Quer dizer, não foi bem uma discussão, digamos que tivemos um ligeiro desentendimento, nada que não pudesse ser resolvido no dia seguinte. Em resumo: ela queria que eu saísse imediatamente do caso. E eu não queria sair.

O Gordo chegou. Dei a ele o envelope, fechado.

"O que é isso?"

"Lembra aquele cara que estava na mesa ao nosso lado, sozinho?"

"Lendo *O longo adeus*, do Chandler?"

"Era isso que ele estava lendo, Raymond Chandler? Vi que tinha um livro, aliás, dois livros sobre a mesa, mas não deu pra ver o que era."

"Mas eu vi. E se não tivesse visto iria dar um jeito de ver. Ou até de perguntar, se fosse preciso, não consigo ver alguém lendo sem saber que livro é."

"Já pensou em fazer análise?"

Ele pediu um chope.

"O que esse envelope tem a ver com o cara?"

"Depois que você e o Heleno foram embora, ele me abordou. Disse que eu tinha deixado cair esse envelope aí."

"E deixou mesmo?"

"Claro que não, Gordo. Peguei o envelope e enquanto tentava ver de quem era, se era uma carta ou algo assim, o maluco desapareceu, sumiu!"

Ele abriu o envelope, uma expressão séria no rosto. Tirou o bilhete e leu.

Estava escrito, em letra de forma:

CUIDADO, VOCÊS SÃO PERSONAGENS DE OUTRA HISTÓRIA. ESSA AQUI NÃO É PARA GAROTOS BACANAS.

Embaixo, um pequeno coração, desenhado com batom vermelho-escuro, quase vinho.

12

Ele ficou com o bilhete nas mãos, sem dizer nada.
Depois bebeu um gole do chope e falou:
"Como diria um amigo meu: putz!"
Chamei o garçom e perguntei se conhecia o cara que estivera sentado àquela mesa, sozinho, lendo, se era algum frequentador do bar. Ele disse que não, não se lembrava de ter visto aquele homem antes.
"Era ela, Gordo, a assassina! Estava do nosso lado, disfarçada. Você tem noção do que aconteceu? Do nosso lado, o tempo todo! E por que escolheu justo a gente? Será que somos tão importantes assim?"
"Vamos com calma, muita calma. Não estamos em condições de raciocinar com a frieza que a ocasião exige. Você está cansado, eu também, tivemos uma noite complicada com a visita do Victor. Dormimos pouco, o dia foi cansativo e agora à noite toda essa conversa com o Heleno e o Valdo Gomes. Preciso dar uma trégua pra minha massa cinzenta."
"Você não é o Poirot, para com isso. E não fica achando que vai conseguir chegar em casa e dormir bonitinho na sua caminha, bebê. Temos que fazer alguma coisa, precisamos entender o que está acontecendo!"
"Vou pedir uns bolinhos de bacalhau."
"Caramba, Gordo, você só pensa em comida!"
"Não, penso em bebida também."

~

Ele pediu os bolinhos. Depois dobrou o bilhete com cuidado.

"Não podemos perder esse papel. Vou guardar comigo."

Dei de ombros.

"Comecemos do início, André. Você está dizendo que o sujeito que esteve ao nosso lado a noite inteira não era de fato um homem, com cerca de quarenta anos, um solitário leitor pelos bares do Rio, como muitos que conhecemos. Não, era uma mulher. Disfarçada."

"Só podia ser ela, Gordo."

"Certo, mas vamos por partes. Quais os indícios concretos que temos pra afirmar que era mesmo a nossa queridinha?"

"O bilhete é uma ameaça. Pede que a gente saia do caso, insinuando que somos inexperientes demais pra enfrentar uma serial killer que já matou três pessoas sem que ninguém faça nem ideia de onde ela está agora. E o batom no final. Você sabe qual foi a cor do batom usado pela assassina pra deixar o recado no espelho, depois de apagar o Junito Aguilar?"

"Não. Ou não me lembro. Amanhã posso pedir ao Heleno que veja isso com o Almeida Salgueiro."

"Aposto que é vermelho-escuro, cor de sangue. Lembra que o X-9 pichado na parede do quarto de hotel do Epifânio foi escrito com tinta cor de sangue? Igual a esta, do bilhete que recebi."

Ele pensou um pouco. Depois disse:

"Já te ocorreu a hipótese de que o cara que te deu um envelope fosse mesmo um homem, um solitário zanzando pelos bares?"

"Mas como ele saberia de toda a história? E por que faria uma maluquice dessas?"

"Uma pergunta de cada vez. Primeiro, todo mundo que lê jornal ou vê televisão sabe o que está acontecendo, todo dia sai notícia desses assassinatos. Qualquer um sabe que o Epifânio foi assassinado e que o assassino deixou pichado na parede, com tinta vermelha, o X-9. E sabe também do batom no espelho, na morte do Junito Aguilar. De acordo?"

"Prossiga."

"Respondendo à segunda pergunta. Por que ele teria feito isso? Lembra que o cara estava lendo um romance policial? E que ele pode ter ouvido toda a nossa conversa? Estava sozinho, sem ninguém pra atrapalhar, e perto da gente o bastante pra ouvir o que estávamos dizendo. Ele pode perfeitamente ter ouvido o Heleno dizer que éramos garotos bacanas. Então, o sujeito tomou uma tonelada de chope ali no seu cantinho, lendo o seu romance policial, e então pensou: vou curtir com esses manés. Escreveu o bilhete, usando apenas as informações que tinha, colocou num envelope e te deu. Pronto, simples assim."

"E onde ele arranjou o envelope?"

"Podia ter algum na bolsa, na mochila, sei lá o que o cara estava carregando. Não era um envelope novo, era?"

"Não, você viu que não. Estava todo amassado."

"Então. Ele podia estar levando alguma coisa naquele envelope, uma conta qualquer, por exemplo. Tirou e colocou o bilhete dentro."

"Tudo bem. Vamos supor que seja isso, um palhaço querendo curtir com a nossa cara, um sujeito com muita imaginação, que gosta de romance policial e quis dar uma de malandro. Agora me responda: onde ele arranjou o batom vermelho? Não vai me dizer que, além de um envelope, ele anda com um batom vermelho na bolsa."

Ele matou o chope, devagar. Estava pensando. Esperei.

De repente seu rosto se iluminou, como se tivesse se lembrado de alguma coisa importante.

⁂

"As mulheres na outra mesa. Lembra que tinha uma mesa com três mulheres, perto da nossa?"

"Lembro."

"Uma delas usava batom vermelho."

Joguei o corpo para trás e quase caio da cadeira.

"Deixa de sacanagem, Gordo, o assunto é sério."

"Juro, eu reparei quando a gente entrou. Era uma mulher muito bonita, branca, peitos fartos, decote generoso. E com batom vermelho. Não dava pra não reparar no batom vermelho, chamava a atenção."

"Eu não reparei. E olhei pra elas quando entrei."

"Você deve ter reparado noutra coisa."

"E o sujeito foi lá, na cara de pau, e pediu o batom emprestado pra mulher de seios fartos e decote generoso."

"Por que não? Era boa-pinta, talvez fosse um falso solitário, na verdade podia ser um conquistador, um desses lobos da noite, sempre à espreita. Com jeitinho foi lá e pediu o batom emprestado. Ali mesmo, na mesa delas, pode ter desenhado o coração, e voltou pra sua mesa."

"Você viu ele fazendo isso?"

"Não, o que não quer dizer que não tenha feito. Não fiquei reparando nele, estava concentrado na conversa com o Valdo Gomes."

Pedimos mais um chope. O bar estava quase fechando. Costuma fechar cedo, por volta da meia-noite.

"Não vamos pensar nesse bilhete por enquanto, André", ele disse, quando os chopes chegaram. "Está bem guardado, deixa pra lá. Seria pouco provável que a assassina fosse se arriscar tanto. E a troco de quê?"

"Agora sou eu que vou dizer, meu amigo: uma coisa de cada vez. Primeiro, não estamos falando de uma mulher qualquer. Se o Victor tiver contado a verdade, é uma mulher inteligentíssima, que conseguiu se infiltrar num hotel de luxo, no quarto de um escritor famoso, e meteu uma seringa no pescoço dele, cheia de estricnina. Depois apareceu na festa de outro escritor famoso e matou o cara sem deixar nada que pudesse entregar sua identidade. Por fim, entrou numa boate reservadíssima e, disfarçada de homem, foi pro banheiro com o Junito Aguilar e apagou o cara. Não dá pra ver que é uma mulher ousada, muito ousada? Uma rainha dos disfarces?"

"Nisso você está certo. Continua."

"Segundo. Por que ela faria isso? Simples: de algum modo ela soube que estamos no caso. Pode, por exemplo, ter seguido o

Victor sem que ele desconfiasse, viu que ele entrou no meu prédio e descobriu o que ele foi fazer lá. Não era difícil obter essa informação. Tenho vizinhos, aliás bem fofoqueiros, e um segurança ficou plantado na porta do meu apartamento o tempo todo. E o porteiro sabia que ele estava indo me visitar. Ele interfonou avisando, lembra-se disso?"

O Gordo moveu a cabeça, dizendo que sim. E me escutava com atenção.

"Então, ela pode ter ficado vigiando o meu prédio, ontem à noite. E viu quando o Victor saiu. Aí ela voltou hoje de manhã, jogou uma conversa qualquer para o porteiro, que ainda era o mesmo de ontem, é o plantão dele. Esse porteiro não é muito confiável, eu pelo menos não confio nele."

"Por quê?"

"Ele não gosta de mim. Não sei o motivo, não gosta e pronto. E um dia flagrei ele xeretando minhas correspondências."

"Ele sabe que você é detetive?"

"Sabe."

"E você acha que ele deu com a língua nos dentes."

"É uma hipótese. A Beatriz pode ter dado uma grana pra ele. Subornou o cara e descobriu quem o Victor Winner tinha ido visitar na noite anterior. Quando soube que era um detetive, entendeu tudo. E aí ficou ali por perto, esperando que a gente saísse. E nos seguiu até a padaria, depois até a sua livraria e, finalmente, o Bar Brasil."

"O sujeito, ou a Beatriz disfarçada, estava no bar quando a gente chegou? Você lembra?"

"Lembro bem. Ele chegou depois, logo depois."

"Mas espera aí, André. Ela não conhecia a gente, como poderia saber que éramos nós que estávamos saindo do seu prédio?"

"Do mesmo modo que soube do resto."

"O porteiro."

"Por que não? Dinheiro, meu caro, eis aí a palavrinha mágica: dinheiro."

"Você devia interrogar esse cara."

"Não ia adiantar. É claro que ele iria dizer que não aconteceu nada disso."

Dei uma pausa. Pedi mais um chope.

"Gordo, ela sabe que estamos no caso. E aí o que ela faz? Cola na gente. Não tem como ficar seguindo todos os passos do Victor, pode até saber aonde ele vai, mas o que ele fala, com quem fala, não dá pra ela descobrir, não tem como chegar tão perto dele. Muito menos do delegado. Ela então pensa: vou ficar junto desses otários e eles vão me entregar o jogo. Como de fato entregamos. Simples assim."

O cansaço voltou de novo. Comecei a sonhar com a minha cama.

"Seu raciocínio tem alguma lógica. Agora, me responde uma coisa, André. Se ela realmente nos seguiu, se disfarçou etc., pra saber qual é o próximo passo da polícia, por que se revelar assim? Por que te entregou o bilhete? Não seria melhor, pra ela, continuar disfarçada?"

Pensei um pouco.

"Estamos chegando perto demais, Gordo."

"Hein?"

"Pelo que ela ouviu hoje da nossa conversa, deve ter pensado: esses caras não são bobos. A polícia está indo no caminho errado, mas esses patetas trapalhões acabaram descobrindo coisas que não deviam. Melhor dar logo um fora neles."

"Será?"

"Existe uma outra hipótese. Não esqueçamos que é uma serial killer. E serial killers adoram jogar, como sabemos. Ela pode simplesmente estar brincando conosco, o velho joguinho de gato e rato. Nós somos os ratos, claro. Ela nos seguiu até aqui, disfarçada, e vai continuar seguindo. Mas agora quer deixar claro que estará sempre por perto."

"Você acha que ela vai continuar nos seguindo, com outros disfarces? E fez questão de dizer isso quando te deu o bilhete?"

"É uma hipótese. Ela quis dizer que não adianta a gente tentar quebrar a cabeça buscando descobrir qual será seu próximo passo. Jamais vamos conseguir. Ela, ao contrário, sabe exatamente o que estamos fazendo. E o que vamos fazer. Por isso é melhor a gente desistir, foi esse o recado. Ou ela vai estar sempre por perto, vai ser sempre a nossa sombra."

"Mulher no escuro."

13

Pedi a conta. Estava no meu limite.

Saímos do bar, me despedi do Gordo e combinamos de almoçar juntos no dia seguinte. Eu queria dormir até mais tarde, só chegaria ao escritório na hora do almoço.

Caminhei até a Riachuelo. Não quis andar até a Cinelândia para pegar o metrô, preferi ir de táxi.

Sentei no banco de trás, dei o endereço ao motorista e encostei minha cabeça no banco.

Teria dormido a vida inteira naquele carro, não fosse o barulhinho de nova mensagem no celular.

Era da Ana. Não tinha nada escrito, só uma daquelas figurinhas que não sei usar direito. Ela diz que sou um homem das cavernas com um celular nas mãos. Não tem como dar certo. Sei que existem carinhas, bichinhos, monstros, edifícios, bicicletas e aviões e uma infinidade de figuras em algum recanto obscuro do meu celular. Só não sei onde, nem quero saber.

A figurinha era de uma tomada. Uma tomada na parede. Que droga era aquilo? O que significa uma tomada na língua ininteligível das figurinhas internéticas de celular? Então pensei: tomada serve para você ligar alguma coisa. Seria isso? Era para eu ligar? Ri sozinho. Liguei.

"Ainda bem que você não perdeu o bom humor", falei quando ela atendeu.

"Se um dia eu perder, você me troca por outra."

"Acho que é por isso que eu te amo. Você é engraçada. Parece uma lagarta listrada."

"Citação de Manuel Bandeira é golpe baixo."

Ficamos uns dez minutos ao telefone. Ela estava mais calma, falava devagar, mas continuava achando que devíamos sair do caso.

"A assassina está certa, André. Essa história não é pra vocês. Deixa pra polícia e as agências de detetive que o Victor certamente contratou. Eles vão pegá-la, não têm como não pegar."

"Não sei não. Ela é muito esperta."

"Já deu pra ver. Mas tem um probleminha."

"Que probleminha?"

"Ela está com ódio."

"E isso não conta a favor? Não dá mais força pra ela?"

"Sim. Mas também pode atrapalhar. Até agora ela tem agido com muita frieza. É uma estrategista, deve ter levado anos preparando esse plano. É uma mulher que sabe esperar. E que conhece tudo da vida do Victor. E deve ter conseguido alguém pra se infiltrar no grupo editorial, provavelmente no escritório de Nova York. Ou talvez ela mesma tenha se infiltrado, com nome falso e algum disfarce. Como quase todo serial killer, ela é inteligente, bem preparada e fria. Mas o ódio não combina com frieza, convenhamos. Em algum momento ela vai se deixar levar pelo coração, e pelo ódio que tem dentro dele. Nesse momento nossa amiguinha vai derrapar."

"Hum."

"Você sabe se o Heleno conseguiu avisar ao Almeida Salgueiro?"

"Deve ter conseguido. Não perguntei ao Gordo."

"Você falou dessa tal de Marta Gutman. Ela está segura, ou vai estar depois que o Almeida Salgueiro entrar em contato com seus colegas de Porto Alegre. A francesa também está em segurança. E a anta da Kate Flower também. Por que então vocês não caem fora enquanto é tempo, André?"

Eu poderia ter respondido que era por causa da grana. Mas não era só isso. Eu sentia que estávamos no caminho certo, o bilhete da assassina, se era mesmo dela, revelava isso. Não éramos nós que estávamos com medo dela. Era ela que estava com medo da gente.

Tentei explicar isso para a Ana. Ela ficou em silêncio. Depois disse, a voz suave:

"André, você é um romântico."

༺

Cheguei ao meu prédio e o porteiro (outro, não o da noite anterior, que deve ter entregado o jogo para a Beatriz) estava dormindo, com a cabeça sobre a mesa. Dormir é bom, muito bom.

Entrei em casa e fui tirando a roupa a caminho do banheiro. No outro dia iria ver calça, meias, camisa espalhadas pelo apartamento. Dane-se.

Escovei os dentes no automático. Fui à cozinha, bebi um copo grande de água gelada e já ia desabando na cama, finalmente, quando ouvi de novo o barulhinho de mensagem no celular. Às vezes odeio aquele barulhinho. Quase sempre odeio.

Me levantei e fui achar o celular no bolso da calça, pendurada por uma perna no sofá da sala.

Havia duas ligações perdidas, do Gordo. Deve ter ligado quando eu conversava com a Ana. E uma mensagem, que dizia: *Você tinha razão. Olha o que encontrei quando cheguei em casa. Alguém jogou por baixo da porta.*

Em seguida, vinha uma foto. Foto de um bilhete.

A foto estava um pouco tremida. Tive alguma dificuldade de ler, mas consegui. Estava escrito, com a mesma letra do bilhete que o cara tinha me entregado, no Bar Brasil:

VOCÊ É UM BOM LEITOR, GORDINHO. JÁ DEVIA TER ENTENDIDO.

Logo abaixo, aquilo que estava virando uma assinatura: o desenho de um coração, feito com batom vermelho.

14

"Só eu não ganhei bilhete", Heleno falou, quando nos sentamos para almoçar num pé-sujo, ali na Lavradio mesmo.

Eram duas da tarde e estávamos os três com cara de ressaca. A do Heleno ainda era a melhorzinha. Apesar da idade, o cara se recuperava bem.

"Está com inveja? Posso fazer um pra você agora, quer?", brinquei.

"Tem batom vermelho?"

"Vou ficar te devendo."

Fizemos os pedidos. Água, suco e prato do dia. Parecia um grupo de amigos bem-comportados. O Gordo ficou olhando de um jeito ostensivo para o garçom, que reparou.

Quando o garçom saiu, falei:

"Também não precisa ficar paranoico, meu amigo."

Heleno começou a rir.

"Você estava achando que o garçom era a assassina, disfarçada."

O Gordo se recostou na cadeira, contrariado.

"Vocês são dois sacanas, isso sim."

Heleno parou de rir.

"Essa mulher tem mais o que fazer na vida. Deve estar tramando como pegar a próxima vítima", falei.

"Ela já sabe", o Gordo disse. "Em cada um dos assassinatos, ela deixou a pista para o próximo. Isso quer dizer que, quando matou o Epifânio, já sabia que o próximo seria o Dexter, e sem dúvida sabia como iria chegar até ele e entupir o sujeito de estricnina. Quando matou o Dexter, também já sabia como iria matar o Junito."

"Será que a gente não está superestimando essa mulher, não?", Heleno perguntou. Mas ele mesmo sabia a resposta.

"Superestimando?", o Gordo disse, exaltado. "A mulher mata pessoas protegidíssimas, que andam com seguranças pra cima e pra baixo, e ainda deixa recados de quem vai ser o próximo! E passa a noite inteira ao lado de dois detetives e um ex-delegado que estão atrás dela! Essa mulher não existe!"

"Talvez não exista mesmo", falei.

Os dois olharam para mim. Dei um tempo. Tinha acabado de pensar numa hipótese meio maluca, mas que estava começando a tomar forma.

"Quer dizer, talvez a gente não esteja atrás de uma mulher, mas de um bando, uma quadrilha."

"Quadrilha?"

"Ela pode estar agindo com ajuda de comparsas. Se é rica, como o Victor falou, pode ter contratado especialistas pra ajudá-la."

"Você diz matadores de aluguel?"

"Não só matadores. Ela pode ter algum cúmplice dentro do Frieden, alguém que passe pra ela as informações sobre todos os escritores que fazem parte do grupo, com detalhes sobre a vida e a agenda de cada um. E pode também ter gente especializada em disfarces, que conseguiu se infiltrar no hotel onde o Epifânio foi morto, e na festa do Dexter e na boate onde o Junito Aguilar comemorava com os amigos."

"Nesse caso, ela não seria assim tão poderosa quanto a gente pensa. E eu estaria certo", Heleno disse.

"Pelo contrário. Ter conseguido juntar esses cúmplices e coordenar as ações deles de modo a não ser pega mostra que ela é, sim, muito inteligente."

"E muito rica. Tem que ter grana pra montar um negócio assim", o Gordo comentou.

"O Victor falou que ela era rica, lembra?"

"Mas como ela usaria o dinheiro que tem se mudou de identidade? A Beatriz original estaria morta, não é?"

"Se ela é tão inteligente quanto pensamos, deve ter pensado nisso. Pode ter deixado sua fortuna como herança pra algum parente, por exemplo. E esse parente seria seu cúmplice no plano."

"Teria que ser uma família bem estranha, não acha não?"

"Família estranha é o que não falta nesse mundo."

∽

Os pratos chegaram. Travessas de arroz branco, bife, salada e uma tigela fumegante de feijão roxinho (meu preferido).

Perguntei ao Heleno:

"Você pode conseguir uma informação com o Salgueiro? Ele já deve ter investigado se essa Beatriz tinha algum parente que tenha ficado com a herança. O Victor disse que ela não tem nenhum, mas pode estar enganado. Ou mentindo."

"Vou tentar."

"Ótimo. Corre atrás então."

"Pode ser depois do almoço?"

Não ri. Pedi mais uma água mineral.

"Hoje à noite a Ana vai ao lançamento do livro da Kate Flower, em São Paulo. Vou ligar pra ela daqui a pouco e ver o que ela acha da minha hipótese, de ser uma quadrilha. E pedir que fique bem atenta na livraria e nos repasse tudo, cada detalhe do que acontecer lá. A Nicolle Legrand está sendo vigiada também, pelos homens do Victor. E a jovem adulta de Porto Alegre, pela polícia. Não tem nada mais que a gente possa fazer por enquanto. Só esperar."

O Gordo pegou a mochila e de dentro tirou um caderno. Colocou sobre a mesa, abriu e riscou duas vezes.

"O que você está fazendo?", perguntei.

"Riscando os nomes das escritoras, a americana e a francesa."

"É a sua lista? Risca também o nome da Marta Gutman."

"Ela não está na minha lista. Vou acrescentar aqui e riscar."

"Mais alguém?"

"Fiz uma listagem das escritoras mais importantes do Frieden. Mas as outras não são brasileiras nem consta que estejam no Brasil no momento. Não há tantas escritoras de autoajuda assim, a maioria é homem."

"Alguma explicação pra isso, de ter mais homens que mulheres escrevendo livros de autoajuda?"

"Você está perguntando se eu li alguma coisa a respeito ou quer saber o que *eu* acho?"

"O que *você* acha."

"Acho que ainda hoje quem diz o que você deve fazer quando as coisas não estão dando certo é o homem. O pai, o padre, o analista. No lugar do padre pode ser também o pastor, o rabino, o pai de santo. Se bem que, no caso do pai de santo, o lugar pode ser da mulher, há muitas mães de santo poderosas por aí. Mas, no geral, é o homem que as pessoas querem ouvir em momentos de crise. Infelizmente."

Ele terminou de comer. E antes de continuar seu raciocínio pediu pudim de leite. Não gosto muito de doces, mas não resisto a um pudim de leite. Acompanhei meu amigo na sobremesa. Heleno não quis.

"Tem outra coisa. Quando um sujeito como o Victor compra os direitos de edição de um livro, não é só um texto inédito que está comprando. Compra também o autor, a figura midiática do autor. Por isso ele diz: *meus* autores. O escritor de autoajuda também precisa ser bom de palco. Precisa ser um cara de aparência confiável, um sujeito pra quem você olha e pensa: eu confio nesse fulano, ele sabe o que está dizendo. Tem que parecer bem resolvido. E tem que ter sorrisão."

Me lembrei do *risus sardonicus*.

"Normalmente é um homem na faixa dos quarenta, cinquenta anos. Bonito, mas não lindo. Boa-pinta. Cabelo ligeiramente grisalho. Magro, mas não muito. Não pode ser um saradão de academia, mas também não pode ter barriga de chope. E bem-humorado, espirituoso, sempre com alguma piada de improviso, engraçada e politicamente correta. E tem que ser confiante. Sobretudo isso, um cara confiante, otimista, que acredita no futuro."

"E onde é que eles vão achar um cara desses?"

"Eles não precisam achar, Heleno. Quer dizer, não assim, já pronto, perfeito. Basta ter o potencial. O resto eles fabricam."

"Por isso o Victor não quis ajudar Beatriz a publicar seu livro", comentei.

"É provável. Ele deve ter pensado: como levar uma doida varrida que nem essa num programa de televisão?"

"A Marta Gutman não se encaixa nesse perfil", Heleno disse.

"De vez em quando é bom variar de estratégia. Ao invés de um homem, cinquentão, uma mulher, jovem. A preferência continua sendo o homem maduro, mas investir numa garota pode ajudar a vender a imagem – falsa, é claro – de uma editora que defende a diversidade e tal. Pega bem."

Pedi três cafés e a conta.

"E então, como ficamos, André?"

"Acho uma boa você dar uma passada na delegacia, Heleno, como quem não quer nada, e ver se o Salgueiro tem alguma novidade. E investiga aquele troço, da herança da Beatriz. Qualquer coisa, me liga."

"Deixa comigo."

"E eu, comandante, o que devo fazer?"

"Vê na internet tudo o que você puder encontrar sobre Kate Flower, Nicolle Legrand e Marta Gutman. Nossa malvada matadora de escritores vai atacar uma delas e a gente precisa chegar antes. Pesquisa vida, obra, o diabo a quatro. Você é bom nisso, vai lá."

"E você vai fazer o quê, além de ficar dando ordens a seus humildes comandados?"

"Andar um pouco."

"Andar?"

"*Solvitur ambulando*, Heleno", o Gordo disse. "André é da escola dos peripatéticos."

"Peri o quê?"

"Peripatéticos", ele explicou, sem muita paciência. "Discípulos de Aristóteles, que gostava de ensinar caminhando pelos portais do Liceu, os peripatoi."

"Nossa!"

"Mas a expressão *solvitur ambulando*", completei, "não é de Aristóteles. É de Santo Agostinho. Significa algo como: se você quer solucionar um problema, pense enquanto caminha. Em tradução livre."

"Muito livre, eu diria", o Gordo falou.

Heleno pegou no meu braço.

"Olha, dinheiro a gente não ganha nenhum. Mas aprende-se muito trabalhando com vocês."

∽

Depois que eles se foram, perambulei ainda um pouco pelo Centro. Fui até o SAARA. Gosto daquele movimento, dos caras inventando as chamadas mais malucas possíveis para atrair o freguês que passa nas ruas. A rua da Alfândega é como uma feira. A diferença é que, no lugar de comida, vende-se roupas, brinquedos e toda coisa que possa ser comercializada. Mas os pregões, como nas feiras, são liberados.

Estava precisando um pouco disso, de uma caminhada no meio de pessoas reais. Tudo o que tinha vivido nos últimos dias parecia fazer parte de um filme *noir*. Precisava das ruas para me convencer de que eu era real.

∽

Cheguei em casa no final da tarde.

Abri minha geladeira amarela e separei tudo o que tinha do Dashiell Hammett. Não chegava a ser a obra completa, mas faltava pouco.

Ainda não tinha lido a biografia dele, escrita pela Diane Johnson. Comecei a ler. Algumas coisas eu já sabia, tinha ouvido do Valdo Gomes. Outras me chamaram a atenção. Uma delas foi uma lista de comentários do Dashiell Hammett sobre o tempo em que foi detetive da Agência Pinkerton. Isso foi antes de se tornar escritor.

Ele dizia, por exemplo, que um detetive não deve se preocupar tanto com detalhes do rosto de um suspeito que ele esteja seguindo. O importante é ter em mente os cacoetes, o modo de vestir e de andar, as características marcantes do cara *quando visto por trás*.

E conta que uma vez seguiu um homem que saiu da cidade para um passeio a pé pelo campo numa tarde de domingo e se perdeu. Hammett teve que lhe mostrar o caminho de volta.

Nas suas anotações, o ex-detetive da Pinkerton dá uma verdadeira aula sobre como seguir suspeitos. Beatriz deve ter aprendido alguma coisa com ele.

∽

Por volta das dez da noite, Ana ligou.

O lançamento do livro da Kate Flower foi muito badalado, com vasta cobertura da imprensa. Ela autografou durante horas. Mas nada de estranho aconteceu.

"Você a seguiu até o hotel, depois do lançamento?"

"Não, segui minha fome atrás de um restaurante. Aliás, acabo de chegar e ainda não pedi meu prato."

"Assim fica difícil", brinquei.

"Eu te falei que não havia necessidade de ir a essa droga de lançamento. Você sabe como eu odeio essas coisas."

"Pegou um autógrafo pelo menos?"

O silêncio que se seguiu mostrava que ela não estava para gracinhas. Não provoque uma mulher faminta, é um dos meus lemas. Parei por aí.

Liguei para o Heleno.

"Tudo sob controle, André. O Salgueiro já acionou a polícia de Porto Alegre e estão fazendo a segurança da Marta Gutman. Agora, acho que seria uma boa você avisar o Victor, não é?"

"Vou fazer isso."

"E você me pediu pra ver se o Salgueiro tinha alguma novidade. Por enquanto nada. A mocinha assassina deve estar hibernando por um tempo. Vai ser difícil ela agir agora, com tanta gente alerta."

"E os herdeiros da Beatriz?"

"Não é tão simples assim. É preciso correr os cartórios, se é que ela deixou alguma coisa registrada no Rio. Pode ter feito um testamento e registrado noutra cidade. O Salgueiro está investigando, mas é um troço demorado."

"Tudo bem. Qualquer coisa me avisa."

Voltei à biografia do Hammett e li até cair no sono, já de madrugada. Tive sonhos agitados, como era de se esperar.

15

No dia seguinte o Gordo ligou para o Heleno, que conversou com o Almeida Salgueiro, pedindo autorização para darmos uma olhada nos exemplares do romance do Raymond Chandler, encontrados com as três vítimas.

Achávamos que não seria nada fácil conseguir essa autorização. Só o juiz, o delegado ou algum advogado poderiam ter acesso ao que foi apreendido no local do crime. Heleno conversou com o Salgueiro e ele pediu que fôssemos à delegacia e procurássemos o chefe do depósito, um tal de Alencar.

Confesso que fiquei um pouco apreensivo quando entrei na delegacia. Eu sabia que só poderíamos ver os livros porque Heleno e o delegado fizeram um arranjo. E eu não gostava nem um pouco desse tipo de coisa.

"Podemos salvar uma vida com isso", o Gordo disse, quando falei com ele que não me sentia bem tendo acesso aos livros sem autorização judicial.

Alencar nos recebeu com frieza. Pediu nossos documentos de identidade e ficou com eles, dizendo que os devolveria na saída. Achei que fôssemos preencher uma ficha ou algo assim, mas ele apenas pediu que o acompanhássemos.

"Não demorem", ele falou, abrindo a porta de uma sala.

Era uma sala pequena, com várias pastas e caixas arrumadas em prateleiras na parede. Num canto, uma mesa e duas cadeiras. Sobre a mesa, empilhados, três exemplares de *A irmãzinha*.

Eram três exemplares iguais, quer dizer, da mesma edição brasileira. Pequenos, de bolso. A capa trazia o desenho de uma mão empunhando uma seringa, com a ponta para baixo. O punho fechado.

"É como se o dono dessa mão fosse apunhalar alguém com a seringa", comentei.

"Não é uma seringa. É um furador de gelo."

"Como você sabe? Parece uma seringa."

"Parece, mas não é. Na história tem um cara que mata pessoas com um furador de gelo."

"Um serial killer?"

"Mais ou menos. Você não disse que iria ler o romance? Faz parte do trabalho, André."

"Eu sei. Não tive tempo ainda."

O Gordo deu uma olhada nos livros.

"Uma coisa é certa: esses livros não pertenciam ao assassino antes de ele ter planejado deixar um em cada cena do crime. As pessoas não costumam ter três exemplares iguais do mesmo livro em casa. Ele comprou com a intenção de deixar um deles em cada assassinato."

"E o que isso quer dizer?"

"Nada. Foi só uma observação."

"Hum."

Nos sentamos. Ele colocou os livros um ao lado do outro, sobre a mesa.

"O cara comprou os três exemplares em sebos. Dá pra ver que já foram manuseados muitas vezes. Esse aqui está com um rasgo na capa. E os outros com pequenas dobras e marcas de uso. Olha só, tem até mancha de gordura."

"Por que o assassino teria feito isso?"

Ele não respondeu. Tirou da mochila uma lupa.

"Caramba, Gordo, você tem uma lupa? Quem você pensa que é? O Sherlock?"

"Comprei faz tempo, num antiquário da Lavradio. Sempre quis ter uma, é um desejo de infância, um sonho não realizado. Nunca me deram uma lupa quando eu era criança", disse, curvado sobre os livros.

"Coitadinho."

Ele continuou a análise.

"Achou alguma coisa, Holmes?"

"Esse aqui, o primeiro. O que foi encontrado na cama do Epifânio. Tem um nome escrito aqui."

Cheguei mais perto. Estava escrito: Laurentino da Cruz.

"Por que existe gente que coloca seu nome num livro?"

"É muito comum. Pode ser uma pessoa que não tem muitos livros em casa. Um livro é um bem precioso pra essa pessoa, algo que ela não quer perder, então coloca o nome, por garantia. Ou pode ser um cara casado. Ele e a mulher têm livros. Ele pensa: se algum dia me separar, vou saber quais são os *meus* livros."

"Tem uma dedicatória."

Lemos juntos:

"Ao amor da minha vida, estrela do meu caminho, razão do meu viver, esta pequena lembrança de quem te ama mais do que a si mesma. Beijos."

Logo abaixo uma assinatura, uma rubrica na verdade. Ilegível.

"Parece que não deu certo", comentei.

"O que não deu certo?"

"Essa relação do Laurentino com a mulher. Caso contrário, ele não teria vendido o livro num sebo."

"Por que você acha que foi ele que vendeu?"

"O livro não era dele? Não tem nome e tudo?"

"Eles podem ter brigado. E aí ela pegou o livro sem ele saber e vendeu pro sebo. Não queria que ele guardasse a dedicatória que ela escreveu pra ele, um dia."

"Então era melhor ter arrancado a página. Mais simples do que roubar o livro e vender."

"Ela pode ter pensado que assim ele sofreria mais."

"Malvada essa mulher."

"Você nem a conhece."

"Coitado do Laurentino."

O Gordo voltou a analisar os livros. Virou, rastreou a contracapa de cada um. Depois as lombadas.

"Nada de significativo."

Deixou os livros em ordem, um ao lado do outro, na sequência em que acontecerem os crimes. Pegou o primeiro, o que foi encontrado no quarto do Epifânio, e deu uma folheada geral.

"Cheio de anotações."

"Será que os outros também estão assim?"

Dei uma folheada nos outros exemplares. A mesma coisa. Notas à margem do texto, manuscritas, e algumas frases sublinhadas com caneta, lápis e marca-texto.

"A assassina fez de propósito", o Gordo disse. "Foi a um sebo, ou mais de um, e comprou exemplares anotados. E provavelmente sublinhou ela mesma algumas passagens. Sabia que alguém da polícia iria fazer o que estamos fazendo agora e resolveu complicar a vida de quem tentasse decifrar essa zorra."

"Qualquer uma dessas anotações ou marcações no texto pode ser uma pista."

"Pois é. Mas vai saber qual."

"Talvez não haja pista nenhuma, Gordo. Beatriz está querendo que a polícia perca tempo investigando o que não tem nenhuma importância. De repente a pista é só o livro em si, quer dizer, a pista é haver no local do crime esse romance do Chandler. Se tem ou não alguma anotação nele ou a droga de uma mancha de gordura, não interessa."

Ele ficou parado, o livro ainda nas mãos.

"Só tem um jeito de saber, André."

Respirei fundo.

"Você não vai querer passar o dia inteiro numa delegacia, com essa lupa ridícula, esquadrinhando um monte de rabisco. Ou vai?", falei, já me levantando para ir embora.

"Pode ir, se quiser. Vou analisar um por um."

"Sério?"

Ele se levantou e falou, me olhando nos olhos:

"Sabe qual a diferença entre o nosso método e o método da polícia?"

Fiz que não.

"Então vou te dizer. Nós vemos o que eles não veem. Eles têm uma porrada de casos pra resolver, a toda hora entra alguém aqui dando queixa ou um cara sendo preso. Eles não podem passar horas esquadrinhando página por página de três livros."

"E nós podemos."

"Poder não podemos. Tenho a minha livraria, e você os seus clientes. Mas é uma aposta, meu amigo. A gente tem que optar, ou mergulha de cabeça nesse caso ou vamos sair dele de mãos vazias."

Fiquei pensando.

"E não é só a questão do tempo, André, de ter maior ou menor disponibilidade. Tem outra coisa também. Eu e você somos leitores de romances policiais. Deu pra entender?"

"Acho que sim."

"Sei que você entendeu. Pra mim é óbvio que o assassino conhece romance policial muito bem. Já fez uma possível referência a Conan Doyle com o uso da estricnina, e a Agatha Christie, com o corpo na biblioteca. Além de espalhar pistas relacionadas aos dois grandes nomes do romance *noir*. O Almeida Salgueiro talvez tenha alguém na equipe, ou alguém que ele tenha chamado de fora, alguém que possa ajudar nessa parte. Mas a gente já faz isso naturalmente, é a nossa praia."

Ele talvez tivesse razão. Voltei a me sentar.

"Mãos à obra, meu caro André. Vamos começar do início, como convém. Pelo exemplar encontrado na cena do primeiro assassinato, o do saudoso Epifânio de Moraes Netto."

⁂

Não era exatamente uma tarefa maçante o que estávamos fazendo. Quando tinha tempo sobrando, gostava de chegar num sebo e ficar vendo as dedicatórias e as anotações que os antigos donos de um livro haviam feito nele. Era quase uma autobiografia cifrada, deixada ali para leitores futuros. Eu gostava de ficar imaginando quem fizera uma determinada dedicatória, para quem, e por quê. Ou o que tinha levado o dono ou a dona do livro a anotar esse ou aquele trecho.

Fácil também não era. Qualquer uma daquelas frases sublinhadas, qualquer das anotações poderia ser uma pista, um recado. Parei em algumas logo no início. O Gordo também. Resolvi copiar, num caderno que eu carregava sempre comigo, as que achávamos que pudessem ter alguma relação com os assassinatos.

No primeiro exemplar de *A irmãzinha* as anotações eram poucas, duas ou três apenas, à margem das páginas. Mas havia muita coisa sublinhada.

Nas páginas iniciais algo me chamou a atenção. Havia uma fala do Marlowe, o detetive de Chandler, para uma cliente. O Gordo me ajudou, contextualizando a cena. Era uma cliente nova, uma mulher que acabara de entrar no escritório, pedindo que o detetive a ajudasse a encontrar seu irmão, desaparecido fazia alguns meses. Na cena, Marlowe pergunta à moça:

"Não pensou em procurar a polícia?"

A frase estava sublinhada, com caneta vermelha. E ao lado, numa caligrafia miúda, quase ininteligível (o Gordo precisou lançar mão da sua poderosa lupa), estava escrito: *não vai adiantar. Só nós dois conhecemos a verdade.*

"É um recado, Gordo."

"Sim, uma mensagem cifrada. Ela pode estar dizendo ao Victor: não adianta chamar a polícia. Esse é um assunto só nosso."

"Então o pobre coitado já está ferrado. A polícia está no caso desde o início. Vou anotar essa."

Passamos um bom tempo rastreando o primeiro exemplar, vendo uma por uma cada palavra ou frase sublinhada e as poucas anotações à margem. Até que nos deparamos com outra passagem sublinhada, também com caneta vermelha, mais para o final da história. Era todo um parágrafo, que dizia:

E o sinal tocou, aquele que toca lá no fundo, e que não é alto, mas que é melhor você ouvir. Não importam os outros barulhos, este é melhor você ouvir.

∽

"Achamos, André. É isso!"
Dei uma folheada rápida no restante do livro, só para conferir uma hipótese.
"Não tem nenhuma outra marcação com caneta vermelha, Gordo. Só aquela, falando da polícia, e essa aqui. As outras são com lápis ou caneta azul."
"Perfeito. O recado é claro: não chame a polícia. E escuta bem o meu sinal, o sinal que estou mandando pra você."
Pensei um pouco, olhando para a frase.
"Tem uma outra coisa aí, Gordo. Repara bem. O texto fala de um sinal em que se deve prestar atenção. Mas também diz: 'Não importam os outros barulhos, este é melhor você ouvir'. Que outros barulhos seriam esses? E qual o Victor precisa ouvir?"
Ele não soube responder.
"Vamos ver os outros. Anota esse trecho aí, dos sinais."

∽

Seguimos, no segundo exemplar – o que foi encontrado no bolso do paletó do Dexter –, a mesma estratégia do primeiro. O segundo trazia, além dos trechos sublinhados com caneta – nenhum marcado com caneta vermelha, só azul e preta –, algumas anotações de pé de página. Nada que parecesse ter a ver com o caso.
Em duas páginas do livro, achei frases destacadas com marca-texto, amarelo. No livro todo havia apenas duas passagens destacadas com aquele marca-texto, ambas nos primeiros capítulos do romance. A primeira estava dentro de uma frase. A pessoa marcou:

[...] nossos trunfos não valem nada.

E mais adiante:

Não sou gentil.

∽

"Pode ser uma referência ao Dexter, à sua vaidade", comentei.
"E prepotência. Nossos trunfos não valem nada."
"E a segunda marcação?"
"A assassina está avisando que não está de brincadeira. Não sou gentil, ela disse."
"Como se precisasse. Já deu pra ver que gentileza não é o seu forte."
"Anotou aí?"
Alguém abriu a porta. Era o Alencar.
"Já terminaram? Estão pensando que isso aqui é biblioteca?"
"Precisamos de mais tempo. É importante."
Ele fechou a porta, sem responder. Mal-humorado o Alencar.

∽

Partimos para o último, o que fora encontrado debaixo do corpo do Aguilar, no banheiro da boate.
Pelo que tínhamos observado no primeiro e no segundo, procuramos ver se havia duas marcações feitas com o mesmo material – lápis, caneta, marca-texto –, com cores iguais.
Espalhados pelo livro, havia conjuntos de três frases com o mesmo método de marcação. Três frases sublinhadas com caneta vermelha. Três com azul. Três com preta. Três com lápis. E outras três com marca-texto amarelo. E nenhum dos trechos marcados parecia ter qualquer relação com os assassinatos.
"Essa mulher está zoando com a gente, André."
"Você acha que foi mesmo a Beatriz que marcou essas frases? Todas elas?"
"Acho. Pra confundir. Ela deve ter imaginado que começaríamos do primeiro, depois passaríamos pro segundo e finalmente o terceiro. E que iríamos procurar no terceiro duas citações feitas com a mesma cor. Então espalhou grupos de três, com frases que não têm nada a ver com os crimes."

Enquanto o Gordo praguejava, achei, na segunda metade do livro, um trecho assinalado com lápis de cor, bem fraquinho, num tom de rosa que mal dava para ver.

"Olha isso."

Abri a página e mostrei a ele. Estava sublinhado:

[...] um cara como eu, com cérebro muito limitado, tende a tentar encaixar as coisas que sabe dentro de um padrão.

༄

"Filha da puta!", o Gordo gritou, dando um soco na mesa.

"Calma, meu amigo."

"Ela está dizendo que a gente tem um cérebro limitado, André. Está rindo da nossa cara!"

"Pelo menos ela tem senso de humor. Significa que não deve ser uma pessoa tão má assim."

O Gordo ficou sério, pensando. Depois falou:

"Você acha mesmo?"

༄

Me levantei.

"O que eu acho é que já deu por aqui. Anotei tudo. Vamos nessa."

O Gordo não se conformava.

"A Beatriz previu que a gente seguiria o padrão que ela mesma criou. E no final sacaneou a gente sugerindo que somos limitados porque só conseguimos pensar dentro de um padrão!"

Guardei o caderno na mochila e saí com o Gordo, a mão no seu ombro.

"As frases dos dois primeiros exemplares. É isso que importa."

"E se for tudo um jogo, André? E se ela marcou essas frases só pra rir da nossa cara?"

Nos despedimos do Alencar. Perguntei pelo Almeida Salgueiro. Não tinha voltado ainda.

Já na calçada, caminhando na direção do metrô, o Gordo disse:
"Agora entendi por que o Salgueiro não se importou que a gente desse uma olhada nos livros. O Heleno me disse que ele autorizou na hora, sem problema nenhum. Ele mesmo, ou algum assistente dele, pagou o mesmo mico que a gente. Foi analisando os livros, página por página, e quando estava se achando o rei da cocada preta, o dono do pedaço, levou uma rasteira que o devolveu à sua insignificância."

Eu queria retrucar, mas não achava argumento. Caminhamos cabisbaixos pelas ruas do Leblon, como dois insignificantes.

Enquanto caminhava, uma frase não saía da minha cabeça: *nossos trunfos não valem nada*. Por que Beatriz teria marcado essa frase? E por que deixou claro que era uma pista? Havia alguma coisa importante ali. E eu iria descobrir o que era, pensei comigo.

16

Na sexta à noite peguei a Ana no Santos Dumont e mal entramos em casa o celular tocou.

"André", o Gordo foi logo dizendo, "Victor Winner está no motel-fazenda."

"Como?"

"O Clovis me ligou."

"Que diabos o Victor está fazendo lá?"

"Colhendo flores é que não é."

"O Clovis tem certeza? Não pode ter se confundido? Achei que o Victor estivesse em São Paulo."

"Dever ter voltado. São Paulo é ali na esquina. O Clovis me garantiu que é o Victor, em pessoa. Viu a foto dele no jornal e na internet. O Clovis está acompanhando o caso, como quase todo mundo nessa cidade. Por uma câmera escondida, ele conseguiu ver o rosto do cara e não teve dúvida."

"Quem está com ele?"

"Uma mulher na faixa dos trinta anos, no máximo. Pele clara, cabelos pretos, longos. Bonita."

"Relaxa, Gordo. O Victor tem seus próprios seguranças. Deixa o cara."

"Não sei não, André. Não sou apenas eu que tenho sexto sentido, o Clovis também tem."

Putz.

"O Salgueiro já está sabendo?"

"Pedi ao Heleno que avisasse. O Salgueiro disse que não pode deslocar ninguém pra investigar a ida do Victor a um motel em outra cidade. Não tem tanto pessoal assim, está todo mundo na rua, trabalhando."

Ana, deitada no sofá, descalça, olhava para o teto. Pensativa. Falei para o Gordo ficar calmo e desliguei.

∽

Me sentei numa ponta do sofá, coloquei as pernas da Ana no meu colo e comecei a massagear seus pés, devagar. Ela fechou os olhos.

"Quer sair pra jantar?"

"Frango com maçã na Polonesa", ela disse. "E de sobremesa suflê de chocolate, claro. Mas só depois do banho", ela respondeu, sem abrir os olhos.

O prédio estava excepcionalmente silencioso para uma sexta à noite. Me recostei no sofá e ficamos os dois ali, eu acariciando seus pés, tão macios.

Não era exatamente uma cena em que o sujeito dorme. Era para ser algo mais romântico, com algum comentário sobre a paz de duas pessoas que se amam e descansam no sofá, mas a verdade é que eu dormi.

∽

Acordei assustado, com a chamada do celular.

"André, tira seu possante da garagem. Precisamos fazer um passeio."

"Ficou maluco, Gordo? A essa hora? Passeio pra onde?", falei, ainda sonolento.

"Guapimirim."

Senti um calafrio.

"Aconteceu de novo", ele disse.

17

Não vale a pena, pensei comigo. Além de ser perigoso. Iríamos enfrentar uma rodovia que passa por lugares barra-pesada da Baixada Fluminense, à noite, numa carroça. Tudo bem que o fato de ser uma carroça diminuía um pouco o risco de assalto – quem iria querer roubar aquilo? Ainda assim eu achava perigoso. E desnecessário.

"Gordo, o Salgueiro vai chegar muito antes da gente e lacrar tudo. Vamos fazer o que lá?"

"Ajudar nosso amigo. O Clovis pode estar em apuros. Vai ter o nome dele em todos os canais de televisão."

"Ele não faz nada ilegal no motel-fazenda, faz?"

"Acho que não."

"Acha?"

Lembrei que o motel era originalmente uma fazenda que o Clovis recebera de herança de uma tia. Uma tia que plantava maconha. Segundo ele, apenas para consumo próprio. Agricultura de subsistência, disse.

"Ele ainda tem aquela plantação de maconha?"

"Claro que não, André, isso é passado. Mas o cara pode estar precisando de ajuda, até pelo aspecto psicológico. Imagina, um assassinato na casa dele!"

"Gordo, se foi assassinato, e tudo indica que foi, o delegado vai levar todo mundo pra delegacia, inclusive o Clovis. Vamos chegar lá e bater com a cara na porta."

"Já cuidei dessa parte. O Heleno me disse que ia falar com o Salgueiro. Ele vai pegar o depoimento do Clovis lá mesmo. E dos outros hóspedes também. Só o Victor vai com o Salgueiro prestar depoimento na delegacia."

Concordei. Tudo pela amizade.

Ana me ajudou a manobrar o Chevette na garagem, pegamos o Gordo e fomos. Ouvindo Rádio Relógio.

Você sabia que, 1300 anos antes de Cristo, as mulheres já usavam cosméticos para manter a beleza do rosto? E que a expectativa de vida dos soldados russos na 2ª Guerra Mundial era de apenas 20 minutos? Você... sabia?

ZYJ 465. Rádio Relógio Federal. Dezenove horas, vinte e dois minutos, zero segundo.

∽

No caminho, o Gordo tentou falar com o Clovis e obter mais alguma informação, mas dava sempre fora de área. Heleno tinha seguido para Guapimirim no carro do Almeida Salgueiro. Mandou uma mensagem avisando, quando ainda estávamos no Rio.

O que sabíamos era o que o Clovis havia contado ao Gordo. Ele estava na recepção, monitorando pelas câmeras o movimento no motel-fazenda, quando viu Victor Winner saindo correndo do chalé, aos gritos. Voltou logo depois, acompanhado de dois seguranças dele que estavam por ali, no território.

Clovis pegou o carro e foi até lá. Quando entrou no chalé, encontrou Victor sentado numa poltrona, em estado de choque, e os dois seguranças de pé num canto do quarto. Um deles falava com alguém pelo rádio. Na cama, a acompanhante de Victor Winner. Deitada em posição fetal, toda contraída, o sorriso congelado. Ao seu lado, na cama, uma seringa.

∽

Logo depois Clovis ligou para o Gordo, disse que não poderia falar muito, precisava tomar umas providências, e pediu que fôssemos até lá.

Era o que estávamos fazendo, com a lentidão do meu Chevette e um pequeno imprevisto no caminho: pneu furado.

Se eu fosse um escritor, escreveria um conto narrando como é trocar pneu, à noite, no meio de uma estrada escura, tendo à frente da tarefa dois sujeitos que nunca trocaram pneu na vida e uma dama que não sabe diferenciar um macaco de uma chave de roda. Lamentável.

Antes de 1800, os sapatos para os pés direito e esquerdo eram iguais. E você sabia que cruzar os braços ajuda a pensar melhor? Você... sabia?

E os pingos de minutos do tempo: tic-tac-tic-tac-tic-tac.

18

Chegamos ao Shangri-La pouco depois de meia-noite.

O Clovis estava na recepção, dando entrevista. Havia uma viatura da polícia, no jardim em frente. Quando passamos por ela, notei que era de Guapimirim. Nem sinal do Almeida Salgueiro.

Quando nos viu, o Clovis dispensou os jornalistas, que foram saindo devagar. A viatura continuou ali.

Apresentei a Ana e nos sentamos na recepção.

"Vamos lá, meu amigo, conta tudo, desde o início", o Gordo falou.

Clovis repetiu o que havia conversado com ele pelo telefone, sem acrescentar nada importante.

"O delegado, o Almeida Salgueiro, esteve aqui?"

"Esteve sim, André. Foi uma cena bem desagradável, você deve imaginar. Ele fechou o Shangri-La, reuniu todos os hóspedes e depois foi interrogando um por um, naquela sala", disse, apontando na direção de uma porta.

"O primeiro interrogatório foi comigo e falei tudo o que sabia. Depois de interrogar e pegar os contatos de todo mundo, ele liberou a entrada da imprensa e desceu pro Rio com o Victor e os dois seguranças."

"Havia um senhor com ele? Magro, meio careca, cerca de oitenta anos?"

"Sim. Como era mesmo o nome do coroa? Tinha o mesmo nome daquele jogador do Botafogo, de antigamente."

"Heleno", eu disse.

"Isso, Heleno. Não falava nada, não me lembro de ter ouvido sua voz, mas era muito observador, deu pra perceber."

"Podemos entrar no chalé?", Ana perguntou.

"Não, está lacrado. Tem um policial vigiando."

"E o corpo?"

"Já foi retirado. Levaram pro IML."

"A que horas aconteceu, Clovis?"

"Umas oito e meia, André. Quer dizer, essa foi a hora que eu vi pela câmera o Victor Winner saindo do chalé, enrolado numa toalha. A hora da morte eu não sei."

"Ele estava enrolado numa toalha?"

"Estava."

"Ele e a amante entraram sozinhos no motel-fazenda, certo?"

"O casal e também os dois seguranças, que só podiam estar no mesmo carro."

"Não entrou outro carro junto com o deles?"

"Não, só entrou um carro, dirigido pelo Victor Winner. E a mulher estava no banco do carona. Pela câmera não dava pra ver quem vinha no banco de trás."

"Você tem a gravação?"

"O delegado levou."

"Existe a possibilidade de algum funcionário seu ter entrado no território enquanto o casal estava lá?"

"Nenhuma possibilidade. Meus seguranças ficam em pontos estratégicos do motel-fazenda, mas são proibidos de entrar nos territórios."

"Arrumadeira?"

"O chalé foi arrumado de manhã."

"Garçom?"

"O casal não fez nenhum pedido. Ninguém entrou lá durante o tempo em que eles ficaram no território, André."

O Gordo antecipou uma pergunta que eu iria fazer:

"Clovis, você contratou alguém recentemente, algum funcionário novo?"

Ele pensou um pouco.

"Não. Não contratei ninguém."

"Supondo que não entrou ninguém no território nesse período", o Gordo continuou, "apenas três pessoas poderiam ter cometido o crime: um dos dois seguranças ou o próprio Victor Winner."

"Victor não poderia ser", falei. "Por que mataria a amante? E com injeção de estricnina? Só se quisesse ser preso como o assassino dos seus próprios escritores! E os seguranças estavam do lado de fora do chalé. E mesmo que tivesse sido um deles, teria fugido, não estaria agora sendo interrogado pelo Almeida Salgueiro."

Ana se levantou e andou um pouco pela sala, até uma parede envidraçada que deixava ver o jardim, iluminado por lampiões.

Acompanhamos seu movimento, em silêncio.

Ela ficou um tempo ali. Depois se virou para nós e disse:

"Não foi o Victor, nem os seguranças, nem ninguém que tenha entrado no quarto. Não foi nenhum deles que injetou o veneno na vítima."

Clovis franziu as sobrancelhas.

"Foi ela mesma, a própria vítima."

19

Clovis se levantou, agitado.

"Você acha que foi suicídio?"

"Não, não foi suicídio."

"Então?", ele disse, os braços abertos.

"Ela injetou o veneno sem saber que era veneno."

"Enquanto ele estava no banho", completei.

"Exatamente. Ela talvez fosse diabética, quem sabe. Dependendo do grau da doença, a pessoa precisa fazer tratamento com insulina, injetável. A vítima pode ter injetado o veneno achando que era insulina, enquanto o Victor estava no banho. Quando ele saiu, ela estava morta. Ele se assustou e saiu correndo como estava, de toalha, pra pedir ajuda. Você sabe se a injeção foi aplicada no pescoço, como nos outros crimes?"

"Não faço ideia. Só vi a moça morta, sei lá se foi no pescoço."

"Você chegou a conversar alguma coisa com o Victor?", o Gordo perguntou.

"Foi como eu disse, quando entrei no quarto ele estava sentado, os olhos parados, sem dizer nada. Devia ter sido um choque pra ele. Eu também fiquei chocado, claro, nunca tinha visto um cadáver antes, assim, na vida real. E com aquela cara de Coringa. Foi horrível."

"Mas ele não disse nada, nadinha?"

"Não, eu cheguei a sacudir os ombros dele. Parecia um boneco de cera. E os seguranças estavam no outro lado do quarto, falando com alguém pelo rádio."

"Falando o quê?"

"Não sei, André."

"Você não se lembra de mais nada, nenhum detalhe?"

Ele ficou calado por um instante. Depois deu um tapa na testa.

"Sim, tinha o desenho, claro. Estou tão exausto que até esqueci, tinha um desenho."

"Desenho? Onde? Na parede?"

"Agora me lembro. Tinha uma bolsa de mulher no colo do Victor. Uma bolsa aberta. E ele segurava um envelope, vermelho-escuro, vinho. Peguei com cuidado o envelope da mão dele. Ele não ofereceu nenhuma resistência. Abri e dentro tinha um cartão, tipo cartão de visitas, com o desenho de uma flor. Mais nada, só o desenho de uma flor, nada escrito. Achei que poderia estar fazendo alguma coisa errada, mexendo em algo que não devia, então coloquei o desenho de volta no envelope e entreguei na mão dele. Ele não pegou, o envelope caiu no chão e ficou ali mesmo, perto de um livro."

"Que livro era?"

"Não deu pra ver, não prestei atenção. Era um livro pequeno, e tinha a capa verde. Deve ter caído da bolsa."

"É o romance do Chandler. A capa é verde, com o desenho do punho fechado e o cortador de gelo em azul", o Gordo comentou.

"Saí logo do quarto e liguei pra polícia, que chegou rapidinho e disse pra não mexer em nada. A polícia de Guapi."

"Calma", o Gordo falou, a mão no seu ombro.

Clovis voltou a se sentar.

"Você viu se a polícia pegou o livro e o envelope?"

"Vi o livro na mão do delegado. O envelope devia estar junto."

"Fala mais sobre esse desenho, Clovis", o Gordo pediu.

"Era muito bem-feito, delicado, de traços finos."

"Colorido?"

"Sim. Uma flor vermelha."

⁂

"Vermelha?", perguntei.

"Sim, da mesma cor do envelope. Vermelho-escuro, quase vinho."

"Cor de sangue."

Ele me olhou, assustado.

"Era. Cor de sangue."

"Clovis", Ana falou, sentando-se bem perto dele. "Você entende de plantas. Mora numa fazenda e tem um jardim maravilhoso. Mesmo à noite dá pra ver que é muito bonito."

"Tenho três jardineiros. Eles cuidam disso. A verdade é que não entendo nada de planta."

Putz.

"Tudo bem. Mas me diga uma coisa. A flor que você viu é parecida com aquela?", Ana perguntou, apontando para um vaso com flores vermelhas, sobre uma mesa.

"Sim. É aquela."

"Tem certeza?"

"Absoluta."

Ana abaixou a cabeça, as mãos no rosto.

"Que flor é essa?", perguntei.

Ela esperou um pouco, antes de responder:

"Tulipa."

20

Nos últimos anos de vida, isolado na fazenda de amigos, Dashiell Hammett trabalhava num novo romance. Pelas cartas que escreveu a Lillian Hellmann, não se tratava apenas de um rascunho ou algo assim, como aconteceu com *The secret emperor*. Ele já havia escrito um bom número de páginas e estava animado com o projeto.

Era a história de um escritor que se isola numa fazenda, depois de sair da prisão, onde foi parar por conta de suas ligações com o comunismo, em plena era de caça aos comunistas empreendida pelo governo McCarthy. Um dia o escritor recebe a visita de um conhecido, que estivera com ele na prisão e que alimentava a esperança de que suas histórias pudessem virar livro, nas mãos do amigo escritor. O nome do sujeito, ou melhor, seu codinome, usado na cadeia, era Sargento Tulipa.

Teria sido uma espécie de romance autobiográfico, escrito num estilo bem diferente dos outros livros de Hammett, com pouca ação e muita digressão – sobre literatura, sobre amizade. Teria sido, se Hammett o tivesse terminado.

Foi mais ou menos isso que expliquei ao Clovis.

"O título era esse mesmo? *Tulipa?*"

"*Tulip*, no original", o Gordo respondeu.

"Se entendi bem, esse recado aponta para o próximo crime, correto?"

Concordei.

"O que significa que o assassino não vai parar por aqui. Vai continuar matando."

"Não é um assassino. É uma mulher", o Gordo disse, mais uma vez falando demais.

"Como?"

"Depois te explico. É uma mulher. E, sim, o desenho da tulipa é uma pista para o próximo assassinato. Assim como as palavras escritas no espelho da boate, com batom, eram a pista para o crime no seu motel-fazenda. Eram palavras que remetiam a outro romance de Hammett, *Mulher no escuro*."

"Mulher no escuro", Clovis repetiu. E depois, como se tivesse decifrado um enigma:

"A amante! Aquela que o cara esconde dos outros, uma mulher no escuro! É isso?"

"Acertou uma, finalmente", falei, baixinho.

"Eu ouvi, André."

~

O Gordo foi novamente ao frigobar, desta vez voltando com duas cervejas. Ofereceu uma para a Ana, que recusou. Jogou a garrafinha na minha direção. Peguei.

"Ele não está dirigindo?"

"Não vamos voltar hoje, Clovis", o Gordo respondeu. "Aventura demais numa noite só. Precisamos descansar."

"É, essa história de assassinato mexeu com todo mundo."

"Estava falando de trocar pneu."

"Hein?!"

Estávamos muito cansados para explicar.

"Você se lembra de o Victor ter falado que tinha uma amante, André?"

"Ele não falou, Gordo."

"Ana?"

"Como eu poderia saber?"

"O safado escondeu de nós que tinha uma amante brasileira."

"Ainda não sabemos se era brasileira. E se era mesmo sua amante. Poderia ser uma garota de programa", falei, sem pensar muito.

"Claro que era uma amante. E de longa data, alguém que tinha alguma importância pro Victor. Caso contrário, a assassina não a teria escolhido como vítima."

"Será que era escritora?"

"Provavelmente, Ana. A assassina está sendo rigorosa no seu padrão. Só matou escritores de autoajuda até agora, a vítima devia ser também uma escritora. Talvez uma escritora inédita, ou pouco conhecida."

"Amante e anônima, duas vezes uma mulher no escuro", comentei.

∽

"Como a seringa com veneno foi parar na bolsa da mulher?"

Ninguém respondeu ao Clovis.

Depois de um tempo, Ana disse:

"A assassina tinha alguma relação com a vítima. Uma relação íntima."

"Você acha que foi a Beatriz que trocou a insulina por estricnina líquida", falei.

"Só pode ter sido ela."

"Quando? Como?"

"Beatriz sabia que a vítima era diabética e teve acesso às ampolas de insulina. Tenho um amigo diabético, sei mais ou menos como funciona. Ele às vezes sai de casa já com a seringa preparada. Depois de retirada da ampola, a insulina tem seis horas de validade. Beatriz preparou a seringa e a colocou na bolsa da mulher, com o seu consentimento. Pra fazer isso, precisaria ter muita intimidade com ela."

∽

O Gordo digitou um número no celular.

"Aqui não pega direito", Clovis falou. "Liga do fixo, na outra sala."

Me levantei. Estava morrendo de sono, mas não conseguia relaxar. Fiquei olhando o jardim enquanto o Gordo dava o telefonema. Eu sabia para quem ele estava ligando.

Voltou uns quinze minutos depois. Abriu outra cerveja, sentou no sofá e tirou do bolso da camisa um bloco de notas.

"Falei com o Heleno. A mulher se chamava Poliana Vidal, tinha vinte e oito anos e morava sozinha num flat no Leblon."

"Quem bancava o flat?"

"Adivinha, André."

"Estava no nome dele?"

"Não, no dela, mas foi o Victor quem comprou, ele mesmo falou isso pro Salgueiro."

"O que mais?"

"Era diabética."

"Bingo!", Ana falou.

"Ela e o Victor eram amantes há quatro anos. Se encontravam uma vez por mês, em média. Quase sempre durante as viagens que ele fazia pela Europa e por outros lugares onde o Frieden tivesse escritórios ou editoras. Sua esposa e filhos, claro, não sabiam de nada."

"Agora vão ficar sabendo."

"Será que foi por isso que o cara ficou em estado de choque?"

"Ele ficou daquele jeito, Clovis", Ana respondeu, "porque entendeu o recado da assassina. Entendeu que ela tem muito mais poder do que ele imaginava. E que a história ainda não acabou. Haverá uma próxima vítima, de alguma forma relacionada ao romance do Hammett, *Tulipa*."

"Sem dúvida, é motivo suficiente pra deixar um cara chocado."

"Continua, Gordo", falei.

"Ana estava certa, a moça era escritora. Ou seja, Madame Veneno continua seguindo o seu padrão. Ainda não tinha publicado nada, mas estava escrevendo o primeiro livro. Autoajuda. Victor prometera a ela que publicaria o livro assim que ficasse pronto."

"Mentiu de novo."

"Sem dúvida. No depoimento ao delegado, Victor contou que viu a amante tirando da bolsa a injeção. Ele sabia da doença e do tratamento. Mas Poliana não gostava de injetar a insulina quando estava na frente dele. Victor então foi pro chuveiro e ficou uns quinze ou vinte minutos no banho. Quando saiu, Poliana estava morta, na cama. Ele correu pra buscar ajuda, mas já era tarde."

∽

O Gordo virou uma página, conferiu suas anotações e disse: "Acho que é só."

Fechou o bloco e olhou de um jeito estranho para frente, sem mirar lugar nenhum.

"Tem certeza de que não tem mais nada aí?", perguntei.

"Não tem mais nada, já disse."

Canastrão, pensei comigo.

"Chega por hoje, pessoal", ele falou. "Tem dois quartos aí pra gente, meu amigo?"

"Claro. Lá em cima."

Subimos uma escada. Na parte de cima do casarão ficavam o quarto do Clovis e mais três quartos de hóspedes.

Antes de nos despedirmos, o Gordo deu um abraço demorado no seu amigo.

Ana e eu fomos para o nosso quarto, que era maior do que o meu apartamento. Dividido em dois ambientes, com uma antessala espaçosa, bem mobiliada. A janela dava para o jardim.

"Marca dez minutos."

"Como?"

"Em menos de dez minutos alguém vai bater naquela porta e chamar meu nome, baixinho."

Ela riu.

"Alguém chamado Gordo", disse.

Ana entrou no jogo e viu a hora num relógio de parede. Depois foi até a janela, abriu e ficou vendo a noite.

Tirei os sapatos e me deitei na cama, de costas. Fechei os olhos.

∽

Alguém bateu na porta.

"Catorze minutos. Você errou."

Me levantei.

"André", o Gordo chamou, voz abafada.

Abri.

"Ainda não estão dormindo?"

"Estávamos esperando você."

"Mentira. Não sou tão previsível assim."

Apontei para uma poltrona, na antessala.

"Vamos lá. O que mais estava escrito na sua cadernetinha preciosa?"

Ana e eu nos sentamos no sofá.

"Poliana Vidal tinha uma secretária. O Victor revelou isso, na delegacia. Faz um ano e meio, mais ou menos, Poliana pediu a ele se poderia bancar o salário de uma secretária particular. Alguém que cuidasse das contas, da manutenção do apartamento etc. Ela precisava de tempo e concentração pra escrever seu livro."

"O livro era sobre o quê?"

"Esse é o tipo de pergunta que o Almeida Salgueiro não faria, André. É uma pergunta de leitor."

"Mas deveria ter feito. Pode ser importante."

"Também acho. Mas você mesmo pode fazer isso. Liga pro Victor amanhã e marca um encontro o quanto antes. Precisamos conversar com ele, longe do delegado."

"Vou tentar."

"Outra coisa. O livro que o Clovis viu no chão, perto do envelope. Era mesmo um exemplar de *A irmãzinha*. O Heleno vai tentar conseguir uma nova autorização com o Almeida Salgueiro, pra gente poder dar uma olhada nesse exemplar."

"E aí?"

"Se nosso amigo delegado liberar o acesso ao depósito novamente, vai ser apenas depois que a perícia tiver trabalhado no livro. Antes, sem chance."

"Normal. E o que mais o Heleno te contou?"

"Victor declarou que não chegou a conhecer a tal secretária. Veio poucas vezes ao Brasil nos últimos anos e, das vezes em que ele e a amante se encontraram no apartamento, a secretária não estava. Mas ele revelou uma coisa importante: Poliana falava muito dessa secretária. O nome dela era Isabel, ou Bebel, como Poliana a chamava. Ele não soube dizer o sobrenome."

"Se a secretária for quem estamos pensando, não tem importância nenhuma saber nome ou sobrenome. É tudo falso."

"Sem dúvida. Aliás, ontem mesmo, assim que soube onde a vítima morava, o Salgueiro deu uma busca no apartamento."

"Ele não precisaria de um mandado?"

"Precisaria sim, Ana. Se não tivesse a chave."

"Entendi."

"Ele foi com o próprio Victor ao apartamento da amante. E lá encontraram uma pasta com cópias dos documentos da secretária misteriosa, junto com um contrato de trabalho. Vão investigar, mas duvido que avancem alguma coisa. Devem ser falsos também."

"E quem teria indicado a secretária? A amante não iria sair contratando qualquer uma, era uma pessoa que iria trabalhar dentro da casa dela, certo?"

"O Salgueiro perguntou isso, André. Winner não soube responder."

"Não acharam mais nada no apartamento?"

"O laptop da vítima. Rastrearam as ações da moça na internet e descobriram que andou visitando o site do Shangri-La nas últimas semanas."

"Então a ideia de passar a noite no motel-fazenda partiu da amante. Por sugestão da secretária."

"É o mais provável, meu amigo. O Victor não devia nem saber da existência do motel-fazenda. E talvez a própria Poliana também não. Minha tese é que Beatriz, a falsa secretária, falou do motel com a amante do Victor, sugeriu que ela visitasse o site e convidasse o amante pra um final de semana *caliente* no Shangri-La. Entenderam agora por que eu não poderia falar essas coisas na frente do Clovis? A assassina não escolheu o motel dele à toa. Ela investigou tudo primeiro. Noutras palavras, ela sabe tudo sobre o Shangri-La. E provavelmente sobre o Clovis também."

"E está à solta."

"Pois é. O que eu acho é que Beatriz soube da existência do Shangri-La e pensou: um ótimo lugar pra uma cilada. Fora da cidade, num local isolado, e um programa diferente, que a amante poderia propor ao Victor sem que ele desconfiasse de nada. Ela então pesquisou o motel do Clovis, quem sabe até tenha passado uma noite lá, com um namorado ou algo parecido, só pra saber como é por dentro, como é o sistema de segurança etc."

"A Beatriz não precisaria armar tudo isso. Se era secretária da Poliana, poderia ela mesma ter matado a amante do Victor, na hora que quisesse."

"Você não entendeu, André. Ela não queria simplesmente matar a amante do Victor. Queria que ele estivesse junto, na hora da morte. E que seu nome aparecesse na imprensa, como apareceu. E num local que não deixasse dúvidas sobre o tipo de relacionamento que havia entre eles. Agora todo mundo sabe que o Victor tinha uma amante, que foi assassinada quando estava com ele num motel!"

"Você disse que a Poliana falava muito da secretária com o Victor."

"Sim. Ele revelou que ela estava bastante satisfeita com o trabalho da secretária. Além de ótima profissional, era também muito atenciosa, gentil, uma pessoa do bem. Até se tornaram amigas!"

"Confidentes?"

"Por que não?"

"Golpe de mestre", Ana falou.

21

Era uma da tarde de um sábado de verão. Sol rachando, calor insuportável. E meu Chevette sem ar-condicionado enfrentava a estrada de volta para o Rio, conformado com sua desdita como o pobre Rocinante.

Pelo retrovisor podia ver que o Gordo cochilava, a cabeça jogada para trás no encosto do banco, boca aberta. Dava para ouvir seu ronco. Ao meu lado Ana parecia dormir também.

Devagar, para não incomodá-la, peguei no porta-luvas o CD com as gravações da Rádio Relógio.

A força necessária para dar três espirros consecutivos queima exatamente o mesmo número de calorias que um orgasmo. E você sabia que, antes de se tornar cantor, Elvis Presley era coveiro, como todos os homens de sua família?

Rádio Relógio. Dezessete horas, vinte...

Sem abrir os olhos e sem mudar de posição, apenas estendendo o braço, Ana desligou o rádio. Depois se virou de lado, a cabeça apoiada no banco e as mãos servindo de travesseiro.

∽

Parei num posto. Estava morrendo de sede. Estacionei o carro e entrei na loja de conveniências.

Quando voltei, os dois estavam acordados.

"Senão vejamos", o Gordo foi logo dizendo, assim que pegamos a estrada de volta. Estava bem disposto, depois do seu cochilo profundo. "Beatriz, a falsa secretária, descobre que existe um motel-fazenda em Guapimirim e joga a isca pra amante do Victor Winner. Tolinha, a jovem aspirante a escritora de livros de autoajuda gosta da ideia, sem saber que está caminhando para o cadafalso."

"Cadafalso."

"Não me interrompe, André, por favor. A tolinha propõe ao amado amante um final de semana inesquecível, em meio ao verde, cercado de passarinhos e águas cristalinas. E, claro, com muito sexo. Ele topa."

"Um adendo, se me permite", interrompi.

Ele fez um gesto com os braços, pedindo que eu prosseguisse.

"A história começa antes disso. Victor mantinha esse caso há quatro anos. Beatriz descobriu que ele pulava a cerca com uma brasileira, que morava no Rio, e colou na mulher. Não precisava ser muito esperta pra sacar que era por ali que ela poderia arrebentar de vez com o inimigo. Winner, pelo que sabemos da sua biografia, sempre se preocupou em passar a imagem de um homem íntegro, um empresário honesto e bem-sucedido, maior acionista de um grupo editorial que publica livros que ajudam pessoas a viver melhor. Argh! E de repente, não mais que de repente, uma amante no Brasil. Vigiando a princesa noite e dia, Beatriz descobre que ela está procurando uma secretária. Se candidata à vaga e vira nada menos que a secretária particular da amante do seu inimigo."

"Quando já estava dentro da casa", o Gordo continuou, "fez a festa. Obteve informações importantes sobre o Victor, talvez até alguns segredos de alcova. E, claro, sabia tudo da vida da Poliana, inclusive que medicamento tomava, em que dosagem e a que hora do dia."

Virei ligeiramente o rosto para Ana, esperando que falasse alguma coisa. Ela via a paisagem pela janela e parecia longe dali.

"Aliás, uma dúvida que me ocorreu agora", o Gordo disse. "Como ela conseguiu armar e executar todos esses crimes se passava a maior parte do tempo trabalhando como secretária?"

"Psicopatas levam uma vida social dentro da normalidade, meu amigo", respondi. "De manhã e à tarde, de segunda a sexta, Beatriz trabalhava como secretária. Mas tinha as noites e os fins de semana livres. E mesmo de dentro do apartamento ela poderia fazer seus contatos, dar telefonemas, usar a internet. Não devia ser um trabalho tão puxado assim."

"Que ironia. Ela pode ter usado o apartamento da amante do Victor, bancado pelo próprio, como quartel-general do seu plano diabólico."

"Sem contar que era ele que pagava seu salário."

∽

Eu tinha ligado para o Victor, ainda em Guapimirim, mas só pude deixar recado na caixa postal. Quando estávamos chegando ao meu prédio ele retornou a ligação. Perguntei se poderíamos marcar um encontro e se Ana poderia ir com a gente.

Ele respondeu que havia homens do Almeida Salgueiro reforçando sua segurança. Precisaria pedir autorização do delegado. Se desse, ligaria para mim.

"No esquema de sempre", ele disse, desligando. "Aguarde minhas instruções."

Esquema de sempre. Só tinha encontrado o cara uma vez e ele me falava em esquema de sempre. Impressionante como eu só arranjava cliente doido.

Estacionei na garagem. Quando desliguei, o Chevette fez um barulho estranho, no motor, um ronco esquisito. E começou a sair fumaça na parte da frente. Desci assustado, sem saber o que fazer.

"Melhor não mexer nisso", o Gordo falou, apontando para a fumaça.

"E se o carro pegar fogo?"

"Não mexe. Vai por mim."

Deixei meu Rocinante descansando na garagem, com certa melancolia por saber que aquela talvez tenha sido sua última aventura.

∽

Tinha combinado com o Valdo Gomes no Belmonte. Ele já estava lá quando chegamos. Apresentei a Ana.

"Vocês parecem cansados", ele disse, quando nos sentamos.

"A noite não foi fácil", falei.

O Gordo pediu três chopes e o cardápio.

"Foi bom você ter me ligado, André. Acompanhei as notícias do crime. Deu hoje na televisão e peguei alguns comentários na internet também. Você acha mesmo que foi ela?"

Fiz que sim, com a cabeça.

"Essa mulher não é fácil, não, viu?"

O Gordo pediu filé à milanesa. Fiquei na dúvida. Acabei pedindo truta com arroz de açafrão. Ana me acompanhou.

"E então, o que você quer saber, André?"

"Me fala do livro, *Tulipa*."

Valdo matou o chope que estava bebendo e pediu outro.

"É um livro um pouco estranho, no conjunto da obra do Hammett. Ele cria uma espécie de *alter ego*, um escritor isolado do mundo depois de ter saído da prisão por envolvimento com os comunistas, no início dos anos 50. Foi a última coisa que ele escreveu. E não terminou. É uma novela em que não acontece nada, praticamente. É só um longo diálogo entre o personagem escritor e um amigo da prisão, que o visita. Mas *Tulipa* não era apenas mais um romance, pelo menos Hammett não o considerava assim. É um livro em que ele, pela voz do escritor, que é também o narrador da história, fala do que entendia por literatura. É uma espécie de testamento de escritor, digamos assim."

"Testamento?", Ana perguntou.

∽

Valdo Gomes fez uma pausa.

"O narrador tem cinquenta e oito anos e fala para uma plateia composta por três irmãos, um menino e duas meninas, adolescentes. E, claro, principalmente pro seu amigo, Tulipa, bem mais novo do que ele e que o chama de vovô. Me parece que Hammett quis colocar nessa novela não apenas suas impressões sobre literatura, mas também o que ele pensava da vida e das pessoas."

"Será que o livro teria feito sucesso?"

"Por ser de Dashiell Hammett, provavelmente sim, Gordo. Mas pelo estilo, talvez não agradasse tanto a seus leitores. Agora, fazendo sucesso ou não, seria um valioso depoimento, de alguém que passou a vida toda um tanto perplexo diante do fato de emoções, palavras e ações terem tão pouca relação entre si, como diz o narrador."

"E esse personagem, o Tulipa, fala um pouco dele, por favor", Ana pediu.

Ele olhou para ela com um sorriso simpático.

"Bom você tocar nesse ponto. Acho que por trás dos crimes da serial killer existe uma questão fundamental: o anonimato. O que talvez ela odeie nos escritores de autoajuda que matou seja o sucesso que eles faziam. Eram pessoas conhecidas no mundo todo, com exceção da última vítima."

"Mas aí talvez tenha sido uma questão de estratégia", comentei, "um modo de arrasar duplamente com o inimigo. Matar alguém de quem ele gostava e, ao mesmo tempo, mostrar pra todo mundo, inclusive pra família do Victor, que ele não é o bom moço que finge ser."

"É verdade. De todo modo, quando a assassina faz referência a *Mulher no escuro*, está apontando justamente pra esse aspecto que considero uma das chaves do mistério. O anonimato. A assassina sonhava publicar o primeiro livro e, assim, sair do escuro, deixar de ser anônima. Foi impedida justamente por aquele que lhe prometera o salto, a entrada no mundo das luzes, dos holofotes. E o ódio a Hammett, pelo que vocês me disseram, teria a ver justamente com isso. Ela odeia um escritor que, tendo a oportunidade de continuar em evidência, prefere se isolar numa fazenda do interior e parar de escrever."

"E o tal personagem, como fica?", falei, tentando trazer Valdo Gomes de volta ao real, embora apreciasse seus devaneios.

"Pois então. Esse personagem, o Tulipa, vai visitar o escritor famoso por quê? Porque deseja que o amigo escreva um livro sobre a sua vida. Noutras palavras, o cara quer que Hammett o tire das sombras, do anonimato, quer ver seu nome numa página de livro."

⁂

Os pratos chegaram.
"Está servido?"
"Obrigado, Gordo, já almocei."
Enquanto o garçom nos servia, fiquei observando o movimento na calçada. Uma das coisas curiosas do Belmonte é que ele fica no cruzamento de três ruas. Domingos Ferreira, Bolívar e Aires Saldanha. Fiquei pensando nisso, em como a localização do bar era um espelho do que eu estava vivendo, com histórias atravessadas, apontando para caminhos diferentes.
"Tem mais uma coisa", Valdo disse. "Lembram-se daquela minha tese, sobre a Síndrome de Pestana?"
"O quê?"
Ana não estivera com a gente na visita que fizemos ao ateliê do Valdo Gomes. Expliquei da melhor forma possível o que ele queria dizer com Síndrome de Pestana.
"Que interessante!"
Valdo corou ligeiramente. Era um tímido, meu amigo alfaiate. Corava diante do elogio de uma mulher bonita.
"Hammett defendia a importância do refinamento literário", ele continuou. "Não por acaso, era um grande admirador de Henry James. Quando queria dar um exemplo de refinamento em literatura, costumava citar *A volta do parafuso*, de James. E também disse numa entrevista, depois de já ter parado de escrever, que o melhor autor policial da atualidade era um francês, Simenon, que pouco tempo antes tinha publicado *Sangue na neve*. Ele disse que Simenon era mais inteligente do que os outros e que havia algo de Poe no que ele escrevia. Entenderam aonde eu quero chegar?"

"Mais ou menos", respondi.

"Simples. Dashiell Hammett não queria mais ser um escritor de romance *noir*. Tinha se cansado daquele tipo de literatura. Chegou a dizer que aquilo que ele escreveu, e que lhe deu tanto lucro, estava ultrapassado."

"Não havia nenhuma ironia nisso?"

"Sem dúvida, André. Mas tinha um fundo de verdade também, quer dizer, do ponto de vista do próprio Hammett. Minha tese é que ele não queria entrar pra história da literatura como autor de romances policiais. Queria escrever algo maior, que ele considerava maior, uma obra profunda, refinada. Como o Pestana do conto de Machado, Hammett estava cansado de ser popular. Queria ser um erudito."

"*Tulipa* seria o passaporte pro outro mundo, o clássico", o Gordo resumiu.

"Exato. Hammett morreu sem ter concluído o que julgava ser sua grande obra. Ficou famoso pelos romances geniais que escreveu e frustrado pelo romance, a meu ver, inferior aos outros, que não chegou a concluir."

A vida não tem a mínima lógica, pensei.

∽

"E o que a sua teoria, de *Tulipa* ser uma prova de que Dashiell Hammett parou de escrever porque sofria de Síndrome de Pestana, tem a ver com o assassinato no motel-fazenda e/ou com a próxima vítima?", provoquei.

"Ah, isso é com vocês, meus amigos. Vocês são os detetives, sou apenas um leitor curioso tentando ajudar os homens da lei."

"Não somos os homens da lei."

Ele deu de ombros.

Ficamos mais um pouco no Belmonte, jogando conversa fora e bebendo chope.

Ana não participava da conversa, só ouvia, meio distante. Tinha tirado da bolsa uma caneta colorida, vermelha, e desenhava qualquer coisa num guardanapo. Guardou o guardanapo e fez outro desenho. Contei três guardanapos.

Pagamos a conta e o Gordo foi para casa, dizendo que precisava descansar.

Me despedi com um abraço caloroso no Valdo Gomes.

"Fica ligado", falei, já do outro lado da calçada.

Ele sorriu. Era um dos nossos.

∽

No apartamento, Ana me pediu que lhe fizesse um chá. Ficou na sala, vendo alguma coisa no celular, e eu fui para a cozinha.

Tinha trazido do Shangri-La um potinho que o Clovis me deu de presente. Segundo ele, era uma mistura de cidreira, erva-de-são-joão e passiflora. Na verdade, ele deu um pote para cada um de nós, dizendo que estávamos precisando. Talvez tivesse razão. Achei que Ana gostaria de experimentar aquilo.

Enquanto a água fervia, olhei pela janela da cozinha, que dava para a janela da cozinha de outro apartamento. Haveria alguém na outra cozinha, fazendo um chá, como eu fazia naquele momento? Seria uma cena inverossímil se estivesse num romance, mas eu não precisava me preocupar com isso, não estava escrevendo droga de romance nenhum, então podia imaginar o que me desse na telha.

E se no apartamento vizinho, atrás da janela que eu via pela minha janela, a assassina estivesse agora preparando um chá um pouco diferente do meu, com ervas, digamos, menos relaxantes? Ou relaxantes ao extremo?

Aquela mulher que eu não conhecia me assustava e me atraía ao mesmo tempo. Não era, aliás, uma única mulher. E nem estou me referindo ao fato de ela ter cúmplices – se de fato os tinha –, mas à sua habilidade com os disfarces. Onde teria aprendido essa arte? E qual seria o próximo?

Ela poderia estar, sim, no apartamento ao lado. Por que não?

Minha cabeça viajava quando ouvi o barulho da tampa da chaleira querendo saltar fora. Desliguei o fogo e preparei o chá.

Quando voltei à sala, com uma bandeja e as duas xícaras fumegando, Ana não estava mais lá. Chamei por ela, mas não tive resposta.

Andei dois passos e senti que chutava alguma coisa. Olhei para baixo e vi um envelope branco, de carta. Na parte de fora, marcas de lábios femininos. Marcas de batom.

22

Meu coração começou a bater mais forte. Gritei o nome da Ana. Ninguém respondeu.

Coloquei a bandeja sobre a mesa e apanhei do chão o envelope. Abri. Era o desenho de uma margarida, com apenas metade das pétalas. Um desenho feito num guardanapo, com caneta vermelha.

Logo entendi. Minhas suspeitas se confirmaram quando vi, mais adiante, um outro envelope, igual ao primeiro, com a mesma marca de batom. Dentro, outro desenho de margarida, agora com três quartos de pétalas.

Vi um terceiro envelope, perto da porta do banheiro. No terceiro desenho, faltava apenas uma pétala para completar a flor.

A porta do banheiro estava fechada. Ouvi o barulho do chuveiro. Empurrei a porta – não estava trancada – e o vapor me atingiu no rosto.

Bati a porta, fazendo barulho.

E então vi surgir no box um desenho em construção, feito com o dedo sobre o vidro coberto de vapor. Era uma margarida que se desenhava ali, na parte de dentro do box. Uma margarida completa, sem nenhuma pétala faltando.

Tirei a roupa e entrei no chuveiro.

"Por que margarida?", falei, abraçando Ana por trás e ensaboando devagar a parte de cima das suas coxas, depois barriga, seios. Ela colocou suas mãos sobre as minhas, guiando as carícias.

"Porque não sei desenhar tulipas", respondeu, a voz baixa, no meu ouvido.

23

Por volta das onze da noite, Victor ligou. O Gordo tinha acabado de chegar ao meu apartamento.

"Me espera na portaria, em cinco minutos."

Descemos os três.

Uma van parou na frente do edifício. Alguém abriu a porta lateral e entramos. Na parte da frente, o motorista e um outro segurança, no banco do carona. Atrás, Victor Winner e Heleno.

Percebi que um outro carro nos seguia. Uma escolta.

"Pra onde estamos indo?", perguntei.

Ninguém respondeu. Seguimos em silêncio. Para minha surpresa, a van entrou no pátio da delegacia do Almeida Salgueiro.

"Por que entramos aqui?"

Victor fez um gesto com a mão espalmada, pedindo que eu aguardasse. O motorista estacionou o carro e desceu. Deu para ver que trazia um revólver na cintura, por dentro da calça. O outro segurança saiu também. Ficaram os dois encostados na van.

Heleno desceu em seguida, pedindo que esperássemos no carro.

"O que ele foi fazer?"

"Conversar com o delegado, André."

"Conversar o quê?"

"Não sei. O Almeida Salgueiro disse que eu poderia me encontrar com vocês, mas só na delegacia."

"E por que não entramos?"

"Achei que você iria preferir conversar aqui no carro, sem a presença do delegado. Errei?"

"É estranho. Por que o Heleno entrou?"

"Não tem nada de estranho. Quando liguei pedindo autorização pra me encontrar com vocês o Salgueiro concordou e disse pra eu trazer o Heleno. O Salgueiro precisava falar com ele. Enquanto isso, poderíamos conversar, eu e vocês, dentro do carro."

Fiquei desconfiado. Estavam me escondendo alguma coisa e eu não gostava nem um pouco disso. Fui direto:

"Como a Beatriz foi parar na casa da sua amante?"

"Ela era secretária da Poliana."

"Mas como ela soube que Poliana era sua amante? E que estava precisando de uma secretária? E como conseguiu o emprego?"

"Perguntas demais. Acho que você ainda não entendeu com quem estamos lidando. Não é apenas uma psicopata, assassina. É uma mulher infernal, às vezes acho que ela fez um pacto com o Diabo ou coisa assim."

"Você acredita no Diabo?"

"Nem sei mais no que acredito. Mas se o Diabo existe, está do lado dela."

"Tem certeza de que Beatriz não tinha nenhum parente?", insisti.

Estava um pouco escuro dentro do carro, mas pude ver que ele franziu a testa.

"Se tinha, não me contou."

"É difícil acreditar que ela tenha feito tudo o que fez agindo sozinha. Deve ter alguém com ela."

"Como assim, alguém?"

"Sei lá, alguém. Ou mais de uma pessoa. E de onde ela tirou dinheiro pra montar todo esse esquema?"

"Talvez ela tivesse mais dinheiro do que eu supunha. Talvez tenha mentido pra mim sobre isso. E sobre não ter parentes próximos ou amigos. O que sei foi o que já contei pra vocês e pra polícia. Não estou mentindo."

Ana se mexeu no banco, ao meu lado. Parecia incomodada.

"A Poliana não te contou como contratou a secretária?", falei. "Se foi indicação de alguma pessoa conhecida, ou alguma agência de emprego. Ela deve ter contado, nem que fosse pra te dar uma satisfação, já que era você quem estava pagando."

"Não lembro. Deve ter contado sim, mas não lembro. Não era um assunto importante, eu tinha coisas muito mais sérias me preocupando."

"Que tipo de coisas?", Ana perguntou.

Ele pareceu não ter gostado. Fez uma cara feia.

"Coisas que não te interessam."

O sujeito estava ficando nervoso.

"Qual livro ela estava escrevendo? Qual era o assunto?"

"Que importância tem isso agora, Gordo?", Victor disse, impaciente.

"Eu acho importante."

"Tudo bem, *você* acha importante. Vou responder e aí *eu* passo a fazer as perguntas, combinado?"

O Gordo assentiu, com a cabeça.

"Poliana não era uma boa escritora. Na verdade, escrevia muito mal. O livro era uma reunião de anotações dela no seu diário, uma série de pequenas divagações sobre a vida, o amor, a felicidade."

"Um livro de aforismos. Era isso?"

"Por aí."

"Se era tão ruim, por que você prometeu a ela que iria publicar?"

Ele respirou fundo e olhou para o Gordo, em silêncio.

"Tudo bem, já entendi."

Era óbvio que Victor não pretendia publicar livro nenhum, só estava enrolando a mulher, como tentou enrolar Beatriz.

∽

"E vocês, o que conseguiram? Alguma novidade?"

"Ainda não. É provável que Beatriz tenha induzido sua amante a levar você pro motel-fazenda em Guapi. Foi sugestão da Poliana, certo?"

"Foi."

"Então. Beatriz deve ter planejado tudo. Sabia que a Poliana tomava insulina."

"Isso até o tonto do Almeida Salgueiro já deduziu. Quero saber se vocês têm alguma ideia de onde a maluca está!"

"Não, não temos."

"Polícia de merda, detetives de merda! A maldita está em todo lugar! Meus negócios estão indo pro buraco, minha mulher me abandonou, Poliana está morta! E ninguém faz nada!"

Olhei para fora do carro. Heleno estava demorando muito.

"Se isso serve de consolo, tem uma coisa que posso te dizer", Ana falou, de repente.

Esperamos. Percebi que minhas mãos estavam suadas. Mau sinal, eu precisava manter o equilíbrio.

Ana olhou bem para Winner, antes de dizer:

"Ela só vai matar mais uma vez."

⁂

De onde a Ana havia tirado essa ideia? Não tinha comentado nada comigo.

Ela parece ter adivinhado meu pensamento. Virou-se para mim, ignorando o idiota do Victor, e disse:

"Tem muita gente atrás da Beatriz. Por mais fria e preparada que seja, por mais grana que tenha, não vai conseguir se esconder por muito tempo. Nós não temos tantos recursos, trabalhamos só mesmo com algumas hipóteses, mas a polícia tem. E aposto que o Almeida Salgueiro sabe mais do que nos contou."

Era exatamente o que eu pensava. E achava que o Heleno estava envolvido, de alguma forma. Essa demora toda, devia estar numa longa conversa com o delegado.

"E Beatriz sabe disso", Ana continuou falando, agora para o Victor. "Assim como rastreou os seus passos, também deve estar rastreando os da polícia. E já deve ter se dado conta de que o tempo está acabando. Acho que essa pista, do livro do Hammett, confirma a minha hipótese."

"O romance inacabado, *Tulipa*?", Victor disse, curvando o tronco e se aproximando um pouco mais dela, que estava bem à sua frente.

"Quando vínhamos de Guapi, dentro do carro, me perguntei: por que *Tulipa*? Como da última vez, essa também pode ser uma pista dupla. Quando deixou a pista que levava ao romance *Mulher no escuro*, estava apontando para a próxima vítima, mas também pra autoria dos crimes: uma mulher, agindo na sombra. Seria Poliana a próxima vítima. E era também uma mulher, meio mulher-fantasma, a assassina. A pista que deixou agora também funciona assim. Serve pra dar uma dica de quem ela pretende matar em seguida, mas acredito que ela também esteja querendo dizer que seu trabalho está no fim."

"Ainda não entendi."

O Gordo respondeu:

"*Tulipa* foi a última coisa que Hammett escreveu, seu último livro."

∽

Victor voltou a se recostar e ficou em silêncio.

"Ele não terminou o livro", disse, sem se mover da posição em que estava. "Isso não quer dizer nada? Não tem nenhum significado pra vocês?"

"Tem", Ana respondeu.

E fez uma pausa, antes de concluir:

"Ela quer dizer que é melhor do que ele."

"Melhor do que Hammett?"

"Sim, melhor do que Dashiell Hammett."

Ele se ajeitou no banco e ficou olhando para os próprios pés. Eu sabia, ou imaginava, aonde Ana queria chegar. E acho que ele também.

Victor levantou os olhos, mirou Ana de frente e disse, com uma calma que me pareceu um tanto assustadora.

"Então você acha que ela vai matar apenas mais uma vez e aí terá terminado a sua grande obra. Uma obra completa. O que Hammett não conseguiu fazer."

"Não é só isso. Ela também está querendo dizer quem será a próxima vítima. A última."

"E quem seria?"

"Você."

24

"Tudo bem, podemos ir", Heleno disse, entrando no carro.

"Por que demorou tanto?", perguntei.

"Ele queria informações sobre a Ana."

"Eu?!"

"Mera formalidade, você entende. Todo cuidado é pouco nesse caso. O André e o Gordo, ele já sabe quem são, mas nunca tinha ouvido falar de você."

"Nossa, e você ficou esse tempo todo falando de mim, Heleno?"

"Não. O Salgueiro estava muito ocupado, tomando um depoimento. De outro caso. Tive que esperar que ele acabasse."

"Foi só isso mesmo?"

"E o que mais seria, André?", ele perguntou de volta, irritado.

Victor pediu ao motorista e ao segurança que entrassem na van. Partimos.

No caminho para Copacabana eu quis saber do Heleno se ele tinha conseguido descobrir alguma coisa sobre uma possível herança deixada por Beatriz.

"De novo essa história de herança?", Victor interrompeu.

"Não temos certeza se ela deixou alguma herança", respondi, observando bem sua reação. "Mas precisamos saber de onde vem o dinheiro que ela usou pra montar esses planos todos. Deve ter gastado uma boa grana com passagens aéreas, propinas e tudo mais. Se ela realmente era muito rica, e escondeu isso de você, o dinheiro pode ter ficado com algum parente próximo, mancomunado com ela."

"Era isso que o Salgueiro queria falar comigo, na delegacia. Eles descobriram uma coisa importante."

Heleno fez uma pausa, tempo suficiente para eu colar de novo meus olhos no rosto do Victor Winner.

Depois disse:

"Essa Beatriz, a assassina. Ela tem uma irmã."

༄

A frase caiu como uma granada dentro do carro. E o primeiro a ser atingido foi Victor, que acusou o golpe.

Ele passou as mãos nos cabelos e desviou seu olhar do meu. Tirou do bolso do paletó uma garrafinha de alumínio, dessas de carregar bebida, e entornou uma boa quantidade. Não devia ser água ou suco de laranja que estava ali dentro.

Depois tirou de outro bolso uma barra de chocolate, que devorou sem oferecer para ninguém.

༄

Heleno deu mais detalhes:

"A polícia conseguiu um depoimento importante, do dono de uma padaria perto da casa onde Beatriz morava, no Jardim Botânico. A casa não existe mais, construíram um prédio no lugar, por isso ficou difícil obter qualquer informação sobre a assassina nas redondezas. Mas esse senhor, que tem a padaria há mais de trinta anos e conhece toda a história daquela área, esse senhor estava acompanhando as notícias dos crimes, criou coragem e procurou a polícia. Ele contou que se lembrava da Beatriz e que ela morava com a irmã mais nova. Disse também que os pais das duas morreram num acidente de carro, quando Beatriz tinha vinte e um anos. A irmã tinha catorze na época."

"Foi só isso que o delegado conseguiu? O depoimento de um velho caduco?", Victor disse, bebendo mais um pouco da sua garrafinha e a guardando de volta, no paletó.

"Não. Há outras evidências."

"Você conheceu essa irmã, não conheceu?", perguntei ao Victor, à queima-roupa.

"Que droga!", ele gritou. "Já falei que não! Tudo o que eu sei contei pra polícia!"

O segurança se virou para trás. Victor fez um sinal de que estava tudo certo. Mas eu sabia que não estava.

"Tem outra coisa. O vizinho disse que a irmã caçula sofreu um acidente, faz uns oito ou dez anos. E ficou paraplégica."

Victor estava paralisado, a boca ligeiramente aberta.

"Paraplégica?! Tem certeza?"

Heleno não respondeu. Naquele momento deduzi, ou confirmei, duas coisas. A primeira era que Victor tinha mentido desde o início, sobre a existência dessa irmã. A segunda é que ele não nos contaria a verdade nem sob tortura.

25

"E onde ela está, a irmã?"

"O Salgueiro está investigando, Gordo. Tudo indica que no exterior. Provavelmente num país da Europa."

"Tudo indica?"

Heleno me lançou um olhar fulminante.

"O que foi, André? Continua achando que eu estou te escondendo alguma coisa?"

Não respondi.

"Vamos acabar logo com essa história", Heleno disse. "Vou ficar aqui e pegar um táxi pra casa. Chega, cansei."

O Gordo pôs panos quentes.

"Calma. Estamos todos nervosos, não é hora pra isso."

Heleno me encarou:

"Eu não jogo sujo, garoto. Nunca joguei."

Respirei fundo. O clima estava tenso naquele carro.

∾

Seguimos em silêncio até Copacabana. Me deixaram no meu prédio, com a Ana, e seguiram para o Estácio, onde o Heleno desceria. E antes o Gordo, na Lapa.

Já estava fora do carro quando resolvi voltar e falar com o Heleno.

"Desculpa. Foi mal", eu disse.

"Tudo bem, acontece. Deixa pra lá."

Dei um meio abraço no velhote. Ele sentado, eu em pé.

"Me liga amanhã, Gordo", falei.

Abri o portão do meu prédio e caminhei devagar até a portaria. Estava exausto, só agora me dava conta disso, de como estava exausto. Minhas pernas pareciam de chumbo e minha cabeça doía um pouco, em cima dos olhos.

Já era tarde. O porteiro (o gente boa, não o outro) via um filme qualquer na pequena televisão colocada sobre a sua mesa.

"Tem uma coisa aqui pra você, André", ele disse, quando eu já apertava o botão do elevador.

"Uma moça deixou, não faz nem uma hora."

"Uma moça? Como ela era?"

Ele olhou para Ana, um pouco constrangido.

"Pode falar, sem problema", Ana disse.

"Uma moça alta, muito branca, loura."

"Bonita?"

"Bastante."

Percebi que Ana estava com medo, dava para ver nos seus olhos que estava com medo.

⁂

Era um pacote pequeno, envolvido em papel pardo, com plástico bolha por dentro. Comecei a abrir.

"Não, André", ela falou, segurando a minha mão.

Subimos.

Entrei, acendi as luzes e fui logo para a cozinha, procurar alguma coisa para abrir o embrulho.

"Espera um pouco. Deixa eu ver isso aqui."

Ela pegou o pacote das minhas mãos e ficou sentindo o peso, a textura.

"Não tem nada escrito. Nem remetente, nem destinatário."

"Você não acha que tem uma bomba aí dentro, acha?", brinquei, um riso nervoso.

Ana não respondeu. Colocou o embrulho sobre a mesa da pia, na cozinha.

"Há vários tipos de veneno, sabia?", ela falou, enquanto pensava no que fazer.

Abri a geladeira e peguei uma cerveja. Ela não quis.

Ficamos os dois em pé, diante do pacote sobre a pia.

"Não vamos ficar a vida inteira aqui na frente dessa esfinge, vamos?"

"Liga pro Heleno, André."

"Heleno?!"

"Ele foi delegado de polícia, vai saber o que fazer."

Liguei e contei o que estava acontecendo. Ele não disse nada.

"Alô?"

"Estou pensando. Olha só, não tem um jeito seguro de você abrir isso aí. O certo seria levar na delegacia e deixar com o Almeida Salgueiro. Eles têm detectores lá. Ou podem chamar um perito."

"Detector de veneno?"

"Não. De veneno não, de metais. E ele pode pedir ajuda da Polícia Federal. Os caras têm uns cães que farejam tudo."

Eu não iria sair de casa àquela hora e ir até a droga da delegacia entregar aquela encomenda para o Almeida Salgueiro. Até porque tinha sido deixada para mim.

"Já entendi, André", ele falou, vendo que eu não tinha dado continuidade à conversa. "Você mesmo quer abrir esse troço."

"Acertou."

"O embrulho é pesado?"

"Não. É bem leve. E pequeno, um retângulo de quinze por vinte mais ou menos."

"Não deve ser uma bomba. Acho pouco provável. Faz o seguinte: pega uma toalha e coloca no seu rosto, protegendo o nariz e a boca. E tenta proteger os olhos o máximo que puder. Você tem luvas em casa?"

"Claro que não."

"Pega duas toalhas de rosto e envolve suas mãos com elas. Depois abre o embrulho com uma faca. Vai abrindo devagar, pelas beiradas. Faz isso."

Segui suas instruções. Ajeitei as toalhas no rosto e nas mãos. Com a mão esquerda firmei o embrulho sobre a mesa, e com a direita fui cortando devagar, como Heleno havia sugerido. Eu suava em bicas.

"Mais devagar", Ana falou, ao meu lado.

Finalmente consegui cortar as beiradas do papel pardo. E do plástico bolha. Com o toque, percebi que havia um pequeno objeto, duro, no interior do pacote. Abri com cuidado.

Ficamos olhando para aquilo. Nem bomba, nem veneno. A não ser que a assassina – se foi mesmo ela quem deixou o pacote – tivesse colocado veneno ou uma bomba num celular. Era isso que estava ali, à nossa frente, sobre a pia, um celular.

26

"Ela vai te ligar", Ana falou.
"Pego ou não?"
"Pega. Com a toalha."
"É difícil usar um celular com uma toalha na mão."
Coloquei o aparelho de volta na pia, coloquei as toalhas no tanque, na área de serviço. Peguei um pano de prato.
"Assim é melhor", falei.
"Está desligado."
Liguei. A bateria estava carregada.
"E o que eu faço agora?"
"Espera."
"Só isso?"
"Só."
Notei que Ana também estava cansada. Os olhos fundos, a voz.
"Quer um chá?"
Ela fez que não.
"Vou tomar um banho. E tentar dormir. Você devia fazer a mesma coisa."
"E se ela ligar?"
"Você vai acordar com o toque, pode ter certeza."

∽

Fiquei deitado no sofá da sala, pensando, enquanto Ana tomava seu banho.
Não conseguia entender por que uma serial killer de escritores de autoajuda queria falar comigo. Primeiro ela me seguiu até o Bar Brasil, disfarçada de homem. Depois me escreveu aquele

bilhete. E agora deixava na minha portaria um celular novo (dava para ver que não tinha sido usado ainda). Qual era seu plano? E por que eu? E se iria mesmo ligar, quando seria?

Tomei banho e fui me deitar com a Ana. Tentamos dormir, mas estava difícil.

"Ela vai fazer uma revelação. Vai te contar um segredo", Ana falou de repente, quebrando o silêncio.

"Hein?!"

"Essa Beatriz. Essa mulher tem alguma coisa pra contar."

"Por que você acha isso?"

"Ela sabe que vai ser pega. Ainda mais agora, que o delegado descobriu a existência da irmã. E já deve até saber onde ela está."

"O Heleno disse que o Salgueiro ainda está investigando. Você acha que ele mentiu pra gente?"

"Não, o Heleno não. Mas o Salgueiro sim. Ele não quis entregar tudo de bandeja. O Almeida Salgueiro é experiente. Você mesmo me falou isso, lembra? Então. Por que você acha que ele deixou o Victor e a gente dentro daquele carro um tempão? E depois mandou o Heleno, com a informação de que existia uma irmã na história?"

"Você acha que ele quis ver o circo pegar fogo."

"Ele quis ver se a gente conseguia tirar alguma coisa do Victor. O Salgueiro sabe que o Victor está mentindo e usou a gente pra tentar descobrir o que ele anda escondendo. E você descobriu. Você provocou o cara e ele deixou evidente que teve alguma coisa com a irmã da Beatriz. O puto nem conseguiu disfarçar."

"E o Heleno vai contar tudo pro Salgueiro, toda a conversa no carro."

"Já deve ter contado."

Fiquei olhando para o celular, na mesinha de cabeceira. Quando iria tocar? Se é que iria mesmo tocar.

"Você estava dizendo que a Beatriz tem um segredo."

"É só uma hipótese. Por que ela iria deixar um celular novo com você? Só pode ser pra te ligar sem ser rastreada. Ela sabe que o seu está grampeado."

"Está?"

"Você acha que não? Que o Salgueiro iria dar esse mole? Claro que está. Ela sabe disso e deixou um aparelho novo com você."

"Hum."

"Posso estar delirando, mas minha hipótese é a seguinte. O Almeida Salgueiro já colocou as mãos na irmã. E a Beatriz sabe disso. Ou pelo menos desconfia."

"Como poderia saber?"

Ana acendeu o abajur e se sentou na cama, as pernas cruzadas, como se fosse uma índia. Uma linda índia de calcinha preta e camiseta branca, de malha, que ela pegou no meu guarda-roupa.

Me recostei na cabeceira.

"Pensa bem, André, acompanha meu raciocínio. A Beatriz já sabia que a polícia ou algum dos detetives contratados pelo Victor, alguém mais cedo ou mais tarde chegaria até ela. Estava arriscado demais. Quem manipulava a grana era provavelmente a irmã, que mora no exterior. Beatriz simulou a própria morte e a herança ficou pra irmã. Era daí que vinha a grana. De algum modo ela soube que a irmã foi presa. A própria irmã pode ter mandado uma mensagem falando isso. Elas podem ter se comunicado antes de a polícia levar a irmã pra cadeia. E quando soube que ela foi presa, Beatriz se convenceu de vez de que era o fim da linha. Essa Beatriz foi longe demais, matou quatro pessoas em menos de três semanas, na mesma cidade, sempre do mesmo jeito. E mandando recados pro Victor."

"Não é pouca coisa."

"Ela já conseguiu o que queria. Depois desses assassinatos e com tudo o que a polícia descobriu, o Victor está ferrado. Duvido que continue sendo o maior acionista do Frieden por muito tempo. E o casamento também já foi pro beleléu. Você ouviu ele dizendo, no carro, que a mulher o deixou. E tinha mais era que deixar mesmo. Então, Beatriz já conseguiu sua vingança. Ela ainda pretendia um último lance, o gran finale."

"Apagar Victor Winner."

"Exato. Mas talvez não consiga fazer isso. Provavelmente não vai conseguir. Então ela pensa: a qualquer momento esse delegado pode me pegar. E, pior, posso levar uns tiros antes de ser presa."

"Você acha que ele faria isso?"

"Ele não. Mas o Victor sim. Você me disse que quando o Victor esteve aqui, daquela vez, deixou claro que não se incomodaria se vocês matassem a Beatriz."

"É verdade. O Gordo até respondeu que a gente não matava ninguém."

"Mas ele mata. Ou manda matar. Deve ter algum matador de aluguel atrás da Beatriz. O Victor tem alguma coisa muito grave a esconder, entendeu? E a Beatriz sabe o que é."

Ana esticou o braço e pegou um copo d'água, que sempre deixo sobre a mesinha de cabeceira. Tomou metade de uma vez só.

"Até agora, André, até agora essa história só teve um lado. O lado do Victor. Tudo o que sabemos sobre a Beatriz foi ele quem contou. Mas pode haver uma outra versão."

"A versão da assassina."

༄

Bebi o que restava da água.

"Quer mais?", ofereci.

"Ainda tem cerveja na sua geladeira?"

"Sempre tem."

Fomos até a cozinha.

"Perdi o sono. Vou beber", ela disse, abrindo uma long neck.

"Não posso deixar uma dama beber sozinha. É contra os meus princípios", falei, abrindo uma outra.

Me lembrei do celular, que havia ficado no quarto. Fui buscar.

"Se a Beatriz tiver colocado algum veneno nesse troço, pode se considerar viúva, minha querida", falei, colocando o celular sobre a pia. Não estava mais usando nenhuma toalha ou pano de prato para pegar o aparelho.

"Ela não quer te envenenar. Quer conversar com você."

Bebi mais um pouco. O pior de tudo é que aquela improvável cerveja na madrugada estava descendo bem, bem até demais.

"Por que você acha que ela quer falar comigo?"

"E com quem mais ela falaria? Com a polícia é que não pode ser."

"Por que não? Ela poderia se entregar e contar tudo ao delegado."

"Ela não vai se entregar, André. Ela não é desse tipo. Vai resistir até o final, não vai se entregar. Mas precisa contar a alguém a sua versão da história."

"E por que não fez contato com um jornalista? Qualquer um da imprensa adoraria ouvir o que essa mulher tem pra dizer, seja lá o que for."

Ana ficou me olhando por um tempo. Era um daqueles olhares que ela me lançava de vez em quando, de uma ternura imensa.

"Sabe por que a Beatriz te escolheu, André? Quer mesmo que eu diga?"

"Claro."

"Ela gostou de você."

27

"Não é difícil gostar de você", Ana disse, e continuou com seus olhos nos meus, um risinho no canto dos lábios.

Eu não sabia o que falar.

"Você tem muitos defeitos. Mas é confiável. E a Beatriz não é boba. Já deu pra ver que não. Ela andou xeretando sua vida, seus hábitos, e ouviu toda aquela conversa de vocês no bar. Qualquer pessoa que ouça você, o Gordo e o Heleno conversando sabe que vocês são pessoas bacanas."

"O Valdo Gomes também estava lá, naquele dia."

Ela riu.

"Certo, me esqueci do Valdo Gomes, gente boa também. A Beatriz ficou ali a noite toda, só analisando vocês. E chegou à conclusão de que a melhor pessoa pra ouvir a história que ela tem a contar seria você."

Peguei um pedaço de queijo minas na geladeira. Cortei em cubos e coloquei azeite e orégano. Tudo em silêncio, enquanto pensava no que a Ana dissera.

"Você pode estar errada, sabia?"

"Claro que posso. Mas você tem uma hipótese melhor?"

"Não tenho hipótese nenhuma. Minha cabeça é um grande ponto de interrogação, cheio de cerveja dentro."

Ela pegou a garrafa da minha mão e colocou num canto.

"Então chega por hoje. Acho que agora já conseguimos dormir."

Fomos para a cama. E não dormimos.

∽

Quando peguei no sono já era de manhã.

Acordamos às duas da tarde. Consultei o histórico de chamadas do celular que Beatriz me dera de presente. Presente de grego. Nenhuma ligação.

"Calma. Ela vai ligar", Ana falou, os olhos inchados.

O Gordo havia ligado várias vezes, querendo saber mais detalhes da história de um celular deixado na minha portaria, que o Heleno contou a ele. Respondi que tinha decidido tirar o domingo de folga. Não faria nada até que Beatriz se dignasse a me ligar.

Era um domingo chuvoso. Ana e eu passamos o dia no apartamento, comendo pipoca, vendo filme, namorando. À noite pedi uma pizza. E nada de o telefone tocar.

∽

Na segunda-feira a chuva ainda continuava e o sono também. Às nove da manhã o celular tocou. Atendi correndo, achando que fosse o novo. Mas era apenas o meu mesmo, velho de guerra.

"André, acabei de falar com o Heleno", o Gordo disse.

Ana se virou de lado e dormiu outra vez. Me levantei e fui para a sala, fechando a porta do quarto.

"Quem é Heleno?"

"Acorda, camarada!"

"Hum."

"O Almeida Salgueiro já fez a perícia do livro, do romance do Chandler que estava dentro da bolsa da Poliana Vidal. E disse que podemos ir à delegacia hoje à tarde."

"E falar com o Alencar. Belo programa pra uma segunda-feira chuvosa."

"Não podemos deixar de ir, rapaz. Agora a gente já sabe por que a assassina escolheu esse livro como pista. É uma referência à irmã caçula, a irmãzinha. Aliás, tenho uma novidade pra você."

"O que é?"

"Deu hoje nos jornais. Se tivesse acordado mais cedo já estaria sabendo."

"Fala de uma vez."

"A irmãzinha. Foi presa. No sábado."

༄

Desabei no sofá.

"O que você está dizendo, Gordo? Presa? No sábado à noite a gente estava na delegacia e não ficou sabendo disso?"

"Pois é, o Salgueiro não contou toda a verdade. Heleno está puto com ele. No sábado, enquanto a gente estava no carro, ele conversou rapidamente com o Heleno e contou que tinham descoberto que a Beatriz tinha uma irmã. E aí pediu licença pra atender uma ligação, numa outra sala. Deixou o Heleno plantado, esperando ele voltar. Voltou pedindo desculpa pelo incômodo, estava resolvendo um outro caso. Mentira. Estava conversando com um colega. Da Suíça."

"Suíça?"

"A irmã foi presa numa cidadezinha da Suíça. Já estavam rastreando a moça fazia algum tempo. Só que isso o Salgueiro também não contou pra gente. No sábado conseguiram dar o bote e ligaram pra ele."

"Suíça, paraíso fiscal."

"É. Descobriram que a irmã tinha conta lá. E que nos últimos meses fez saques bem vultosos, pra dizer o mínimo. Ela zerou a conta e estava fugindo pro Panamá quando a pegaram, no aeroporto de Zurique. Era a irmã que mandava dinheiro pra Beatriz."

A hipótese da Ana estava batendo.

"Ontem à noite o Salgueiro chamou uns jornalistas na delegacia e deu essas informações todas. Está tudo na imprensa, dá uma lida depois."

"Deixa eu colocar as ideias no lugar primeiro."

"E Madame Veneno, já ligou?"

"Não. Nem sei se vai ligar."

"Claro que vai. Ela não deixou o celular de brinde."

Era muita coisa para quem tinha acabado de sair da cama, meio dormindo ainda. Tentei raciocinar, mas estava difícil.

"O Salgueiro disse pra gente ir à delegacia às duas em ponto. O perito liberou o livro e ele já avisou ao Alencar. Mas não podemos demorar como da outra vez. Tem que ser jogo rápido."

"Tudo bem. Te encontro naquele boteco da esquina, uns quinze minutos antes. Pode ser?"

"Pode. Mas não se atrasa."

Desliguei.

⁓

Ana saiu do quarto e sentou no meu colo, no sofá.

Ficamos um momento ali, abraçados, quase dormindo. Fiz um carinho nos seus cabelos.

"Ela não ligou", falei, sem sair de onde estava.

"Espera."

Silêncio. Só se ouvia o barulho do elevador, chegando ao meu andar. Era um elevador antigo, muito antigo. Parecia já estar ali antes de o prédio existir. Pegaram um elevador, usado, e colocaram num terreno qualquer. Depois construíram o prédio em volta.

"Vamos descer pra tomar café?"

"Você não pode sair de casa, André, não mesmo."

"Como assim?"

Ela se levantou e ficou duas horas se espreguiçando, na minha frente.

"Dei muita sorte nessa vida", falei, olhando para ela com segundas, terceiras e quartas intenções.

Ana sorriu.

"Por que não posso sair? É só levar o celular, não preciso ficar trancado aqui dentro."

"E se você for assaltado? E se acabar a bateria? Aliás, viu se o seu carregador serve nesse aparelho?"

"Serve. Já conferi."

"Fica em casa, esperando. Se precisar resolver alguma coisa, liga do seu. Deixa o outro sempre perto de você. Não dá mole não."

"Não tem nada pro café da manhã."

"Vou ver."

Ela abriu o armário. Achou café, chá e metade de um pacote de biscoito. Cream cracker integral. Nada na geladeira (acabei com o queijo minas no domingo), só um restinho de manteiga. Abriu o congelador.

"Pão de forma congelado. Dá certo?"

"Melhor do que pão de queijo pronto."

Ela tirou o pão do congelador, separou as fatias e esquentou na torradeira. Preparou um café bem forte e arrumou tudo na mesa da sala.

"Você ligou pra editora?"

"Liguei. Disse que ficaria essa semana no Rio, resolvendo umas coisas."

Pela janela vi que continuava a chover, uma chuva fina. Onde estaria, naquela hora, a serial killer que resolveu atravessar o meu caminho?

༄

Estava lavando a louça quando meu celular tocou novamente.

"Escuta, acho melhor eu ir sozinho à delegacia", o Gordo falou. "Melhor você não sair de casa."

"Já tinha pensado nisso."

"A Ana voltou pra São Paulo ou está com você?"

"Está comigo."

"Ótimo. Quando sair da delegacia dou uma passada aí."

"Combinado."

"Andei pensando naquelas frases que a gente selecionou da outra vez, nos livros. Principalmente aquela falando de um sinal que alguém não podia deixar de ouvir, lembra?"

Peguei o caderno, dentro da minha geladeira amarela. Ficava guardado em cima dos livros. Quando eu saía de casa, colocava o caderno na mochila.

Li em voz alta:

"E o sinal tocou, aquele que toca lá no fundo, e que não é alto, mas que é melhor você ouvir. Não importam os outros barulhos, este é melhor você ouvir."

"*Essa mesmo.* Acho que entendi o recado. Juntei com os outros e acho que entendi. Aquela frase anotada, que dizia pra nem pensar na polícia, e a outra falando que não era gentil, e também a dos trunfos etc., tudo isso é bobagem. O que a assassina estava querendo dizer era que o sinal mesmo, que o Victor realmente precisava ouvir, é outro: o do próprio livro. Ou melhor, o título do livro."

"*A irmãzinha?*"

"Pode apostar, André, a chave do mistério está aí. As pistas todas apontam pro Hammett, a gente já viu. São pistas que serviram pra assustar o Victor e brincar de esconde-esconde com a polícia. Mas o sinal mesmo, o que ninguém está conseguindo ouvir, está no título do livro do Chandler."

Pensei um pouco.

Ele prosseguiu:

"Você não acha estranho que uma mulher saia por aí matando escritores só porque o namorado não quis ajudá-la a publicar seu primeiro livro?"

"Eu mesmo falei isso. Naquela primeira conversa com o Victor."

"Eu lembro. E ele respondeu que psicopatas são assim, não precisam de um motivo lógico. Eles têm lá os motivos deles, que quase sempre não são nada racionais."

"Nisso ele está certo."

"É verdade, tudo bem. Mas alguma o Victor aprontou."

"E você acha que tem a ver com a irmã dela."

"Acho."

"E o que seria?"

"Quer saber mesmo?"

Era preciso ter paciência com as estratégias de suspense do Gordo. Eu tinha, às vezes.

"Quer ou não?"

"Quero."

"Então escuta. Acho que o Victor teve um caso com a irmã da assassina."

28

"Você sabia, André, que a maioria dos assassinatos tem a ver com traição? Digo, traição amorosa? Você sabe que o que mais existe nesse mundo é adultério. Metade dos seus clientes é composta de cornos e cornas, correto?"

"Errado. Eu diria que oitenta por cento."

"Então. Esse caso não é diferente, meu amigo. Anota aí: é um caso passional. Victor Winner traiu a Beatriz com a irmã dela. A irmã mais nova. A irmãzinha."

"Mas a irmã não está ajudando a Beatriz, Gordo? Não é ela que mandava dinheiro pra assassina?"

"Já pensei nisso. O que aconteceu foi o seguinte. O cara ficou com as duas, sem que uma soubesse da outra. Fui claro?"

"Claríssimo."

"Assim como o Victor pareceu um príncipe encantado pra Beatriz, que deve ter ficado apaixonada por ele, vivendo o sonho cor-de-rosa de entrar no mundo perfeito dos escritores de autoajuda, assim como prometeu a felicidade eterna pra irmã mais velha, pode ter prometido também pra irmã mais nova."

"As duas moravam na mesma casa, Gordo. Como ele teria conseguido uma coisa dessas?"

"Não sei. Ele é esperto. Se não fosse não teria conseguido chegar aonde chegou, não teria ficado tão rico e poderoso em tão pouco tempo. Deve ser uma espécie de talentoso Ripley, um malandro sedutor. Ficou com as duas belíssimas irmãs até onde conseguiu ficar e quando elas descobriram o embuste, deu no pé, picou a mula, escafedeu-se!"

"E elas se juntaram pra se vingar dele."

"Como eu queria demonstrar."

༄

Minha cabeça começou a doer novamente. Descobri que precisava dormir, muito.

"Gordo, você está querendo dizer que, ao invés de uma, temos duas psicopatas. Duas irmãs psicopatas serial killers de escritores de autoajuda. A história já é doida demais tendo uma só. E você quer que sejam duas?"

"Não sou eu que quero. São as evidências que me levam a pensar nisso. Lembra do dono da padaria, o senhor que procurou a polícia com informações sobre a Beatriz? Ele disse que as duas ficaram órfãs muito cedo. Os pais morreram num acidente de carro. Pode ter sido uma morte traumática pra elas. E isso apenas deflagrou o lado psicopata que elas talvez já tivessem e que estaria guardadinho lá no fundo das belas cabecinhas, só esperando a hora de vir à tona."

Ana se aproximou me oferecendo um copo d'água.

"Agora preciso desligar, André. Pensa aí no que te falei", ele disse, desligando em seguida.

Fui para o quarto e consegui dormir por uma hora e meia. Foi fundamental. Acordei melhor. A cabeça ainda doía um pouco, mas a dor foi passando.

Ana desceu e comprou legumes, verduras e peixe. Preparou o almoço. Comemos e depois nos deitamos no sofá para ver, pela centésima vez, meu filme favorito: *Blade Runner*, do Ridley Scott.

Enquanto Deckard, o caçador de androides, perseguia os fugitivos por uma Los Angeles chuvosa, eu via a chuva escorrendo pela janela do meu apartamento, ao lado da mulher dos meus sonhos. Pena que aquilo não iria durar para sempre, como não durariam para sempre os androides do filme, nem o próprio Deckard. Ninguém dura para sempre.

Eram quase cinco horas da tarde quando recebi no celular uma mensagem do Gordo. Ele me mandava a foto de uma página de *A irmãzinha*. Era do exemplar que ele foi analisar na delegacia. Junto com a foto, escreveu: não te falei?

Na página havia um trecho sublinhado com caneta vermelha, como os que eu anotara no meu caderno quando estivemos na delegacia. Ampliei a foto, para ler melhor o trecho. A parte sublinhada começava no meio da fala de algum personagem e prosseguia, com a réplica:

[...] Você só tem medo dessa outra coisa que aconteceu em outro lugar há algum tempo. Ou pode ter sido um caso de amor.

– Amor? – ele largou a palavra lentamente, da ponta da língua, saboreando-a até o último momento. Um sorriso amargo permaneceu depois que a palavra já se tinha ido, como o cheiro de pólvora no ar depois de uma arma ser disparada.

Fiquei pensando na hipótese do Gordo.

Não deu para pensar muito porque o celular tocou novamente. O outro. Atendi num salto. Era ela.

29

"Faz exatamente o que eu vou te dizer. Só vou falar uma vez. Está me ouvindo?"

Era uma voz de mulher, meio grave. Uma bela voz, eu diria, se estivesse em condições de ficar tecendo considerações estéticas sobre a voz de alguém.

"Estou."

Ana, ao meu lado, escutando comigo.

"Desce agora e vai até a estação Cantagalo. Pega o metrô na direção Pavuna. Vai sozinho. Não liga pra ninguém, nem pro seu amigo gorducho, nem pro vovô. Sozinho, entendeu?"

"Entendi."

"Leva esse celular. O seu deixa em casa. Vou estar bem perto de você. Se você atender ou ligar de outro celular, vou ficar sabendo. E aí pode dar adeus pra essa ruivinha gostosa que está aí do seu lado sem ter sido convidada."

∾

Desligou.

"Se ela está pensando que vou deixar você ir sozinho nessa, está redondamente enganada", Ana falou, vestindo uma calça jeans e pegando a bolsa.

"Pode ser perigoso. Ela te ameaçou."

"Está blefando. Não tenho medo dela."

"Você falou que ela não quer me matar, só conversar comigo. Então não precisa me acompanhar. Fica aí, é mais seguro."

"Falei, mas nunca se sabe. Eu vou."

Ana ligou para o Gordo. Ele já estava no metrô, a duas estações da Cantagalo. Ela contou tudo e pediu que a esperasse na estação, sem dar na vista. Ana entraria pela Xavier da Silveira.

"Não vai dar certo. Ela vai reconhecer vocês."

"Dane-se. Essa mulher não pode atacar os três ao mesmo tempo."

"Sozinha não. Mas pode ter um cúmplice, pensou nisso?"

"Vamos. Já está na hora. Desce primeiro e não olha pra trás em nenhum momento. Vou estar por perto, pode confiar."

∽

Caminhei devagar pela Barata Ribeiro. Tentava manter a calma, mas estava tenso. Uma serial killer tinha acabado de falar comigo ao telefone e eu estava indo me encontrar com ela, em algum lugar que nem desconfiava qual era.

Entrei na estação. Levava meu cartão do metrô, mas estava sem crédito. Enfrentei uma fila na maquininha, coloquei os créditos e passei pela roleta.

Metrô lotado, sobretudo para quem ia em direção à Pavuna. Beatriz deve ter escolhido aquela hora de propósito. Ia ser difícil a Ana e o Gordo me seguirem no meio da multidão.

Entrei. Quando paramos na Presidente Vargas, o celular tocou.

"Desce na Central. E não desliga o celular, continua na linha. Não tira do ouvido."

A Central era a próxima estação. Quando o trem parou, desci. Quase posso dizer que me desceram. Uma avalanche me empurrava pelas costas e me espremia no desembarque.

Mal caminhei dois passos na estação e ela me disse:

"Agora volta pro trem."

"Como?!"

"Dá meia-volta. Entra de novo no trem. Agora!"

Ouvi todos os palavrões da língua portuguesa. E alguns em espanhol também. Até os gringos me xingaram quando dei meia-

-volta e saí feito um louco na contramão, empurrando quem estivesse na minha frente.

Consegui entrar no trem com a porta já fechando.

"Menino obediente", a voz falou do outro lado da linha.

Com aquela manobra ela sem dúvida conseguiu despistar a Ana e o Gordo, que deviam estar na Central agora, sem saber o que fazer. Isso já seria o suficiente para me deixar puto com aquela mulher. Mas me sacanear por telefone já era um pouco demais. Não tive tempo de retrucar.

"Desce na próxima estação e pega o trem de volta, na direção de Copacabana."

"Hã?!"

"Faz o que estou mandando", ela disse, antes de desligar.

Desci na Praça Onze. Subi a escada rolante, fiz o retorno e embarquei de volta para Copacabana.

Ela ligou novamente, quando eu estava no Flamengo.

"Desce na Cantagalo e volta pra sua casa."

"Minha casa? Ficou maluca? Está de sacanagem comigo?"

Ela desligou.

Desci na estação, saí pela Xavier da Silveira, peguei a Barata Ribeiro e caminhei até o meu prédio.

Pude ver que o porteiro não estava na portaria. Peguei a chave na mochila e abri o portão.

Levei um susto quando alguém se encostou em mim, pegou minha mão e entrou junto. Tudo muito rápido. Era uma mulher, loira, usando óculos escuros. E de mãos dadas comigo.

"Bico calado", ela disse, sorrindo para mim, como se fôssemos dois namoradinhos.

No elevador ela soltou minha mão e encostou um objeto na minha cintura, com alguma violência. Senti uma pontada na altura da costela. Não precisava pensar muito para deduzir que era uma arma.

"Calma", falei. "Cuidado com isso aí."

Ela apenas sorriu.

E tenho que dizer. Por mais que eu estivesse nervoso, com medo – havia uma arma encostada em mim! –, sem saber o que iria acontecer comigo nos próximos minutos, mesmo assim não tinha como não reparar: era uma linda mulher.

30

Chegamos ao meu apartamento. Ela pediu que eu entrasse em cada cômodo e foi atrás. Quando teve certeza de que não havia ninguém em casa, apontou o sofá.

"Senta aí. Precisamos conversar."

Puxou uma cadeira e sentou-se na minha frente.

"Não precisa disso", falei, apontando para o revólver na sua mão. "Você sabe que não precisa. Não vou gritar por socorro ou tentar tomar a arma de você."

"Nem que tentasse. Você não conseguiria."

Usava calça jeans, com uma camiseta de estampa florida, em tom de azul, discreta. E uma jaqueta preta. Tinha cabelos curtos, loiros, e olhos negros, puxados. A boca era desenhada, com os lábios de um rosa-vivo.

Engraçado, não fosse pelos olhos, ela me lembrava um pouco a fada Sininho. Era como se a fada Sininho tivesse virado mulher de verdade e abandonado o chato do Peter Pan para se aventurar no século XXI. Só não imaginava que viria parar num apartamento merreca em Copacabana, depois de servir estricnina em seringas para alguns escritores de autoajuda. E devo confessar, sempre fui tarado pela fada Sininho.

"Tem cerveja aí?"

Levei um susto. Cerveja?

Fiz que sim.

"Pega pra gente."

Ela falou "pra gente" ou tinha sido impressão minha?, fiquei pensando, parado na frente da geladeira, enquanto ela me observava da sala, a arma ainda apontada na minha direção.

"Você tem duas geladeiras?"

"Essa aí é de livros. A de cerveja é aqui."

Beatriz se levantou, abriu a geladeira amarela, ficou vendo os livros. Depois voltou para a cadeira.

"E a maluca da história sou eu."

❦

Servi os copos.

Ela bebeu um gole. Depois cruzou as pernas, mais devagar do que deveria para a ocasião.

"Preciso de um favorzinho seu."

"Desculpe, mas é que não dá pra conversar com esse troço apontado pra mim."

"Relaxa. Não saio por aí matando gente. Quer dizer, não com isso aqui."

Bebi um pouco da cerveja, sem tirar os olhos do revólver. Já tive uma arma apontada para mim algumas vezes, mas aquilo era diferente, não sei explicar bem por quê. Aquele revólver parecia não combinar com ela, como se fizesse parte de outra cena e o diretor tivesse errado de atriz. E isso só me deixava mais tenso.

Acho que ela entendeu e colocou o revólver no colo, ao alcance da mão.

Em seguida descruzou as pernas e tirou um pen drive do bolso da jaqueta.

"Quero que você entregue isso pro delegado. O Almeida Salgueiro."

Depois tirou do mesmo bolso uma chave, com uma dessas plaquetas com número. Colocou o pen drive e a chave sobre a mesa.

"Presta atenção. Essa chave é de um armário, no bagageiro da rodoviária. É só chegar com a chave e pegar o que tem lá dentro."

"E o que tem lá dentro?"

"Os originais disso aqui", ela respondeu, pegando o pen drive. "Você vai dizer pro Almeida Salgueiro que precisa prestar um depoimento, na presença do Gordo e do Heleno. Pode levar sua namorada também, se quiser. Tem que ser um depoimento formal, entendeu? Com seu advogado."

"Não tenho advogado."

"Qualquer advogado serve, arranja um. No final do depoimento você vai entregar pro Almeida Salgueiro o pen drive e a chave."

Ela ficou me olhando, por alguns segundos.

"É muito difícil pra você?"

Não era uma pergunta para ser respondida à altura. Não com alguém que já havia matado quatro pessoas e estava na sua frente com um revólver no colo.

"Depende", falei.

"Depende do quê?"

"De qual vai ser o depoimento."

Beatriz olhou para a janela. Ainda chovia um pouco. Onde a Ana estaria a essa hora? Ninguém iria me procurar no meu apartamento. Só essa doida mesmo para me sequestrar (aquilo não deixava de ser um sequestro) e me esconder na minha própria casa!

"O que o Victor te falou, a meu respeito?"

Contei o que o Victor havia me contado. Não omiti o fato de ele ter dito que ela era uma psicopata. Beatriz ouviu tudo atentamente, às vezes com um riso cínico.

"Você acreditou nele?"

Dei de ombros.

"Por que não acreditaria?"

"Você é um leitor de romances policiais. Deve ter reparado que há um monte de furos no que ele te contou."

"O delegado também acreditou."

"Duvido."

"Se não tivesse acreditado, não estaria atrás de você."

"Ele está atrás de mim porque sabe que eu matei aquelas pessoas, aqueles inúteis. Mas duvido que tenha acreditado em tudo o que o Victor contou pra ele."

Por um momento, achei que ela sabia mais sobre o Almeida Salgueiro do que eu mesmo.

"Vou te contar uma história. A verdadeira história."

31

"Eu tinha vinte e um anos quando conheci o Victor. Meus pais tinham acabado de morrer e eu estava mal, muito mal. Precisava cuidar da minha irmã, sem ninguém pra me ajudar. Os poucos parentes que tenho moram no exterior e nunca tive muitos amigos. Foi aí que ele apareceu. Victor era sócio do meu pai numa editora."

"Sócio do seu pai? Ele disse que *trabalhava* numa editora, como assistente."

"Ele não contou muita coisa. Essa conversa fiada, de que eu precisava dele pra publicar um livro, isso é ridículo. Meu pai era o dono da editora, se eu quisesse teria publicado meu livro sem problema nenhum."

"Você escreveu mesmo um romance? Com cartas fictícias do Hammett?"

"Escrevi. Mas não é bom. Escrevi porque me deu vontade, mas não achei que estava na hora de publicar. Gostava, gosto muito do Hammett."

"Victor falou que você odeia o Hammett."

"Só existe uma pessoa que eu realmente odeio nesse mundo. E você sabe quem é."

Terminei minha cerveja. Ela também bebeu um pouco.

"Victor era um homem bonito, experiente, gentil."

"Gentil?", perguntei, me lembrando de uma das frases assinaladas naquele exemplar de *A irmãzinha*.

Ela riu.

"Gostei de brincar com vocês."

"O que você quis dizer com aquelas mensagens, nos exemplares do romance do Chandler?"

Ela balançou a cabeça e fez uma cara engraçada, como se estivesse dando bronca numa criança.

"Não, não, pequeno André, não é assim que funciona. Um escritor nunca explica as coisas que escreve. Ele simplesmente escreve."

"Você não é uma escritora. Quer dizer, só escreveu o tal romance, que nem publicou."

"É verdade. Mas você há de concordar comigo que montei um enredozinho engenhoso, não? O X-9 na parede, o bilhete datilografado, o recado no espelho, o desenho da tulipa. Vai dizer que você não achou criativo? Além, claro, do livro do Chandler."

"Eu teria gostado, talvez. Se tudo estivesse num livro e não fora dele. Você matou quatro inocentes!"

"Inocentes? Quem te falou que eram inocentes? O Epifânio era um canalha, um traidor, desde os tempos da ditadura. Foi responsável pela morte ou pelo desaparecimento de muita gente. O outro, Dexter, era um canastrão, não escrevia nada, comprava os críticos e a mídia com aquelas festinhas dele, além de pagar propina a meio mundo. Ele ia se candidatar nas próximas eleições, sabia? Aquela festa, na casa dele, estava cheia de políticos corruptos. O argentino pertencia à mesma laia. E a idiota da amante do Victor era uma interesseira, fútil, oportunista. Eu a conheci muito bem, fui secretária dela por um tempo. E só pelo fato de se envolver com um criminoso como o Victor já seria motivo pra entrar na minha lista."

"Criminoso? Você disse que o Victor é um criminoso?"

Ela me olhou nos olhos, com firmeza.

☙

"Eu estava muito fragilizada quando conheci o Victor. E ele se aproveitou disso. Chegou na minha casa dizendo que tinha sido um grande amigo do meu pai. Me visitava todos os dias, saía comigo e com minha irmã, fez meio que o papel de um irmão mais velho, sei lá, de um tio. Acabei me apaixonando por ele. E achava que era correspondida. Ele chegou a me pedir em casamento."

"E você aceitou."

"Já disse que estava apaixonada. Aceitei. Até que um dia eu o flagrei mexendo numas pastas no escritório do meu pai. Disse que precisava levar alguns documentos da editora, estava precisando deles no trabalho. Precisaria levar o laptop também. Eu confiava nele, ia me casar com ele. E eu era muito nova, ingênua."

"O que ele queria, afinal?"

"Depois eu soube. Mais tarde. Ele ainda frequentou a minha casa por uns dias. Depois sumiu, de repente. Não ligou mais, não apareceu, sumiu. Eu o procurei na editora, mas disseram que estava viajando, a trabalho. Até que um advogado me procurou. Era o advogado do meu pai. Ele me contou o que tinha acontecido. Victor falsificou documentos, procurações, e me lembro de alguns papéis também, que ele me pediu pra assinar, no tempo em que ainda estávamos juntos. Coisas de rotina, ele dizia. Resumindo, Victor ficou com a parte do meu pai na editora. Era uma grande editora. Foi assim que ele começou a construir sua fortuna."

"E você não denunciou, não foi atrás dele?"

"Estava tudo dentro da lei, inclusive com algumas assinaturas minhas, que era a herdeira direta do meu pai. Minha irmã ainda era menor de idade. Ele fez um trabalho impecável, pensou em tudo, cada detalhe. E depois se mudou pra Alemanha."

"Frankfurt."

"Isso. Ele vendeu a editora e entrou como acionista de um grupo editorial alemão, o Frieden. Meu pai me deixou uma herança considerável. Ele tinha vários outros negócios, além da editora. Contratei detetives e gastei uma boa grana investigando o Victor. Descobri uma série de falcatruas dele. Pagamento de propinas, fraudes no imposto de renda, entre outras coisas. Consegui algumas provas comprometedoras contra ele. Está tudo no pen drive e numa pasta na rodoviária. Levei anos pra reunir essas provas, está tudo lá."

"E por que você mesma não denunciou o Victor pra polícia?"

"Não é tão simples assim. Ele tem muito dinheiro, e poder. Pra ser sincera, nem sei se, mesmo com todas essas provas, ele vai parar na cadeia. Talvez consiga escapar, ele é muito bom em comprar as pessoas certas."

⁓

Perguntei se queria mais cerveja. Ela respondeu que não.
"Então ele roubou sua parte da herança. E te abandonou depois de ter pedido você em casamento. Quando você tinha apenas vinte e um anos. E por conta disso você achou que deveria matar as galinhas dos ovos de ouro do Victor, os *seus* autores, como ele gosta de dizer."
"Ele fez mais do que me roubar. E me abandonar daquele jeito."
"Mais? O que mais ele pode ter feito pra você?!"
"Não foi pra mim. Quer dizer, não diretamente."
"Pra quem então?"
"Minha irmã."

32

"Eu quase não saía de casa. Minha irmã precisava muito de mim, começou a sofrer de depressão depois da morte dos nossos pais e eu tomava conta dela o tempo todo. Victor me ajudava nisso. Ela gostava dele. Tinha que gostar. Victor era atencioso, trazia sempre um presente, quando ele estava em casa ela era outra pessoa."

"Sua irmã tinha quantos anos nessa época?"

"Catorze. Um dia precisei ir a uma consulta médica, à tarde. Victor me levou e depois disse que iria pra editora. Mas estava mentindo."

Ela fez uma pausa e achei que fosse chorar. Eu não tinha dúvida de que Beatriz era uma mulher fria, que não se deixava levar pelas emoções. Os crimes que cometeu sem que a polícia tivesse conseguido pegá-la, a precisão, os detalhes de toda a operação, tudo isso mostrava que se tratava de alguém com sangue-frio. Se o que ela estava me contando era verdade, a Beatriz ingênua e carente dos vinte e um aninhos estava morta e enterrada. No entanto, naquele momento, ali na minha frente, achei que ela fosse desmoronar.

Foi uma impressão rápida. Ela se endireitou na cadeira e continuou:

"Voltei do consultório e quando cheguei em casa não vi minha irmã. Chamei várias vezes, ninguém respondeu. Fui até o jardim e a encontrei lá, estendida no chão, ao lado da piscina. Estava de costas, olhos fechados, com uma enorme poça de sangue debaixo do seu corpo."

Me ajeitei no sofá. Acho que parei de respirar por alguns segundos.

"O Victor matou sua irmã? Mas ela não está viva? A polícia não a prendeu na Suíça?"

"Ela estava inconsciente quando a encontrei. Tinha perdido muito sangue e teria morrido se eu demorasse mais um pouco. Liguei pra uma ambulância, e ela foi socorrida a tempo. Ficou alguns dias na UTI e quando saiu fiquei sabendo que sofrera uma queda, que afetou pra sempre sua coluna. Minha irmã ficou paraplégica."

Beatriz pediu outra cerveja. Fui buscar. Enquanto pegava as cervejas na geladeira pensei novamente na Ana. E no Gordo. Eles deviam estar desesperados, sem receber notícias minhas. Talvez tivessem chamado a polícia.

Servi seu copo e depois o meu.

"O Victor tentou matar sua irmã?"

"Não."

"Não?"

"Minha irmã ficou algumas semanas sem conversar com ninguém. Nem comigo. Não falava uma palavra, completamente muda. Depois finalmente se abriu e me contou tudo o que tinha acontecido naquela tarde. Victor chegou com um presente, como sempre. Só que desta vez não era uma caixa de chocolate, ou flores, um par de brincos, nada disso que ele costumava dar a ela. Era uma lingerie."

"Hã?"

"Uma camisola curta, sensual. Ele disse que adoraria se ela vestisse aquilo na sua frente. Minha irmã recusou, claro, e ficou assustada. Foi então que ele tentou violentá-la. Estavam perto da piscina quando tudo aconteceu. Ele tentou agarrá-la à força e minha irmã reagiu. Victor lhe deu um soco e ela caiu. Havia uma pedra solta no calçamento em volta da piscina. Ela bateu com a coluna justamente na quina dessa pedra e apagou na hora."

"Você acha que ele se assustou e fugiu?"

"Ele provavelmente pensou que ela estivesse morta. Por isso fugiu. Saiu da cidade. Não sei se chegou a ficar sabendo que minha irmã não tinha morrido, e que ficou paraplégica."

"Acho que não soube. Quando o Heleno contou a ele que você tinha uma irmã, paraplégica, ele ficou bastante surpreso."

"Era o que eu imaginava mesmo. E você entende agora por que ele ficou tão assustado quando matei o Epifânio e os outros e deixei um exemplar do romance do Chandler."

"Ele pensou que você queria vingar a morte da sua irmã."

Fiquei um pouco tonto de repente. E não tinha bebido tanto assim.

⌇

"Por que estricnina? Tem a ver com O *signo dos quatro*?"

"Nada disso. Não gosto do Conan Doyle. Acho o Sherlock um personagem desprezível, um belo representante da presunção cientificista do final do século XIX. Conan Doyle, Agatha Christie e outros pegaram o modelo de Dupin, o modelo criado por Poe, e saíram escrevendo histórias usando sempre a mesma receita. Tudo que escreveram já estava em *Os assassinatos da rua Morgue*. Prefiro os americanos do romance *noir*."

"Borges dizia que o romance *noir* era a decadência do romance policial, que o verdadeiro policial era o de enigma, criado por Poe."

"Não disse que não gosto do Poe. Não gosto dos seus seguidores."

"Nem de Chesterton?"

"Chesterton é outra história. Não dá nem pra comparar."

Desperdício, pensei comigo. Uma mulher tão linda, inteligente e que ainda por cima gosta de romance policial. Tinha que ser uma assassina?

"Se não era uma referência ao Sherlock, era por quê?"

"Escolhi a estricnina porque era mais fácil de conseguir. E porque me agradava a ideia de ver esses impostores morrerem com aquele sorriso congelado no rosto, tão artificial quanto eles mesmos."

Meu celular tocou. Estava em cima da mesa.
"Atender nem pensar, né?"
Ela riu. Tinha um sorriso lindo.
"Deixa tocar. Ainda não terminei."
"Não posso pelo menos ver quem é?"
"Não, não pode."
Seria a Ana? Ela teria desconfiado de que eu estava em casa, que Beatriz teria me forçado a voltar para casa?

∽

"Você esperou muito tempo pra se vingar do Victor."
"Oito anos."
"Muito tempo."
"Eu sei esperar."

∽

"E os disfarces? Como você conseguiu enganar tanta gente?"
"Não foi difícil. Estudei teatro por muitos anos, quando morava no exterior. Cheguei a trabalhar em algumas peças e acho até que encenava bem. Mas não segui carreira."
"Por quê?"
Ela deu um risinho, sarcástico.
"Achei melhor representar na vida real. É mais divertido."

∽

Beatriz bebeu mais um gole. Matei a minha cerveja.
"E você acha que valeu a pena? Você se anulou, fingiu que morreu. Tudo por vingança."
"Não me anulei. Pelo contrário. Vivi muito mais do que você, seu amigo e sua namorada juntos. Vivi muitas vidas, algumas bem interessantes. É bom ser invisível às vezes."
"Você sabe que eles vão te pegar, não sabe? Já prenderam sua irmã. Não demora muito e chegam em você."
Ela pareceu triste, de repente.
"Você não sabe o que minha irmã passou. Era linda. Ainda é, na verdade. Adorava mergulhar, nós duas gostávamos muito. Quan-

do nossos pais morreram ela sofreu um baque, claro, mas estava começando a se recuperar quando aquele canalha tentou violentá-la e só não a matou porque cheguei a tempo. Ninguém pode imaginar como foi a sua vida depois disso, ninguém faz ideia do ódio que ela sente dele."

Olhei para a janela. A chuva tinha parado.

"Minha irmã não vai suportar a prisão. Sei disso. Ela não vai durar muito lá dentro."

E depois, num tom de voz que não escondia seu abatimento:

"Eles não deveriam ter feito isso. Estão matando minha irmã. Vão terminar o trabalho sujo que o Victor começou."

"Ela sabia de tudo? Dos crimes?"

"No início não. Eu só disse que precisava viajar um tempo, muito tempo. Talvez ficasse fora de casa um ano ou dois. Deixei minha irmã com um amigo meu, de confiança. Um detetive, como você. Ele passou a protegê-la dia e noite, eu o contratei pra isso. Eles se mudaram de cidade pouco antes de eu acabar com o Epifânio. Achei mais seguro assim. E estavam planejando mudar de novo, estavam de malas prontas quando a polícia chegou. Nunca imaginei que pudessem chegar até ela. Me cerquei de todos os cuidados, não podia imaginar uma coisa dessas."

"Sua irmã pode alegar que não sabia de nada, que é inocente. Ninguém pode provar nada contra ela."

"Podem sim. Como eu disse, no começo ela não sabia, mas quando aconteceu o primeiro crime, desconfiou. Fui obrigada a contar toda a verdade, não tinha como continuar escondendo meu plano. E nesse tempo todo que fiquei fora de casa, seguindo os passos do Victor, trabalhando de secretária pra amante dele, nesse tempo todo precisei de dinheiro. Muito dinheiro. Era minha irmã que me mandava a grana. Abrimos uma conta na Suíça, ela fazia os saques e me enviava quando eu pedia. A polícia vai rastrear essa conta. Prometi que nada de mal aconteceria a ela, eu iria voltar pra casa, assim que fizesse o que precisava fazer eu voltaria."

"E não vai voltar. Nunca mais."

Ela ficou me olhando, sem responder.

Comecei a ver tudo embaçado de uma hora para outra. A tontura aumentou, Beatriz disse alguma coisa, mas não entendi direito, era como se sua voz estivesse longe, muito longe.

Olhei para o meu copo e num segundo entendi o que tinha acontecido. Idiota!, quando você foi pegar mais cerveja, seu burro!

Foi a última coisa de que me lembro de ter pensado, antes de ficar tudo escuro.

33

Quando dei por mim, estava sentado no sofá, com alguém do meu lado e dois caras na minha frente.

Aos poucos fui me dando conta de que era a Ana. E o Gordo e o Heleno em pé. Já era noite.

"Gordo, me ajuda", Ana falou, me levando para o banheiro.

Enquanto caminhava ouvi o Heleno conversando com alguém, pelo celular. Disse algo como tudo bem, muito obrigado. E sim, ele está aqui.

Depois soube que era com o Almeida Salgueiro que estava falando. Quando a Ana e o Gordo se perderam de mim, na Central, ele ligou para o Heleno, pedindo alguma orientação. O Heleno sugeriu que pedissem ajuda ao Salgueiro. Fizeram isso e o delegado tentou me localizar. Só depois de algum tempo a Ana teve a ideia de me procurar no meu próprio apartamento. Chegaram e me encontraram deitado no chão, apagado.

Ana fechou a porta do banheiro, tirou minha roupa e me fez sentar numa cadeira, que havia colocado debaixo do chuveiro. Abriu a água fria e ficou do lado de fora do box, esperando.

Depois me vestiu e me colocou sentado à mesa, na sala. Heleno tinha preparado um café, bem forte e sem açúcar. Bebi uma caneca inteira.

Fui despertando, devagar.

"Ela te enganou direitinho, meu amigo", o Gordo falou.

Me lembrei de tudo. Quando fui pegar mais cervejas, quando estava com a cara dentro da geladeira, Beatriz colocou alguma coisa no meu copo.

"Boa noite, Cinderela", Heleno disse.

"Vacilou", o Gordo falou, a mão no meu ombro, "mas não foi o primeiro detetive a cair nesse truque. Até o Marlowe já caiu."

Então, de repente, ele fez uma cara de quem tivesse descoberto alguma coisa muito importante.

"Caraca, André!", o Gordo disse, batendo a mão com força na mesa.

"O que foi?!"

"A Beatriz usou com você o mesmo truque que usaram com o Marlowe em *A irmãzinha*. Só que não era um boa noite, Cinderela. Era cianeto de potássio. E no lugar da cerveja era um cigarro batizado. O vilão colocou cianeto de potássio num cigarro e ofereceu o cigarro pro Marlowe. E o pateta fumou."

"Que bom. Sou igual ao Marlowe. Nos seus piores momentos."

∽

Com calma, tentando me lembrar dos detalhes, contei a eles toda a história que tinha ouvido de Beatriz.

"Agora as passagens marcadas nos exemplares de *A irmãzinha* começam a fazer sentido", o Gordo disse, quando acabei.

Ele pegou o celular e abriu as fotos, com as passagens sublinhadas.

"No primeiro, o recado era aquele mesmo, direcionado ao Victor, ao lado da fala do Marlowe, perguntando à cliente se ela não tinha pensado em chamar a polícia. A anotação ao lado dizia: 'Não vai adiantar. Só nós dois conhecemos a verdade.' Ou melhor, era um recado pro Victor, mas também pra polícia, como se quisesse dizer: não confiem nesse cara, ele não vai contar toda a verdade a vocês, a verdade mesmo só eu e ele sabemos qual é. Depois a outra passagem: 'E o sinal tocou, aquele que toca lá no fundo, e que não é alto, mas que é melhor você ouvir. Não importam os outros barulhos, este é melhor você ouvir.' Beatriz talvez estivesse querendo dizer: não foi à toa que escolhi esse livro como pista. Eu sei o que você fez com minha irmã. Esse é o recado mais importante, é esse que você deve ouvir. Eu sei quem você é, um assassino. E vou me vingar, pode ter certeza."

Eu acompanhava o raciocínio do Gordo e na minha memória vinham as outras frases, sublinhadas nos exemplares de *A irmãzinha*.

"No segundo exemplar", ele continuou, "uma das pistas era a frase: 'nossos trunfos não valem nada'. Beatriz estava querendo dizer: não adianta você ter essa grana toda, esse poder todo, vou acabar com você."

"Essa era a segunda frase. Tinha uma outra, antes", comentei.

"É verdade. Era essa aqui: 'não sou gentil'. Uma referência, certamente, ao comportamento do Victor com as irmãs. Parecia ser um poço de gentileza, mas na verdade era um cafajeste, um falsário."

"E estuprador", falei.

"Sim, canalha completo, com todas as letras. No terceiro exemplar ela curtiu com a nossa cara, como é sabido."

"E com a cara da polícia", Ana completou.

O Gordo continuou:

"No quarto exemplar, que eu analisei sem você, na delegacia, destaquei aquele trecho, lembra? Dizia o seguinte", ele falou.

Leu:

"'Você só tem medo dessa outra coisa que aconteceu em outro lugar há algum tempo. Ou pode ter sido um caso de amor. Amor? – ele largou a palavra lentamente, da ponta da língua, saboreando-a até o último momento. Um sorriso amargo permaneceu depois que a palavra já se tinha ido, como o cheiro de pólvora no ar depois de uma arma ser disparada.'"

"É um belo trecho. Muito bem escrito", Heleno disse.

O Gordo concluiu:

"Beatriz sabia que o Victor estava morrendo de medo dela. E ambos sabiam por que ela queria se vingar."

Ficamos em silêncio. Até que o Heleno disse:

"Será que ela ainda gosta dele, do Victor?"

"Do cara que a enganou, roubou parte da sua herança e quase matou sua irmã mais nova, depois de ter tentado estuprá-la?"

"Vai saber, André. O amor tem dessas coisas. Vai saber."

∽

"E onde ela está agora?"

"Ela quem?"

"Beatriz, quem mais poderia ser? Ela matou mais alguém enquanto eu estava dormindo?"

Era para ser uma piada. Ninguém riu.

"Não, ela não matou ninguém", Heleno respondeu.

"Não deu tempo ainda", o Gordo completou.

34

Minha cabeça continuava doendo, certamente por efeito da droga que Beatriz tinha colocado na cerveja. Mas talvez também porque eram hipóteses demais rondando meu pobre cérebro, em petição de miséria àquela altura do campeonato.

"Tem uma coisa que não entendi direito", o Gordo disse. "Se ela queria a ajuda do André pra deixar pra posteridade a sua versão da história, por que o ameaçou com aquele bilhete?"

"E te ameaçou também."

"Pois é, nós dois."

"Tenho uma hipótese", Ana falou. "Na verdade, não é uma nova hipótese, apenas um desdobramento da anterior."

Me ajeitei na cadeira.

"Talvez Beatriz estivesse testando vocês. O André principalmente. Ela pode ter pensado: será que esse cara é mesmo confiável? Será que não vai fugir da raia quando chegar a hora? Então ela fez um teste, te ameaçando. Se você tivesse caído fora, se tivesse abandonado o caso – como, aliás, eu mesma sugeri que fizesse –, ela teria desistido de contar pra você tudo o que contou hoje. Ela precisava te colocar à prova, foi isso. Quer dizer, pode ter sido isso."

"E por que ela precisava me testar também?"

"Porque percebeu que o André te ouve, que leva em consideração o que você diz. Se o André topasse continuar no caso e você não, a coisa iria desandar."

"E passamos no teste", o Gordo disse, num tom de ironia.

"Como era de se esperar", Ana respondeu, no mesmo tom.

Definitivamente, eu precisava dormir.

"Já vai deitar? Ainda tenho um caminhão de dúvidas."

"Estaciona seu caminhão ao lado do meu Chevette. Só não machuca as pobres das aranhas."

Heleno olhou para mim e para o Gordo, com jeito de quem não está entendendo nada.

"Boa noite a todos", falei, antes de sair para o quarto, com ajuda da Ana. "Amanhã quero acordar cedo. Tenho uma coisa importante a fazer."

35

Tomei café da manhã com a Ana, na padaria de sempre, e depois pegamos um táxi para a rodoviária.

Antes de sair de casa, peguei o cheque do Victor, o do adiantamento, e rasguei. Dez mil reais fazem muita falta no meu orçamento, mas rasguei sem titubear. Era o adiantamento por um trabalho que não fiz, nem poderia mais fazer. E era dinheiro sujo.

O Gordo tinha se encarregado de ligar para um advogado, amigo dele, que nos encontraria às onze horas, na delegacia. O Almeida Salgueiro estaria nos esperando. Queria fazer logo o meu depoimento, como havia prometido a Beatriz.

Eu não gostava de ir à rodoviária. Era um lugar que me lembrava a última vez em que vi meus pais, quando embarcaram num ônibus para Aparecida do Norte. Houve um acidente na estrada e eles morreram. Toda vez que precisava colocar os pés naquela rodoviária sentia um frio na barriga, um mal-estar, mesmo já tendo passado tanto tempo desde a morte deles.

Descemos na área de embarque e caminhamos até o guarda-volumes. Entreguei a chave à moça do balcão e ela voltou com uma bolsa velha, de pano, fechada em cima com um cordão.

"Nossa, isso está cheirando mal!", ela disse, me entregando a bolsa.

Era verdade. Cheirava a mofo. Abri. Dentro havia uma maleta, tipo 007, quase tão velha quanto a bolsa.

"Uma mulher com tanta grana bem que poderia ter escolhido alguma coisa melhorzinha pra guardar esses documentos."

"Ela não podia guardar num cofre de banco ou algo assim, André. Seria arriscado, estava usando documentos falsos. No bagageiro da rodoviária, dentro de uma bolsa velha, ninguém iria desconfiar de nada."

Pegamos outro táxi, direto para a delegacia. Não pude ver o conteúdo da maleta. Era daquelas com segredo e Beatriz não havia me passado o código. Mas isso certamente não seria problema para o Almeida Salgueiro.

De todo modo, mesmo que pudesse ter acesso ao que estava ali dentro, não iria querer ver. Talvez desse uma olhada rápida, por curiosidade, mas o que eu queria mesmo era me livrar logo da maleta, do pen drive e de tudo o que tivesse a ver com aquele caso.

∽

Chegamos à delegacia um pouco antes das onze horas. O Gordo e o advogado já estavam lá. E também o Heleno.

"Finalmente vamos conhecer o misterioso delegado Almeida Salgueiro."

"O Salgueiro não tem nada de misterioso, André."

"Trabalhamos juntos por algumas semanas sem nunca trocarmos uma palavra sequer. Posso dizer que trabalhamos juntos, não foi?"

"Pode, claro."

"Fiquei com a impressão de que ele não queria nos ver."

"Foi só impressão. Ele não chamou vocês porque não houve necessidade."

Caminhamos até a sala do delegado.

Almeida Salgueiro era um sujeito alto, branco, de cabelos grisalhos. Usava óculos de aros finos, arredondados, e aquele tipo de barba propositadamente malfeita. Vestia uma calça de linho, clara, e camisa social azul, com as mangas dobradas até um pouco acima do pulso. No encosto da cadeira, um paletó, no mesmo tom da calça.

Não precisei de muito tempo para deduzir que era alguém que cuidava bem da aparência, como se soubesse que a qualquer momento precisasse dar uma entrevista. Eu mesmo já o tinha visto na televisão e em algumas fotos nos jornais, falando do caso dos assassinatos.

Ele me recebeu de forma cordial, mas fria. Levantou-se da sua cadeira quando entramos e nos cumprimentou um a um, enquanto Heleno fazia as apresentações. Depois me agradeceu pela colaboração no caso e me ofereceu uma cadeira, em frente à sua mesa.

O advogado sentou-se ao meu lado. Ana, Heleno e o Gordo ocuparam um sofá, encostado numa das paredes. Ao lado do Salgueiro, diante de um laptop, o escrivão aguardava o meu depoimento.

"Então, o que você tem a me dizer?"

Contei a ele o que havia acontecido desde o momento em que cheguei ao meu prédio e o porteiro me entregou o celular deixado pela Beatriz. Ele ouvia tudo em silêncio. Vez ou outra me interrompia, pedindo algum esclarecimento.

Entreguei o pen drive e a pasta, que ele colocou sobre a mesa, num canto, dizendo que iria analisar tudo com calma, mais tarde. No momento, só queria me ouvir. Quando terminei, o escrivão imprimiu tudo e pediu que eu lesse e assinasse. O advogado leu comigo e assinou também.

"Foi muito importante você ter vindo aqui. Boa parte do que você me contou nós já sabíamos, pela investigação e também pelo depoimento da irmã da assassina. Mas você trouxe contribuições valiosas. E isso aqui", ele apontou para o pen drive e a pasta, "sem dúvida vai nos ajudar muito".

"Que partes você não conhecia ainda?"

Ele riu, de leve, só um esboço de sorriso.

"Algumas partes."

Criei coragem. Afinal, tínhamos trabalhado juntos ou não?

"E que partes você sabe que *nós* não sabemos ainda?"

Agora o sorriso foi mais evidente.

෴

"Ele vai ser preso?", Ana perguntou.

O delegado fez uma pausa, se levantou e pegou uma xícara de café de uma garrafa térmica, colocada sobre uma mesinha, no canto da sala. Ofereceu a todos, mas ninguém aceitou.

Depois dispensou o escrivão, que desligou o laptop e o guardou numa mochila, antes de sair da sala.

"Acho que já vou também", o advogado disse, se levantando.

O Gordo se levantou e apertou sua mão, dizendo que ligaria mais tarde.

Quando voltou para sua cadeira, Almeida Salgueiro ficou em silêncio, mexendo o café com uma colherzinha.

"Então, delegado, ele vai ser preso ou não?", Ana insistiu.

"Não."

"Como assim? Depois de tudo o que o safado fez, estupro, falsificação de documentos, suborno e sei-lá-mais-o-quê, depois disso tudo o senhor não vai prendê-lo?"

"Não, minha querida. Não vou."

Ana estava um pouco exaltada demais. Até estranhei. Achei melhor acalmar o ambiente, fazendo a pergunta num tom mais cordial:

"Desculpe, delegado, mas por que não?

"Porque não prendo defunto."

36

Um silêncio absoluto tomou conta da sala. Pelo menos por alguns segundos.

"O que você está dizendo?"

Ele bebeu o café, com calma.

"Victor gostava muito de chocolates. Sabia disso?"

"Ele me contou, quando esteve no meu apartamento."

"Da primeira vez que esteve aqui, notei que estava um pouco tenso. É natural pra quem entra pela primeira vez numa delegacia. E é natural também que, nesses momentos, a pessoa tente disfarçar o nervosismo querendo parecer à vontade. Eu lhe ofereci um café, ele aceitou e logo tirou do bolso uma barra de chocolate, que me ofereceu. E me contou que era um chocólatra. Até tentou fazer uma piadinha, dizendo que era um vício quase sob controle."

Fiquei pensando se tinha feito algo parecido quando me sentei naquela cadeira. Acho que não.

"Victor me disse que gostava muito de um chocolate caseiro, fabricado em Teresópolis. Sempre que vinha ao Rio subia a serra e ia lá comprar."

"Sua amante sabia disso. E Beatriz também", arrisquei, imaginando aonde ele iria chegar.

"Claro."

O telefone tocou. Ele atendeu, conversou com alguém sobre alguma coisa que não consegui entender e desligou dizendo que iria em seguida.

"Beatriz deve ter sugerido a Poliana Vidal que fizesse uma surpresa ao seu amante. Quando ele chegasse dessa vez, ao invés de irem juntos a Teresópolis, ela mesma lhe daria algumas caixas com o tal bombom caseiro."

"Os bombons estavam envenenados", falei.

"Sim."

"Estricnina."

"Arsênico."

O delegado ficou olhando para mim, em silêncio.

"Como você soube?"

"O segurança dele me contou. Disse que o Victor bebeu bastante. Quando passava da conta, ele se empanturrava de chocolate."

"O organismo pede açúcar", comentei, com ares de profissional no assunto.

"Lá pelas cinco da manhã, Victor começou a passar mal e pediu ao segurança que o levasse ao pronto-socorro. Estávamos vigiando o apartamento dele e vimos quando o carro saiu do prédio. Chegamos a tempo de testemunhar o óbito. Mas acho que você não vai querer saber dos detalhes."

"Acho que não."

"Já viu alguém envenenado com arsênico?"

"É pior do que estricnina?"

"Diferente, eu diria."

ꕥ

Permaneci um instante em silêncio, tirando minhas próprias conclusões de tudo o que o Almeida Salgueiro havia contado. Conclusões que preferi guardar para mim. O Gordo não fez o mesmo.

"A assassina", ele disse, sentado no sofá, "não deu nenhuma chance ao bandido. Contou tudo ao André, que veio aqui prestar um depoimento, e deixou com ele as provas que poderiam levar o Victor pra cadeia. Mas, por via das dúvidas, deu ao sacripanta uma passagem pro além. Só de ida, espero."

"Engraçado o seu assistente", o delegado disse, sem olhar para o Gordo.

"Você não viu nada", falei.

∽

"E a Beatriz? Alguma novidade?"

"Ela não vai ficar livre por muito tempo, André."

"Vocês já sabem onde ela está escondida? É provável que não esteja mais na cidade. Nem no país."

"Beatriz não saiu do país. Nem do Rio."

"Como você pode ter certeza?"

"Não posso te dar detalhes. Mas sabemos que ela não saiu da cidade e temos fortes indícios de onde está escondida."

"Indícios?"

"Um pouco mais do que isso. É questão de tempo."

Ele continuava escondendo o jogo.

"Quanto tempo?"

"Dias."

"Dias? Menos de uma semana?"

"Sem dúvida. Menos de uma semana. É só o que posso te dizer."

∽

Ele se levantou e começou a vestir o paletó. Todos nos levantamos também.

"Ah, já ia me esquecendo", Salgueiro falou, ainda de pé. "Imagina esquecer uma coisa dessas. Senta um pouco, por favor."

Voltamos a nos sentar. Ele tirou do bolso do paletó um envelope lacrado e me deu. Depois pegou um bloco de papel, de tamanho médio, retirou a folha de cima e escreveu nela alguma coisa.

"Não vai abrir? É seu", falou, apontando para o envelope.

Enquanto eu abria ele terminou de preencher a folha, destacou-a do bloco e a colocou na minha frente.

"Só assina aqui depois. É um recibo."

Abri o envelope e dentro havia um cheque. Levei um susto.

"O que é isso?"

"Um cheque."

"De cinquenta mil reais?!"

"Estive com a viúva do Epifânio de Moraes Netto. Expliquei a ela que só foi possível descobrir quem havia assassinado seu marido com a colaboração de um detetive particular. Ela entendeu que você merecia a recompensa."

Olhei para o cheque na minha mão, sem acreditar ainda.

"Agora preciso ir", ele disse, antes de sairmos da sala.

37

Na saída da delegacia, convidamos o Heleno para almoçar. Ele respondeu que precisava resolver umas coisinhas antes.
"Você não para de trabalhar não, meu amigo?"
"Sou aposentado, Gordo. Não trabalho mais."
"Imagina se trabalhasse."
"Encontro vocês depois. Me liga quando estiverem no bar. Sei que vai rolar uma cervejinha hoje."

∽

Enquanto caminhávamos pela calçada, sem decidir ainda que bar abrigaria nossa sede naquela tarde, o Gordo falou:
"Melhor depositar logo esse cheque, camarada. Vai que a viúva do Epifânio muda de ideia?"
"Precisamos dividir a grana em quatro partes, você sabe."
"Cinco", Ana disse.
"Claro, já ia me esquecendo. Tem o Valdo Gomes."
Caminhamos até uma agência bancária, ali perto.
"E o cheque do Victor, os dez mil? Está com você?"
"Rasguei, Gordo."
"Rasgou?"
"Não quero dinheiro daquele sujeito. E a verdade é que não fizemos nenhum trabalho pra ele."
"Tem razão. Fez bem em ter rasgado."
Saindo do banco passamos por um outdoor, estampado num ponto de ônibus. Era um anúncio de um lançamento nos cinemas, uma nova versão de *Peter Pan*. Aparecia a fada Sininho.
"O que foi?", Ana perguntou.

"Nada."

"Viajou de repente pra Terra do Nunca?"

Dei um sorriso. Acho que amarelo.

∽

"Hoje o meu chope é por conta do André. Tudo que eu conseguir beber até o final da noite", o Gordo disse, quando nos sentamos numa mesa do Bar Brasil.

"Não estou sabendo disso não."

"Não? Esqueceu que apostou comigo?"

Putz.

"Apostou o quê?"

"Nada não, coisa nossa", falei, dando um beijo no rosto da Ana.

Minha parte na recompensa seria pouco para pagar a conta naquele dia.

∽

"Vocês leram *A caixa vermelha*, do Rex Stout?", Ana perguntou, enquanto folheava o cardápio.

"Já tinha pensado nisso", o Gordo respondeu.

Eu também tinha lido. Mas não tinha feito nenhuma relação com o caso.

"No romance", ela continuou, "alguém coloca veneno numa caixa de bombons, uma garota come e morre envenenada, mas o Nero Wolfe suspeita que o alvo possa ter sido um magnata, um milionário. A história se passa em Nova York, nos anos 30. Muita coincidência, não acham?"

"Será que a Beatriz fez de propósito? Como se fosse mais uma citação?"

"Ela fez tantas, meu amigo, poderia ser mais uma. A última", o Gordo disse.

"Pois é, quem sabe", Ana arrematou.

O garçom trouxe os chopes.

"Chocolate", o Gordo disse, fazendo uma pausa depois. "O cara se cercou de seguranças e morreu por ter comido chocolate."

"Minha mãe já dizia que chocolate não é bom pra saúde."

Ele me olhou com cara de deboche.

"Você sabia que o chocolate estimula a produção de hormônios parecidos com aqueles produzidos quando alguém está apaixonado?"

"Rio de Janeiro. Treze horas, vinte minutos, três segundos", Ana falou, apontando para o relógio na parede.

O Gordo bateu com as duas mãos na mesa:

"Hora de dar o caso por encerrado. Um mistério a menos nesse mundo."

Só nos resta esperar pelo próximo, pensei comigo, enquanto observava, na mesa ao lado, um sujeito de cavanhaque, óculos e boné, tomando calmamente seu chope e lendo um livro.

Agradeço muito a valiosa contribuição de Angélica Soares, Bárbara Ferreira, Bith Salgueiro, Mariano Davi, Marta Rodriguez e Wilson Júnior.

Este livro é dedicado a eles.

Impressão e Acabamento:
GRÁFICA STAMPPA LTDA.